마운드 위의 절대자

디다트 현대 판타지 장편소설

WISHBOOKS MODERN FANTASY STORY

마운드 위의 절대자 6

디다트 현대 판타지 장편소설

초판 1쇄 찍은 날 | 2019년 3월 15일
초판 1쇄 펴낸 날 | 2019년 3월 22일

지은이 | 디다트
펴낸이 | 예경원

기획 | 위시북스
편집책임 | 이규재
편집 | 위시북스

펴낸곳 | 예원북스
등록번호 | 제396-2012-000132호
등록일자 | 2012. 7. 25
KFN | 제1-383호

주소 | 경기도 고양시 일산동구 호수로 646-24 위너스21II빌딩 206A호 (우)10401
전화 | 031-819-9431 팩스 | 031-817-9432
E-mail | yewonbooks@naver.com

ISBN 979-11-6424-181-1 04810
　　　979-11-89450-77-9 (set)

디다트 현대 판타지 장편소설
WISHBOOKS MODERN FANTASY STORY
마운드 위의
6
절대자
Wish Books

마운드 위의 절대자

CONTENTS

1화 이제는 듀얼 코어다!   7

2화 십팔!   57

3화 마구니가 끼었구나!   103

4화 보고 또 보고   155

5화 드루와, 드루와!   207

6화 장난 아닌데요   289

그것은 태풍…… 아니, 쓰나미와 같았다.

[유현, 한국 복귀! 다시 호크스의 유니폼을 입는다!]
[유현, 내일이라도 출전 가능!]
[호크스, 단숨에 리그 최고 에이스 확보! 가을야구 경쟁에 참가하나?]
[임수근 감독, 유현 복귀로 호크스는 가을야구 노릴 수 있을 것!]

유현.
김진호 이후 한국 최고의 투수라고 평가받으며, 메이저리그에 진출하자마자 그 해 그리고 그다음 해 2년 연속 두 자릿수 승수를 거둔 그가 한국으로 돌아왔다는 사실이 만들어내는 충격은 그랬다.

쓰나미라는 표현을 쓰기에 부족함이 없을 정도, 한국프로야구 리그의 모든 이야기들을 그대로 쓸어버리기에 부족함이 없을 정도였다.

[이진용, 완봉승!]

-진용아, 기사 여기 있다! 여기!

그런 쓰나미 속에서 빠끔히 고개를 내밀 수 있는 건 이진용이 기록한 완봉승 정도뿐이었다.

-여기 구석에 있다! 아, 너무 작아서 현미경 대고 읽어야겠는데?

"현미경이라니, 말이 되는 소리를 하세요."

-응? 뭐라고? 기사 묻힌 허접 뽀록 투수라서 잘 안 들리는데?

당연히 김진호는 그 사실을 가지고 열심히, 아주 물 만난 물고기가 되어 날뛰었다.

"에이, 진짜."

결국 이진용이 신경질적으로 스마트폰을 껐다.

-왜 꺼?

"스마트폰 많이 보면 눈 나빠집니다."

-지랄하네.

김진호의 비웃음 섞인 반문에 말문이 막힌 이진용이 결국 푸념 섞인 투정을 뱉었다.

"아니, 유현 선수는 잘 나가는 메이저리그 두고 왜 갑자기 한국으로 오는 거야?"

그 투정에 김진호가 자연스레 대답했다.

-왜 오긴 못 버티니까 오는 거지.

"못 버티다니, 그게 무슨 소리예요? 저번 시즌 부상으로 잠시 주춤했지만 메이저리그에서 2시즌 동안 27승을 거둔 게 못 버틴 겁니까?"

말을 하던 이진용이 김진호를 보고는 이내 말을 바꿨다.

"예예, 김진호 선수에 비하면 못 버틴 거겠죠. 아무렴요. 잘 나서서 좋으시겠습니다."

김진호에 비한다면 적어도 지금 현역 그 어떤 투수도 비할 바가 못 될 테니까.

-유현은 뛰어난 투수야.

"예?"

그러나 김진호의 입에서 나온 대답은 이진용의 예상과 달랐다.

-150킬로미터까지 나오는 패스트볼과 함께 슬라이더, 커터, 커브 그리고 체인지업까지 가진 바의 구종을 제대로 다룰 줄 알고 있을뿐더러, 130대 킬로미터까지 자신의 패스트볼을 조절할 수 있는 완급조절 능력을 가지고 있지. 거기에 영리해. 아주. 타자를 상대로 삼진을 잡는 냄새를 본능적으로 맡을 줄 알아.

분명한 칭찬.

"김진호 선수가 다른 사람 칭찬도 하네요?"

칭찬에 인식한 김진호의 그런 모습에 이진용이 놀란 표정을 지었다.

-사실이니까. 비단 나만 그렇게 생각하는 게 아니라, 메이저리그 스카우트들도 그렇게 생각했지. 그러니까 4천만 달러가 넘는 돈을 투자해서 데려간 거고. 그렇잖아?

김진호가 그런 이진용을 바라보며 말을 이어갔다.

-네가 메이저리그 스카우트라고 했을 때, 넌 엔젤스의 마운드에서 호우거리는 이상한 또라이 투수한테 4천만 달러를 줘서라도 데려와야 한다고 네 직장 상사한테 자신 있게 말할 수 있어?

"꼭 비유를 해도……."

이진용이 뚱한 표정을 지었지만, 김진호는 말을 멈추지 않았다.

-그래서 말할 수 있어, 없어?

"없습니다. 예, 없어요."

-난 줄 수 있는데.

김진호의 말에 이진용이 놀란 눈을 떴다.

"지, 진짜요?"

-당연히 구라지.

"에이, 진짜!"

다시 한번 놀림 당한 이진용은 결국 본인이 대화를 끌어갔다.

"그래서 대체 왜 유현 선수가 한국으로 돌아온 겁니까?"

-말했잖아, 못 버틴 거라고.

"그러니까 왜 못 버틴 거죠?"

-더 오르지 못한 거지.

말을 하던 김진호가 잠시 말을 멈춘 채, 그 무대에서의 기억을 추억한 후에, 그 추억이 지나간 후에 입을 열었다.

-메이저리그 첫 시즌에 10승을 거뒀다고 치자. 넌 그럼 다음 시즌 목표를 몇으로 잡을 거야?

"음, 단순히 승수로 보자면 12승 정도 노리겠죠."

-그럼 너도 못 버틸 가능성이 커.

"왜죠?"

-그냥 그래.

대답이라고 할 수조차 없을 정도의 그 성의 없는 대답에 이진용이 다시 한번 뚱한 표정을 지었다.

반면 김진호는 표정 변화 없이 말을 이어갔다.

-메이저리그란 무대가 그런 무대야. 내가 작년 시즌에 10승을 했다. 그럼 다음 시즌은 20승 정도 한다는 마음으로 준비를 해야 해.

사실이었으니까.

-그렇게 자신을 불태워야 해.

"아."

그제야 이진용의 표정이 바뀌었다.

김진호의 말뜻을 이해한 것이다.

-그런 무대야. 자신 전부를 불태울 각오가 아니면 버틸 수 없는 세상. 하물며 10승을 거두는 순간, 그 투수는 다음 시즌에 자신의 모든 장점과 단점이 분석된 채로 메이저리그의 괴물 같은 타자들을 상대해야 해. 그저 불태우는 것만으로는 안 돼. 작년 시즌보다 더 거대하게 불태워야 살아남을 수 있지.

그 표정을 보면서 김진호는 말을 멈추지 않았다.

-그리고 메이저리그는 최신의 야구를 하는 곳이야. 한국프로야구에서 최신이니, 트렌드니 하는 건 메이저리그에서 수년 전에 이미 다 써먹은 것들이지. 일본이 현미경 분석 야구를 한다는데, 메이저리그 애들이 보면 웃음만 나오는 수준이라니까?

계속 이야기했다.

-트레이드도 활발하지. 사실 이게 진짜 무서운 이유야. 단장들이 서로 대화 몇 번 하는 순간 팀 자체가 달라지거든. 예를 들면 트레이드 마감 시한 전날에 '허허, 내일모레는 방어율 5점대 투수랑 대결하는군. 게임 좀 쉽게 할 수 있겠네?' 하는데 갑자기 작년 사이영상 받은 선발투수가 트레이드로 그 자리에 온다니까?

메이저리그, 그곳의 무서움에 대해서.

-그런 곳에서 1년을 버티는 거랑 2년을 버티는 것, 그리고 3년을 버티는 건 전혀 달라. 그러다가 부상으로 한 시즌 정도 이탈한다? 그런 와중에 계약 기간은 1년 남았다?

그 무서움에 대해서 거듭 이야기했다.

-계약 기간이 넉넉하면 억지로라도 써. 하지만 계약 기간 끝

나면? 방출, 웨이버, 트레이드, 마이너. 악몽들이 줄지어 늘어서 있지. 한국은 그나마 트레이드되어도 멀어야 서울에서 부산이지만, 메이저리그는 양키스 뛰던 놈이 다저스로 트레이드되면 뉴욕에서 LA로 가야 해. 그래서 선수들이 계약 기간에 목숨 거는 거야. 돈도 돈인데 계약 기간이 길다는 건 기회가 한 번이라도 더 온다는 것이다.

그 끝에 질문했다.

-이런데도 메이저리그 가고 싶냐? 유현도 버티지 못한 그곳을?

그 질문에 이진용은 일말의 망설임 없이 대답했다.

"당연하죠. 지금 당장 보내준다면 사비를 털어서라도 미국으로 갈 수 있습니다."

그 대답에 김진호가 고개를 저었다.

-그냥 가는 건 비시즌 때 비행기 표 끊어서 가면 되는 거고, 네가 그리고 내가 원하는 건 그런 게 아니지.

말을 하는 김진호가 어느 때보다 눈빛을 빛내며 말했다.

-진용아.

그 눈빛에 이진용도 진지한 눈빛을 바라보며 대답했다.

"예."

-이제부터 널 닥터로 만들어주마.

"예?"

6월 18일 일요일 경기를 끝내고 휴식일을 맞이한 엔젤스는 곧바로 창원 치타즈와의 원정경기를 위해 창원으로 내려왔다.

현재 리그 2위를 수성 중인 창원 치타즈.

그런 그들과의 경기는 당연한 말이지만 쉬울 수가 없었다.

심지어 엔젤스를 홈에서 맞이하는 창원 치타즈는 두려움이 없었다.

"엔젤스? 문제없지!"

"아무렴! 이호우 놈하고 붙을 일도 없는데 뭐!"

"이호우만 아니면 돼!"

일요일에 등판한 이진용을 상대할 이유가 없다는 것.

이진용을 배제한 엔젤스는 5할 승률도 간신히 유지하고 있는 리그 중하위권 팀에 불과하다는 것.

반대로 그 사실은 엔젤스에게는 압박감으로 다가왔다.

[치타스, 천사를 상대로 2연승!]

[치타스, 위닝시리즈 확보! 이제는 시리즈 스윕만 남았다!]

결국 엔젤스는 치타스를 상대로 2연패를 거둔 상태에서, 3연 전 마지막 경기만을 남긴 채 밤을 맞이했다.

이호찬 역시 그러했다.

'미치겠네.'

늦은 밤, 그는 호텔 로비에서 자신의 관자놀이를 문지르고 있었다.

'스카우팅 리포트도, 투수들 공도 나쁘지 않아. 근데 막아야 할 때 점수가 나온다.'

잠들지 못하는 탓이었다.

'그럼 나한테 문제가 있는 건가?'

다름 아니라 본인 스스로의 역량에 대한 의구심 때문에.

그건 무척이나 괴로운 일이었다.

선수에게 있어 자기가 부족해서 팀이 승리를 놓친다는 것만큼 큰 악몽은 없으니까.

잠들지 못할 수밖에 없는 일.

'그럼 대체 뭐가 문제지?'

더 최악은 이 순간 이호찬은 해결책을 도무지 찾아낼 수가 없다는 점이었다.

사실 지금 이호찬은 여러모로 불편한 상황이었다.

'이럴 때 투수들하고 대화라도 하면 좋을 텐데……'

그가 가장 많은 공을 주고받는 선발투수들, 그중 1선발부터 4선발과 이호찬이 호흡을 맞춘 건 이번 시즌이 처음이었으니까.

현재 4선발 투수인 차운호는 이번 시즌을 위해 FA로 영입한 투수다.

그리고 2선발과 3선발인 외국인 투수인 벤자민과 앤디 역시 이번 시즌에 새로 영입한 투수였다.

마지막으로 현재 팀 에이스인 이진용은 이번 시즌을 앞두고 막 영입한 투수였다.

'사석에서는 도무지 말 걸기가 쉽지 않단 말이야.'

솔직한 심정으로 이호찬 입장에서는 미칠 노릇이었다.

뭔가 이런 상황에서 투수들과 이야기를 나누고 싶지만, 그게 쉽지 않았으니까.

'내일은 운호랑 호흡 맞추고, 금요일은…… 다시 잠실에서 진용이랑 호흡을 맞추는 건가?'

그때였다.

'응?'

이호찬의 눈앞에 자그마한 체구의 사내가 어슬렁거리며 무언가를 찾듯이 주변을 두리번거리는 것이 보였다.

'이진용?'

사내의 정체는 이진용.

그런 이진용이 이호찬을 발견하는 순간 이내 이호찬을 향해 다가오기 시작했다.

'어?'

당연히 이호찬은 긴장했다.

왜 이진용이 자신한테 오는 걸까?

무슨 이야기를 하려고?

야구에 대한 이야기? 아니면 다른 이야기?

야구 이야기를 한다면 대체 무슨 이야기를 하려고?

내 리드가 마음에 안 든다고 말하려는 걸까?

온갖 종류의 생각들이 이호찬의 머릿속을 가득 채우고, 복잡하게 만들기 시작했다.

"호찬 선배."

그런 복잡한 생각이 정리되기 전에 이진용이 이호찬 앞에 다가와 그를 불렀다.

그리고 말했다.

"저기, 혹시 라면 드실래요?"

그 순간 이호찬의 모든 사고가 굳었다.

야구에서 투수에게 닥터라는 별명을 붙여주는 경우는 대개 한 가지 경우다.

닥터K.

그 누구보다 뛰어난 탈삼진 능력을 가진 투수들에게 통용되는 별명 중 하나.

투수들에게 있어서는 그야말로 로망과도 같은 별명이다.

삼진을 잡는다는 건 투수에게 그런 의미였다.

-삼진을 잡는 건, 투수에게 있어 돌팔매와 같아. 다윗이 골리앗을 잡을 때처럼.

영광이자 동시에 투수가 가질 수 있는 가장 확실한 무기!

-이진용, 네가 120내 구속으로 2군 레벨의 타자들 잡았을 때도 마찬가지였지. 맞혀 잡는 피칭을 한다는 건 어쨌거나 타자의 배트에 공이 닿는다는 것. 막말로 140대 공은 메이저리그의 타자들에게 있어 배트 어디에 맞혀도 홈런을 만들 수 있는 공이야. 달리 말하면 메이저리그에서도 살아남으려면 지금

보다 탈삼진 능력을 더 높여야 해.

이제까지 이진용이 놀라운 결과물을 남길 수 있었던 이유 역시 뛰어난 탈삼진 능력 덕분이었다.

그런 탈삼진 능력이 더 강력해진다면 이진용이 메이저리그 무대에서 활약할 가능성도 높아질 터!

그게 메이저리그를 꿈꾸는 이진용에게 김진호가 주고자 하는 새로운 무기였다.

-그렇다면 지금 네가 탈삼진 능력을 늘리기 위해 필요한 건 뭘까?

그럼 과연 탈삼진 능력을 키우는 데에는 무슨 방법들이 있을까?

방법은 많다.

"룰렛 대박? 마구 획득?"

-인마! 넌 수능 성적 어떻게 올립니까, 라는 질문에 잘 찍어서 맞으면 됩니다! 그렇게 대답할 거냐?

기량이 발전하거나.

"경험? 경력을 쌓는 것?"

경험이 해결해 줄 때도 있다.

-그것도 방법이지만, 시간은 마음대로 할 수 있는 게 아니지. 네가 지나가는 트럭에 치여서 10년 전으로 돌아가지 않는 이상은 말이야. 음, 그것도 나쁘지 않겠군. 해볼까?

"트럭에 치여서 과거로 돌아가는 게 말이 됩니까? 어디 이상한 거 보고 와서 이상한 소리 하고 계시네. 헛소리하지 마시고

본론으로 돌아와 주시죠?"

-헛소리? 아, 갑자기 기분 다운됐어. 말하기 싫어.

"기분 업 시키게 노래라도 불러드릴까요?"

-응, 한 곡 뽑아봐.

"마하반야바라밀다……."

-야, 인마!

"왜요? 심신안정에 불경만 한 게 없는데. 계속 부를까요?"

-됐어!

"그럼 이야기해 주시죠. 탈삼진 능력을 키울 수 있는 방법이 무엇인지."

-삼진을 잡는다는 건, 결과적으로 타자의 심리를 읽고 허점을 찔러서 헛스윙을 유도하거나, 공을 그냥 보게 만드는 거지. 머리싸움이라는 거야, 머리싸움.

혹은 보다 영리해지는 것도 방법이 될 수 있다.

"머리가 좋아져야 한다? 두뇌 계발 방법이 있나요?"

-그런 게 있으면 진작에 야구 접고 교육계 진출해서 떼돈을 벌었겠지.

"그럼 어떻게 합니까?"

-듀일 코어냐.

"듀얼 코어요?"

-그래. 머리 두 개를 쓰는 거다.

"저랑 김진호 선수가 머리를 맞대자고요?"

-야, 나랑 머리 맞대서 뭐해?

"그럼…… 아! 호찬 선배!"

-그래, 포수를 이용하는 거다.

그리고 다른 이의 도움을 받는 방법도 있다.

-타자랑 가장 가까운 곳에서 타자의 낌새를 읽을 수 있는 포수를 이용하면, 탈삼진 능력을 보다 더 극대화할 수 있지. 그리고 지금 네가 할 수 있는 가장 확실한 방법이고.

그 말에 이진용은 고개를 끄덕였다.

그러나 그렇게 고개를 끄덕이는 이진용의 표정이 점차 굳어졌다.

"그런데 저 호찬 선배랑 그다지 친하지 않은데요?"

-네가 팀 내에서 친한 선수가 있긴 해? 너 밥도 혼자 먹잖아?

"혼자 먹는 건 그냥 훈련 시간대가 안 맞아서……."

-응? 뭐어라구? 혼자 밥 먹는 찐따라서 잘 안 들리는데?

"장난치지 마시고요, 그래서 어떻게 하면 됩니까? 포수랑 친해지는 방법이 있습니까?"

이진용의 물음에 김진호는 미소를 지으며 말했다.

-포수랑 친해질 필요는 없어. 네가 할 일은 포수가 제 능력을 최대한 발휘할 수 있도록 해주는 거니까.

그 말과 함께 김진호는 덧붙였다.

-더불어 이호찬이란 포수, 이진용 네가 생각하는 것보다 훨씬 더 대단한 포수야.

그리고는 말했다.

-아마 정말 제대로 된 배터리가 된다면 이진용, 너 스스로

놀라게 될 거다.

그게 지금 이유였다.

"저기 혹시 라면 드실래요?"

늦은 밤 이진용이 이호찬을 찾아와 라면을 제안한 이유.

라면이 아닌 캔커피를 앞에 둔 채 이루어진 자리.

그 자리에서 이진용은 이호찬에게 말했다.

"선배님, 제가 굉장히 정신 나간 소리를 한다는 건 알고 있습니다."

이호찬은 그 말에 고개를 끄덕였다.

'대뜸 이 밤에 라면 먹자고 한 건 정신 나간 소리가 맞지.'

이호찬은 이진용이 앞서 한 말에 대한 사과의 의미로 그런 말을 했다고 생각했다.

물론 이호찬의 예상은 틀렸다.

"선배님, 앞으로 등판 경기에서는 삼진을 잡는 피칭을 하고 싶습니다."

"응?"

이진용의 정신 나간 소리의 기준은 이호찬이 생각하는 기준과 아득히 차이가 났으니까.

"이제부터 정말 삼진만 잡는 피칭을 하고 싶습니다."

그 말에 이호찬은 떨떠름한 표정을 지은 채 아무 대답도 못하고 이진용을 지그시 바라만 봤다.

　'진짜 정신 나간 소리를 하네?'

　지금 이호찬은 이진용의 의중을 읽을 수가 없었다.

　'삼진을 잡겠다니, 그게 무슨 소리야?'

　일단 이진용은 이미 리그 정상급 수준의 탈삼진 투수다.

　'이제까지 삼진 잡는 투수였잖아?'

　당장 연속 탈삼진 신기록 보유자 아닌가? 11명의 타자를 연달아 삼진으로 잡았던 괴물이다.

　그 후에도 이진용은 자신이 출전하는 경기 때마다 평균적으로 10개 이상의 삼진을 잡는 모습을 보였다.

　이런 투수가 삼진을 잡는 피칭을 하고 싶다?

　그럼 이제까지의 피칭은 삼진을 잡는 피칭이 아니라는 건가?

　'그보다 왜 이런 소리를 굳이 나한테…….'

　더욱이 이진용의 볼배합은 거의 대부분 이진용 본인이 정했다.

　사전에 합의를 할 때도 이호찬은 의견을 내는 경우가 거의 없었다. 이진용이 시나리오를 짜오면, 그 시나리오를 잘 찍을 수 있도록 사인을 정하고 도와주는 역할이 이호찬이 할 역할의 전부일 뿐.

　'나보고 뭐 어쩌라고?'

　딱 그거였다.

　도우미.

이호찬은 굳이 이진용을 길들이고 싶은 생각도 없었고, 서열 싸움을 하고 싶은 생각도 없었으며 결정적으로 이진용의 행보에 뭔가 문제를 만들 여지를 가지는 게 싫었다.

69이닝 무실점 피칭, 노히트노런, 퍼펙트게임을 기록한 투수의 야구에 손을 댔다가 문제가 생기는 건, 루브르 박물관에서 실수로 전시품 하나를 잘못 만지는 바람에 문제가 생기는 것과 비슷한 일이니까.

상상만으로도 끔찍한 일.

'아니, 그보다 여기서 삼진을 더 잡으면 뭐 어쩌자는 거야? 한 이닝에 삼진을 2개씩 잡겠다는 건가?'

하지만 한편으로는 궁금했다.

이진용이 좀 나사 빠진 인간처럼 행동하는 건 맞지만 마운드 위에서 그는 그 누구와도 범접할 수 없는 괴물이다.

다른 투수가 마운드 위에서 이제부터 삼진만 잡겠습니다! 그러면 또라이 소리를 듣지만, 이진용이 마운드 위에서 그런 소리를 하면 그 누구도 그를 또라이 취급하지 않는다.

긴장하고, 기대하고, 두려워할 뿐.

그런 그가 지금 본격적으로 삼진을 잡겠다고 말했다면, 그건 히언이 아닐 것이다.

진짜 그렇게 할 거란 의미다.

그럼 과연 이진용이 지금보다 더 많은 삼진을 잡게 되면 어떻게 될까?

궁금하지 않을 리 만무.

"그래서 정확히 나한테 원하는 게 뭐야?"

그래서 질문을 했다.

"선배님 도움이 필요합니다."

"내 도움?"

"선배님이 적극적으로 볼배합에 개입해 주십시오."

그 말에 이호찬이 질색하며 말했다.

"너 혼자서도 잘하는데 괜히 내가 의견 내면 잡음만 될 뿐이야. 난 도움이 안 된다고."

"에이, 선배님 대단하시면서."

이진용의 그 격려에 이호찬에 헛웃음을 흘렸다.

"야, 너 나랑 제대로 해본 적도 없는데 그걸 어떻게 알아?"

당연한 말이지만 이호찬은 이진용이 한 말이 빈말이란 걸 알고 있었다.

이진용이 나쁜 게 아니라, 이호찬 본인이 누구보다 자신의 처지를 잘 알고 있었으니까.

그는 그저 공을 잡는 포수일 뿐이다.

"어, 그게……."

그런 이호찬의 말에 이진용이 살짝 당황한 모습을 보였고, 이호찬은 그런 이진용을 향해 자신이 화가 난 게 아니라는 것을 보여주기 위해 말했다.

"진용아, 넌 진짜 끝내주는 놈이야. 굳이 누구 도움이 필요 없을 정도로 끝내주는 놈. 지금도 이미 완벽, 그 자체라고. 이제 충분하잖아? 성적 나오겠다, 아직 젊고, 운영팀장까지 빽으로 두고 있는데 뭐가 문제야?"

현상유지.

지금 이호찬이 보기에 이진용에게 가장 중요한 건 그거였다.

이미 올라갈 곳은 없으며, 보다 긴 시간을 이대로 보내는 것.

하지만 이진용은 달랐다.

오히려 그는 그것이, 현상유지가 가장 최악이라고 생각하고 있었다.

"지금 이대로는 엔젤스에 우승은 먼 이야기이니까요."

우승.

지금 이대로 현상유지를 한다는 건, 엔젤스가 우승을 못 한다는 의미였으니까.

그렇게 이진용의 입에서 나온 우승이란 두 글자에 술술 말하던 이호찬이 입을 다물었다.

"지금 이대로는 안 됩니다. 모두가 이 이상을 보여줘야 합니다. 그건 저 역시 마찬가지이고요. 그리고 뭔가를 보여주려면 저부터 보여줘야죠."

이진용의 그 말에 이호찬은 자리에서 일어났다.

"일단 내일 경기 끝나고 이야기하자. 알다시피 난 지금 내일 경기만으로도 머리가 복잡하다. 내일 경기까지 지면 시리즈 스윕이니까. 미안하다. 선배가 되어서 도움을 줘야 하는데, 이렇게 자리를 피해서."

그 말을 끝으로 이호찬이 자리를 벗어났다.

그리고 이진용은 그대로 자리에 앉은 채 나지막이 말했다.

"김진호 선수, 사람 가랑이 사이에 얼굴 집어넣고 금붕어처럼 뻐끔거리는 짓은 하지 맙시다."

-뻐끔거린 거 아닌데?

"그럼 뭐한 건데요?"

-호우!

"어우……."

김진호의 그 대답에 이진용도 못 볼 꼴을 봤다는 표정으로 자리에서 일어났다.

김진호도 자리에서 일어났다.

그 둘이 숙소로 돌아가면서 대화를 나누었다.

"그보다 잘 될까요?"

-잘 돼야지. 포수가 얼마나 중요한지는 내가 어제 아주 귀가 따갑게 말해줬잖아?

"예, 고막이 터질 정도로 말해주셨죠."

그 대화와 함께 이진용은 김진호와의 대화를 떠올렸다.

김진호, 그는 이진용이 한 단계 더 높이 성장하기 위해서는 포수의 적극적인 도움이 필요하다고 했다.

그러면서 김진호는 포수의 가치에 대해서 설명해 줬다.

-사실 기본적으로 투수보다 포수가 훨씬 더 상대하는 타자의 심리를 잘 알아. 좀 더 솔직히 말하면 리그에 투수 100명이

있으면 머리 좀 쓴다는 상위 10명 빼고 나머지 90명이 볼배합 하는 것보다 그냥 포수가 하는 게 나아. 실제로도 그렇게 하고.

포수가 투수보다 더 영리하다고.

틀린 말은 아니었다.

-단순하게 계산하면 선발투수가 30경기 나와서 평균 100구씩 던져봐야 1년에 3,000구 정도 던지지만 주전 포수가 130경기 나와서 풀로 뛰어봐. 한 경기에 평균 150구 정도를 받는다고 가정하면 2만 개에 가까운 공을 받는 거야. 경험치 쌓이는 속도가 다르지.

기본적으로 포수는 다양한 투수를 상대하고 동시에 다양한 타자들을 상대하며, 그러한 투수와 타자를 아주 많이 상대한다.

똑같은 역량을 가진 두 명이 있는데 한 명이 쌓은 경험치가 압도적으로 많다면 어느 쪽이 더 나은 역량을 가졌는지는 굳이 고려할 필요가 없을 터.

물론 투수의 경우에는 선택과 집중을 할 수 있으며, 포수의 경우에는 오히려 너무나도 많은 데이터를 받아들이기 때문에 깊이가 부족할 수도 있다는 점은 고려해야 한다.

어쨌거나 분명한 사실은 타자와의 수싸움에 있어서 포수의 역량은 투수와 비교해서 부족할 게 없다는 것.

-근데 포수들은 자신들이 내놓은 수를 굳이 투수에게 요구하거나, 강요하지 않아. 적극적으로 의견을 피력하지 않는 경우도 많아. 투수가 이 공 던지고 싶다고 하면 자기 생각하기에

는 좀 아닌 것 같아도 그냥 던지라고 하지.

하지만 그런 포수 중에서 자신이 적극적으로 볼배합을 가져가는 경우는 드물다.

이유는 여러 가지가 있다.

-열 명 넘는 투수들을 상대하는 입장에서는 투수 하나하나를 챙겨주는 것보단 그냥 져 주는 게 편한 것도 이유이고, 솔직히 투수가 자신 있게 던지겠다는데 아니라고 하는 것도 좀 그런 것 역시 이유이지. 하지만 사실 가장 큰 이유는 그거야.

그러나 절대적인 이유는 하나였다.

-몸쪽 낮은 코스에 패스트볼 던지면 무조건 아웃을 잡을 수 있다고 해도 그걸 제대로 해내는 투수가 손에 꼽을 정도라는 것.

주문해도 주문대로 안 나온다는 것.

말 그대로다.

-페페로니 피자를 주문했는데 부침개가 오는 집에 누가 미쳤다고 주문을 하겠어? 안 그래?

포수가 요구하는 공을 그대로 던질 수 있는 투수는 극히 소수에 불과했다.

그 정도의 컨트롤을 가진 투수도 적을뿐더러, 그런 컨트롤을 가지고 있더라도 그런 컨트롤을 중요한 순간 백퍼센트 발휘할 정도의 심장을 가진 투수는 더 적으니까.

막말로 포수가 그냥 스트라이크존에 공을 꽂으라는 말에도 공을 꽂아 넣지 못해 볼을 남발하는 투수가 허다한 게 현실이다.

그런 현실에서 포수는 굳이 무리한 주문을 하지 않는다.

패스트볼이냐, 변화구냐.

스트라이크존 안이냐, 밖이냐.

그것도 안 되면 그냥 던지고 싶은 거 던져라!

이호찬이 그랬다.

그는 굳이 투수에게 무리한 주문을 하기보다는 투수가 무슨 공을 던져도 잡는 것에 포커스를 맞췄다.

즉, 볼배합을 염두에 둘 여력이 있으면 그 여력을 블로킹 능력과 포구 능력, 도루 저지에 쓰고자 한 것이다.

실제로 이호찬의 블로킹 능력과 도루 저지 능력은 리그에서 세 손가락 안에 꼽힐 정도로 높았다.

그게 이호찬이 오랜 세월 동안 엔젤스의 안방마님으로 군림하는 이유이기도 했다.

그가 아무것도 안 하고, 아무 능력도 없었다면 치열하기 그지없는 프로 세계에서 살아남았을 리 만무하지 않은가?

그러나 김진호는 알았다.

-분명한 건 이호찬은 보통 포수가 아니야.

이호찬이 가진 능력이, 재능이, 자질이 보통이 아님을.

막연한 감이 아니었다.

-어떻게 그걸 알 수 있냐고? 이호찬이란 녀석은 단 한 번도 이진용, 네 볼배합에 대해서 의구심을 제시한 적 없었으니까.

언제나 이진용과 함께하는 김진호는, 그런 이진용이 이호찬과 나누는 모든 대화를 보고 들었고, 그를 통해 분명하게 알 수 있었다.

-나서기 싫어서 그런 것도 있지만, 달리 말하면 나설 이유가 없던 거지. 진용이, 네가 내놓은 해답과 이호찬이 내놓은 해답이 비슷했을 테니까.

이호찬의 수싸움 능력이 이진용에 비해서 부족할 게 없다는 것을.

그 말을 들었을 때 이진용은 어떻게든 이호찬의 도움을 받고 싶었다.

아니, 안달이 났다.

만약 이진용 본인이 이호찬이 있는 곳에서, 타자의 숨소리조차 들을 수 있는 곳에서 타자를 관찰할 수 있다면 타자를 보다 완벽하게 공략할 수 있을 테니까!

그게 이진용이 움직인 이유였다.

"잘될까요?"

그리고 지금 다시 현재로 돌아온 이진용이 염려 섞인 눈빛을 가지는 이유였다.

"호찬 선배가 움직일까요?"

이호찬이 움직이지 않는다면, 이진용은 그저 안달이 난 채로 시즌을 치러야 할 테니까.

그런 이진용의 말에 김진호는 말했다.

-무조건 움직인다.

"무조건이요?"

-그동안 버스만 타고 다니다가 누가 새빨간 슈퍼카를 빌려 주면서 마음껏 밟으래. 그럼 넌 어떨 것 같냐?

"미치죠."

-그래, 미칠 수밖에 없지.

말을 하는 김진호의 미소가 깊어졌다.

-그리고 그거에 미치는 놈들이 프로가 되는 거지.

마산 구장에서 치러진 치타스와 엔젤스의 3연전 마지막 경기.

-게임 끝! 최종 스코어 3 대 1! 치타스가 엔젤스를 상대로 시리즈 전부를 가져갑니다!

-치타스 강하네요, 아주 강해요.

그 경기의 승자는 치타스였다.

"8회에 승부가 났네."

"8회에 엔젤스가 나범석을 못 막은 게 컸지."

승패를 가르는 분수령이 터진 건 8회 말이었다.

1 대 1 숨 막히는 스코어 상황에서 맞이한 8회 말 1아웃 주자 1, 2루 상황.

그 상황에서 타석에 선 치타스의 3번 타자인 나범석이 셋업맨으로 올라온 엔젤스의 이기성을 상대로 2타점 적시타를 때

러냈다.

"엔젤스 입장에서는 아쉽겠어. 이기성 구위가 좋았는데."

"패스트볼 구속이 거의 대부분 148 이상 나왔으니까. 나쁠 건 조금도 없었지."

"그보다 이기성이 무너지면, 셋업맨이 흔들린다는 건데 사실 이게 더 큰 문제 아니야?"

"그렇지."

"이번 패배는 꽤 아프겠어."

"그나마 다행인 건 4연패 할 가능성은 낮다는 걸까?"

"하긴, 내일은 필승 에이스 카드가 나오니까."

엔젤스 입장에서는 여러모로 아쉽고 동시에 뼈아픈 패배였다.

팀이 시리즈 스윕을 당하며 3연패에 빠지게 된 패배였으니까.

때문에 엔젤스의 더그아웃에 있는 모든 이들의 표정은 어느 때보다 지친 기색이 역력했다.

'아……'

이호찬의 표정은 그중에서도 좀 더 심각했다.

'거기서 커브를 던지면 안 됐었어.'

그는 누구보다 잘 알고 있었으니까.

'패스트볼을 던졌어야 했어.'

그 중요한 순간, 8회 1사 주자 1, 2루 2볼 2스트라이크 상황에서 커브가 아니라 패스트볼을 던졌다면 나범석을 상대로 아웃카운트는 물론 병살타도 잡을 수 있었으리란 것을.

막연한 느낌이 아니었다.

'분명 커브를 노리고 있었어.'

타석에서 나범석은 자신이 패스트볼을 칠 생각이 없다는 징조를 조금씩이나마 보이고 있었다.

'그러지 않고서는 배터 박스에서 그렇게 여유를 가질 리가 없는데……'

일단 배터 박스에서의 모습이 평소와 달랐다.

8회 말을 막기 위해 올라온 엔젤스의 셋업맨 이기성.

그는 직구 최고 구속이 151킬로미터에 이르는 빠른 공을 던지는 투수였다.

단지 그 공을 30구 이상 던지지 못했기에 셋업맨에 있을 뿐.

어쨌거나 그런 위력적인 패스트볼을 던지는 투수를 상대하는 타자들은 그 투수와 한 발자국이라도 더 먼 곳에서 승부를 하고자 한다.

배터 박스 뒤쪽에 최대한 바짝 붙으려고 안간힘을 쓴다.

그러나 나범석은 그러지 않았다.

배터 박스 뒤쪽에 서되, 굳이 포수의 신경을 건드릴 정도로 안간힘을 쓰진 않았다.

당연히 그 사실을 캐치한 이호찬은 2볼 2스트라이크 상황에서 결정구로 이기성에게 패스트볼을 요구했다.

'기성이 녀석은 그게 문제야.'

그리고 거기서 이기성은 고개를 저었다. 그는 패스트볼 대신 다른 공을, 커브를 원했다.

'그 좋은 공을 놔두고 너무 가슴이 작아.'

이유는 자신감 부족.

이기성은 빠른 공을 가지고 있지만, 그 공의 컨트롤이 우수한 타입은 아니었다.

그리고 그다지 심장이 단단한 투수도 아니었다.

한편 나범석은 패스트볼 킬러라고 불릴 만큼 빠른 공에 대한 타율이 썩 좋은 타자였다.

그런 상황에서 이기성은 나범석을 상대로 패스트볼을 던질 자신이 없었고, 그래서 커브를 골랐다.

그 커브 자체도 실상 아웃카운트를 잡기 위한 공이 아니었다.

2볼 2스트라이크, 아직 볼 하나 여유가 있는 상황에서 나범석이 헛스윙을 해주기를 바라고 던진 공이었지.

'가슴이 작으니 제구가 제대로 될 리가…….'

문제는 그 커브가 밋밋하게 존에 들어갔다는 것.

그리고 앞서 말했듯이 나범석이 커브를 노리고 있었다는 것.

'애초에 나범석은 기성이가 2스트라이크 잡고 자기 상대로 빠른 공 던지지 못할 거라는 걸 노리고 있었어.'

좀 더 들어가면 나범석이 커브를 노린 이유 자체 역시 이기성의 스타일을 파악한 탓이었다.

절대 2스트라이크 상황에서 자신한테 빠른 공을 던지지 못할 것이며, 도망치는 피칭을 할 거라는 사실에 대한 확신!

그게 패인이었다.

'쳇.'

답이 정해져 있음에도, 그 답을 고르지 않아서 생긴 패배.

씁쓸함을 넘어 참혹한 패배였다.

'차라리 내가 억지로라도 패스트볼을 요구했다면…… 아니지.'

물론 그렇다고 해서 거기서 패스트볼을 던졌다고 해서 이겼다고는 알 수 없었다.

야구에 만약은 없으니까.

앞서 말했듯이 나범석은 패스트볼에 강한 타자였다.

만약 이기성이 던진 패스트볼이 스트라이크존 한가운데 몰렸다면 적시타 정도가 아니라 쓰리런 홈런이 나왔을 수도 있다.

'그건 아무도 모르는 거야.'

그렇기에 이 문제는 고민하면 고민할수록 답답함, 그 외에는 그 무엇도 얻을 수 없는 문제였다.

때문에 이제까지 이호찬은 이런 고민 자체를 하지 않았었다.

패인이 보이면서도 외면했다.

눈뜬장님을 자처했다.

모르는 척했다.

그러나 오늘은 답답함이 평소처럼 쉽게 외면할 수도, 모른 척할 수가 없었다.

'내가 정말 틀린 걸까? 아니면 맞는 걸까?'

그 원인.

'진용이라면…….'

자신의 이 답답함을, 평생 풀 수 없으리라 생각한 난제를 풀어주기에 가장 완벽한 존재가 그의 마음을 흔들었다는 것.

결국 그는 그 흔들림에 넘어갔다.

그렇게 엔젤스가 레인저스와의 주말 3연전을 위해 다시 서울로 향했다.

금요일에 야구 경기가 열리는 잠실구장.

그것만으로도 이미 만원 관중이 되기에 부족함이 없는 조건들.

"사람 어마어마하게 많네."

"많을 수밖에 없지. 이진용 선발 경기이니까."

여기에 이진용이 더해지지는 순간 잠실구장은 이제는 암표조차도 구하기 힘든 무대가 되어 있었다.

하지만 그 무대에 표 없이 참가할 수 있는 이들이 있었다.

"기자라서 다행이네요. 이런 경기를 표 구매 걱정 없이 볼수도 있고."

관계자들.

그중에서 기자인 황선우와 그의 후배 기자는 여유롭게 잠실구장의 한 자리를 차지할 수 있었다.

"나도 그래서 기자가 됐지."

"선배도요?"

"응. 그리고 기자가 되면 메이저리그 구장도 마음대로 가고 클럽하우스도 들어갈 수 있다는 말에 냉큼 나도 당시 선배 따라서 미국 갔다가 아주 개고생을 하고 왔지."

"아……."

"자동차로 한 10시간 타면서 구장별로 이동할 때면 정말 치가 떨린다니까."

더불어 그 관계자들 중에는 새로운 이들도 있었다.

"그보다 외국인들이 많이 보이네요."

처음 보는 외국인들.

"역시 스카우트들이겠죠?"

"갑자기 이진용을 사랑하게 된 순수한 야구팬은 아니겠지."

메이저리그 스카우트들, 예전까지는 이진용의 경기에 보이지 않았던 이들이 대거 자리에 참석하고 있었다.

"선배님 말대로 구속 140 찍자마자 메이저리그 스카우트들이 오네요."

그것이 지금 이진용의 달라진 모습을 보여주는 증거였다.

그가 메이저리그에 도전할 최소한의 자격을 갖추었다는 증거.

"그런데 이진용 선수가 메이저리그 가려면 최소 7시즌을 뛰어야 하는데 지금 관심 가질 필요가 있나요?"

물론 최소한의 증거를 갖췄을 뿐, 이진용이 이제부터 넘어야 하는 난관은 많았다.

하지만 황선우는 그 사실에 별 의미를 두지 않았다.

"메이저리그 스카우트들은 쿠바 선수들도 줄줄 꿰고 있어."

"쿠바요?"

"그래, 쿠바에서 영입하고 싶은 선수가 목숨 걸고 바다를 건 너 아메리카 대륙에 발을 디딜 때를 대비해서."

"아……."

메이저리그에는 정말 말도 안 되는 난관을 뚫고 그 무대에
선 선수들이 즐비했으니까.

"그에 비하면 한국에 있는 투수 하나 지켜보는 건 일도 아니
지."

중요한 건 그런 기간이니, 세월이니 하는 것이 아니었다.

"그리고 이진용, 본인이 신경 쓸 문제도 아니야. 그저 자기
야구를 보여주면 될 뿐."

이진용이 무엇을 보여줄 수 있는가?

"그럼 이진용 선수가 메이저리그에 가려면 뭘 더 보여줘야
할까요?"

"뭐?"

후배 기자의 질문에 황선우는 어처구니가 없다는 듯한 표
정을 지었다.

후배 기자가 그 표정에 당황하며 말했다.

"그러니까 이진용 선수가 뭘 더 보여줘야 메이저리그에……."

"야, 넌 지금 그 성적에서 뭘 더 보여줄 수 있을 것 같냐?"

그 말에 후배 기자가 잠시 멍한 표정을 짓더니 이내 어색한
웃음을 흘렸다.

"하하……."

후배의 웃음에 황선우도 헛웃음을 지었다.

그렇게 헛웃음이 흘러나오는 사이, 마운드 위로 전운이 감

돌기 시작했다.

그리고 이내 한 투수가 마운드로 오르기 시작했다.

그러자 잠실구장이 괴성을 내지르기 시작했다.

"호우우우!"

"호우우우우!"

"호우우우우우!"

그야말로 괴이하기 그지없는 울음.

그 울음 사이에서 황선우가 나지막이 혼잣말을 중얼거렸다.

"방어율 제로의 선발투수가 뭘 더 보여주기를 기대하는 건 야구를 모르는 거지."

게임이 시작됐다.

호우우우!

괴성이라고 부를 수밖에 없는 소리, 그러나 이진용은 그 무엇보다 반가운 홈구장의 외침에 미소를 지으며 마운드에 올라섰다.

'아!'

그렇게 올라선 마운드는 훌륭했다.

툭툭!

마운드의 모래는 이진용의 취향에 딱 맞게 단단했고, 마운드 뒤편에 마련된 로진백과 스파이크의 모래를 털어주는 스파이크 클리너 역시 이진용이 언제나 두는 위치에 있었다.

무엇보다 마운드 위에 이진용의 발자국만이 존재한다는 사실이 가장 마음에 들었다.

-난 홈 경기를 치를 때는 1회 초가 언제나 좋았어.

그런 이진용의 마음을 김진호는 이해하고 있었다.

-모든 게 나를 위해 세팅되어 있으니까. 맞춤형 양복을 입는 듯한 느낌이었지. 그래서 난 선발 등판할 때마다 마운드 키퍼에게 사인볼을 남겨주고는 했어. 고맙다는 인사말과 함께. 그렇게 해서 남긴 사인볼 꽤 많았는데, 그중에서 이베이에 나온 건 하나도 없었지.

그 멋진 이야기에 이진용이 글러브로 입을 가린 채 말했다.

"그럼 원정 경기 때는 언제가 제일 좋았습니까?"

-9회 말.

대답하는 김진호의 말에는 망설임이 없었다.

-내가 마운드에 올라오는 순간 원정 경기의 분위기가 싸해지는 게 정말 마음에 들었지.

망설일 문제가 아니었으니까.

-특히 리글리 필드…… 가장 오래된 야구장인 그곳에서 컵스를 상대로 이기고 있는 상황에서 9회 말에 올라오면 말이야, 거긴 정말 귀신의 집이 돼. 뭐, 지금은 내가 있는 집이 귀신의 집이지만.

그때였다.

-잡담은 여기서 멈추고.

평소라면 여기서 이진용이 말리기 전까지 자신이 컵스로 나온 모든 선발 경기에 대한 이야기를 한 후에, 그다음에는 시카고 화이트삭스와의 이야기까지 하고도 남을 김진호가 저 스스로 이야기를 멈췄다.

-진용아.

이야기 대신 이진용의 이름을 불렀다.

"예."

-세상 그 어떤 지도자도 좋은 투수를 키울 때, 그 투수에게 삼진만 잡으라고 하지 않는다.

갑작스러운 말.

-현실적으로 아무리 좋은 투수라도 모든 아웃카운트를 삼진으로 잡을 순 없으니까. 현실은 한 이닝에 1개 이상의 삼진만 잡아도 그 투수는 좋은 투수로 대접받지.

더욱이 그 말은 삼진만 잡는 투수가 되라는 김진호가 한 말과 상충하는 말이었다.

하지만 이진용은 그 말에 당황하지 않았다.

-그런데 난 좋은 투수 같은 거 키우고 싶지 않아.

알고 있으니까.

-할 줄도 몰라. 내가 힐 줄 아는 건 괴물을 기우는 것밖에 없으니까.

김진호가 하고자 하는바, 원하는 바가 무엇인지.

때문에 이진용은 조금의 흔들림 없이 미소만 지었다.

[에이스 효과가 발동합니다.]

그렇게 게임이 시작됐다.

레인저스.

이미 일찍이 이진용에게 노히트노런을 헌납했던 그들은 당연한 말이지만 이진용과의 경기를 앞두고 조금의 방심도 하지 않았다.

이진용을 상대로 아주 대단한 복수전을 기획하지도 않았다.

그들이 꾀하는 건 하나였다.

'한 점을 내기 위해 전력을 다한다.'

1점.

오로지 단 1점만을 내는 것을 목표로 삼았다.

그런 그들의 각오는 타석에서 그대로 드러났다.

'배터 박스 끝에 처박혔군.'

타자가 배터 박스에 들어오는 순간 배터 박스 가장 뒤쪽에서 자신의 다리를 나무가 뿌리 내리듯 박은 것.

'배트는 짧게 쥐고.'

어떻게든 이진용의 공을 건드리기 위해, 장타 따위보다는 단타라도 만들기 위해 배트를 짧게 쥔 것.

'홈플레이트 가까이에 서고.'

여차하면 몸에 맞아서라도 나가겠다는 각오를 가진 채 홈 플레이트에 가까이 붙은 것까지.

'인사도 안 하네.'

결정적으로 타석에 서는 순간 포수를 향해 그리고 주심을 향해 단 한마디의 인사도 하지 않은 것은 그 타자가 얼마나 각오로 다져졌는지 보여주는 대목이었다.

'어떻게든 1점만 뽑겠다.'

그렇기에 이호찬이 오늘 레인저스의 의중을 파악하는 건 너무나도 쉬웠다.

'9이닝 동안 1점. 그럼 당연히 초반은 탐색전을 위해 포기하겠지. 공을 최대한 볼 거다.'

더 나아가 지금 타석에 선 타자의 의중을 파악하는 건 더 쉬웠다.

그렇기에 이호찬은 주문했다.

'패스트볼.'

초구는 포심 패스트볼.

'한가운데.'

코스는 타자의 심장과도 같은 곳인 스트라이크존 한가운데!

그 공에 마운드에 선 이진용은 깊은 미소와 함께 곧바로 고개를 끄덕였다.

그 사실에 이호찬도 깊은 미소를 지었다.

초구에 한가운데 패스트볼을 요구하면 투수 백 명 중 구십구 명은 고개를 젓는다.

미쳤냐고.

경기 초반부터 무슨 지랄이냐고.

1회에 선두타자를 출루시키는 게 얼마나 좃같은 일인지 아
느냐고.

그러나 이진용은 오히려 그게 재미있다는 듯이, 자기도 그
러고 싶다는 듯이 고개를 끄덕인다.

'또라이 새끼.'

그게 이호찬이 미소를 짓는 이유였다.

오늘 그는 저 괴물 같은 이진용과 함께, 그저 투수와 포수
가 아닌 배터리가 되어 경기를 치를 테니까.

펑!

"스트라이크!"

그렇게 이진용이 던진 초구와 함께 게임이 시작됐다.

'한가운데 공을 받은 건 여러 번이지만 직접 주문해서 받으
니까…… 끝내주는군.'

누군가에는 악몽이 될 게임이.

레인저스는 영리한 팀이다.

뛰어난 개인 역량을 발휘해 승리를 쟁취하기보다는, 우수한
전력분석팀과 그 전력분석팀이 가져다 준 데이터를 토대로 승
리를 쟁취하고자 하는 부류.

때문에 그들은 인정했다.

"이진용을 상대로 2점, 3점 내는 건 지금 우리에게는 불가능하다. 1점을 내는 것조차 쉽지 않다."

당장 이진용을 무너뜨리는 게 쉬울 리 없다는 것을.

오히려 이진용에게 당할 가능성이 높다는 것을.

여기서 레인저스의 코칭스태프는 결단을 내렸다.

"그러니까 져도 좋다. 져도 좋으니까 이진용을 상대로 전력을 다해봐라."

승리를 도모하지 않아도 되니, 승리해야 한다는 부담감을 짊어지지 않아도 좋으니 이진용과 한 번 제대로 붙어보라고.

"다음의 이진용을 무너뜨리기 위한 연습을 하는 거다. 여기서 돌파구를 찾는 거다."

이번 이진용과의 매치업을 이진용을 무너뜨리기 위한 디딤돌로 삼을 생각이었다.

"그래, 까짓것 지면 어때? 우리만 지는 게 아닌데."

"야, 안타 하나면 돼. 노히트만 당하지 말자고."

"아주 개처럼 물어뜯어 보자고!"

그것이 레인저스 선수들의 각오를 보다 견고하게 다지게 만들었다.

그리고 그것이 레인저스 코칭스태프들이 원하는 것이었다.

질 때 지더라도, 그 패배에 의지가 꺾이기보다는 오히려 투쟁 의지를 더 불태우는 것!

그렇게 시작된 레인저스의 의지는 확실히 활활 타올랐다.

펑!

"스윙, 스트라이크 아웃!"

3회 초 이진용을 상대로 오늘 아홉 번째 아웃카운트를 오늘 다섯 번째 삼진으로 헌납하기 전까지는.

분명 그 전까지 레인저스의 의지는 활활 타오르고 있었다.

이진용을 상대한다는 사실을 분명하게 받아들이고 있었다.

'아.'

그러나 그런 그들의 의지가 꺾이는 데에는 3이닝이면 충분했다.

'뭔가 달라. 분명 뭔가 달라.'

달랐으니까.

마운드 위에 있는 이진용은 레인저스 타자들이 생각한 이진용과 분명 달랐으니까.

물론 구위, 구속은 예상한 그대로였다. 볼배합 역시 이진용이 평소에 하던 그대로 신출귀몰, 그 자체였다.

"호우!"

그리고 마운드 위에서 이진용이 내지르는 그 함성 역시 평소와 같았다.

그러나 레인저스 타자들은 지금 분명하게 말할 수 있었다.

'생각한 것보다 훨씬 더 숨이 막힌다.'

지금 마운드 위의 이진용은 전혀 다르다고.

뭔지는 모르겠지만 분명 훨씬 더 강력한 압박감을 마운드 위에서 타자에게 주고 있다고.

'대체 뭐지?'

하지만 도무지 그 무언가를 이진용에게서 찾을 수 없었다.

"진용아, 나이스 피칭이다."

"예, 선배님도 나이스입니다. 아주 그냥 제 마음에 쏙 드는 공만 골라 요구하시네요."

"네가 잘 던지니까 먹히는 거지."

그 무언가는 다름 아닌 이호찬에게 있었으니까.

이호찬, 그는 오늘 이진용의 볼배합에 적극적으로 개입을 하고 있었다. 그가 볼배합을 정하고 있었다.

그리고 그렇게 정해진 볼배합에 이진용은 적극적으로 따랐다.

굳이 따르고 자시고 할 것 없이 이진용이 원하는 공을 요구했으니까.

자연스레 이호찬이 건네는 사인에 고개를 젓는 횟수보다 고개를 끄덕이는 횟수가 압도적으로 많아졌다.

"선배님 덕분에 아주 그냥 빠릿빠릿하게 진행되네."

자연스레 이진용이 공을 던지고, 다음 공을 던질 때의 시간이 크게 단축됐다.

-그게 더블 코어의 장점이지. 진짜 잘 맞는 배터리를 만나면 어려운 계산도 할 수 있지만, 더 빠른 계산도 가능해지니까.

더블 코어, 두 개의 머리는 더 나은 생각을 하는 건 물론 더 빠른 계산도 가능했으며, 그 빠른 계산이 빠른 경기 운영을 가능케 해준 것이다.

그리고 그 빠른 경기 운영은 생각보다 굉장히 위력적이었다.

-더군다나 이진용, 넌 평소에 마운드에서 고개를 젓는 횟수가 많은 타입이었지.

"제가요?"

-응, 또라이답게 또라이 같은 공을 요구했으니까. 그 또라이 같은 공에 대한 사인이 나올 때까지 고개를 도리도리 흔들었지.

평소 이진용은 마운드 위에서 고개를 젓는 횟수가 많았다.

당연했다.

이진용은 허의 허를 찌르는 투수였고, 그런 이진용이 원하는 공을 포수가 손가락 다섯 개를 이용한 사인을 통해 알아내는 데에는 많은 과정이 필요했으니까.

동시에 그건 이진용을 상대하는 타자들이 이진용을 상대할 때 노릴 수 있는 약점이었다.

이런 거다.

2스트라이크 1볼 상황, 이런 상황에서 이진용에게 요구하기 가장 좋은 공은 스플리터다.

그야말로 마법과도 같이 뚝 떨어지는 그 공은 오는 걸 알고 있어도 수준급 타격 능력 없이는 제대로 맞추기가 쉽지 않으니까.

때문에 타자도 안다.

그 대목에서 포수가 이진용에게 가장 먼저 보내는 사인은, 스플리터 던질래? 라는 것을.

그런데 마운드에 있는 이진용이 고개를 젓는다?

그렇다는 건 이진용이 스플리터가 아닌 다른 것을 던질 가능성이 높다는 의미.

실제로 이진용의 스타일을 잘 분석하고, 수싸움에 능한 타자들 중에는 이 허점을 읽어서 이진용으로부터 안타를, 볼넷을 뽑아내고는 했다.

하지만 오늘 이진용은 그러지 않았다.

"예, 다 어느 분의 가르침에 충실한 덕분이었죠. 그분을 닮아가는 모양입니다."

-뭐, 인마? 지금 싸우자는 거냐?

도리도리, 지금 이진용이 김진호에게 보여주는 행동을 마운드 위에서 거의 보여주지 않았다.

레인저스 타자들에게 이진용의 작은 틈을 노릴 기회조차 주지 않은 것이다.

더욱이 피칭과 피칭 사이의 시간, 인터벌이 짧을수록 타자들이 느끼는 압박감은 커진다.

야구는 타자가 투수의 타이밍에 맞추는 스포츠니까.

투수가 투구 자세를 취하는 순간, 타자는 원하든 원치 않든 타격을 준비해야 하니까.

그런 상황에서 이진용의 평소보다 더 빠른 투구는, 가뜩이나 지랄 맞은 이진용의 주먹을 쉴 틈 없이 맞는 것과 같았다.

강타와 연타, 두 가지가 동시에 이루어지는 셈이었다.

-어쨌거나 지금 페이스 괜찮다.

더 무서운 건 이게 시작이라는 것.

"괜찮다고 만족하면 여기 있을 이유는 없겠죠."

-그렇지.

아직 이진용과 이호찬이 제대로 호흡을 맞춘 건 3이닝에 불과, 몸풀기에 불과했으니까.

"그리고 아직 호찬 선배도 조심스럽게 하고 있고요."

더욱이 지금 이호찬은 이진용이 원하는 대로 삼진만 잡는 피칭을 하는 게 아니었다.

아웃카운트를 잡는 피칭을 하고 있었다.

이진용과 본격적으로 호흡을 맞추는 것은 이번이 처음인 상황에서 삼진만 잡는 피칭을 하는 건, 처음 탄 슈퍼카의 악셀을 전력으로 밟는 것만큼 위험했으니까.

그래서 이진용도 충분히 그런 이호찬에게 맞춰주고 있었다.

하지만 반대로 몸이 풀리고, 감이 온다면 이야기는 달라질 것이다.

크게 달라질 것이다.

호우!

잠실구장을 뒤흔드는 그 외침과 함께 마운드 위에 있는 투수가 모자를 벗으며 마운드를 내려왔다.

마치 콘서트장을 방불케 하는 분위기.

그 어디에도 긴장감이라고는 한 점도 찾아볼 수 없었다.

"오늘은 낙승이겠네."

긴장감을 가질 이유가 없는 탓이었다.

"그렇지, 점수는 이미 4 대 0."

6회 초가 끝난 현재 엔젤스 대 레인저스의 점수는 4 대 0으로 엔젤스가 4점 차 리드를 가지는 중이었다.

승리를 확신하진 못하더라도 자신하기에 부족함이 없는 점수 차.

"이진용은 오늘도 무실점 피칭을 하는 괴물 같은 피칭 중이고."

"오늘도 완봉하겠지?"

"완투보다 완봉이 많은 투수가 나올 것 같네. 아니, 그보다 이진용 완투는 없지?"

"완봉이 완투이긴 하지만, 점수를 내주는 걸 완투라고 한다면…… 완투는 없다고 봐야겠지."

그리고 마운드 위에는 미스터 제로, 마운드의 지배자나 다름없는 괴물 이진용이 있었다.

"6이닝 1피안타 9탈삼진이지? 괴물이네, 괴물."

"레인저스는 아마 1피안타에 만족할걸? 노히트나, 퍼펙트게임 당할 일은 없잖아?"

더불어 오늘 이진용은 1피안타를 기록하고 있었다.

노히트노런, 퍼펙트게임을 기대할 수는 없다는 의미.

그 대기록의 탄생에 마음 졸이며 긴장할 이유 역시 없다는 의미였다.

때문에 기자들 중 적지 않은 이들은 이닝이 끝날 때마다 여유 있게 움직이기 시작했다.

"담배나 한 대 피우자고."

"난 화장실 좀."

"으으, 그냥 기사 대충 쓰고 퇴근할까?"

중요한 순간을 놓칠 것을 염려하며 담배를 피우는 것조차 마음대로 못할 이유가 없었으니까.

그러나 황선우는 아니었다.

긴장할 것 하나 없는 분위기 속에서 황선우는 자신의 목에 걸린 전자담배를 만지작거릴 뿐, 단 한 번도 자리를 떠나지 않고 있었다.

"선배님, 담배 안 피우세요?"

그 모습에 후배 기자가 질문을 던졌다.

그 질문에 황선우는 전자담배를 만지작거린 후에 말했다.

"오늘 이진용의 피칭이 평소와 달라."

"예? 달라요?"

후배 기자가 고개를 갸웃했다.

"평소처럼 아주 그냥 타자들을 가지고 노는데요?"

"그야 그런데…… 뭔가 달라."

말을 하던 황선우가 머릿속으로 오늘 이곳을 찾아온, 하지만 이제 앞으로 자주 보게 될 새로운 관객을 떠올렸다.

"스카우트들도 자리를 떠나지 않고 있잖아?"

"그게 걔네들 일이잖아요?"

"그렇긴 한데……."

말을 하던 황선우가 신경질적으로 머리를 긁적였다.

분명 마음은 뭔가 있다고, 다르다고 말하는데 도무지 그게 뭔지가 알 수가 없었으니까.

그렇게 머리를 긁적이던 황선우는 이내 떠올렸다.

"아."

지금 이진용이 보여주는 느낌을 느꼈던 때를.

"타이탄스전!"

"예?"

"타이탄스전에서 이진용이 뭐했지?"

"타이탄스전이면…… 이진용이 11타자 연속 탈삼진 신기록 세우던 경기 말입니까?"

"그래."

그 말에 황선우가 그라운드를 바라봤다.

"지금 이진용 탈삼진 몇 개지?"

"6이닝 동안 9개요."

"한 게임 최다 탈삼진 기록 몇 개지?"

"17개죠."

말을 하던 후배 기자는 자신의 기억력을 선보이려는 듯, 술술 그때의 이야기를 했다.

"유현이 메이저리그로 떠나기 전에 저기 엔젤스 상대로 만든 기록. 그러고 보니 추억이 샘솟네요. 그때 엔젤스가 유현한테 워낙 퍼주는 바람에, 유현의 수호천사라는 소리 들었는데."

하지만 황선우의 귀에는 그 소리가 들리지 않았다.

6회 말이 끝났다.

공수교대, 유니폼을 입은 이들이 일사불란하게 그라운드 주변을 움직이기 시작했다.

"진용아."

"예, 선배님."

그 어수선함 속에서 더그아웃에서 마운드까지, 그 거리를 두 명의 사내가 어깨를 맞댄 채 걸어가고 있었다.

"삼진만 잡고 싶다고 했지?"

"예."

"좋아."

그렇게 걸어가던 그들이 그라운드를 밟는 순간 서로 전혀 다른 곳을 향해 이동했다.

그 후 다시 서로를 마주 본 채 눈빛을 교환했다.

그 모습을 본 귀신이 한마디 했다.

-호우특보 발령이군.

삼진은 투수가 타자를 상대로 잡을 수 있는 가장 안정하고, 확실한 아웃카운트다.

당연히 삼진을 잡는 피칭은 훌륭한 피칭이다. 삼진을 많이 잡을수록 그 투수의 가치는 매우 크게 상승한다.

그러나 삼진만 잡는 피칭은 위험한 피칭이다.

삼진을 잡기 위해서는 두 가지 조건이 절대적으로 충족되어야 하는 탓이다.

하나, 투 스트라이크를 만들어야 한다.

둘, 투 스트라이크 상황에서 무조건 스트라이크를 잡아야 한다.

때문에 삼진만 잡는 피칭을 하는 투수의 선택지는 그렇지 않은 투수보다 좁아질 수밖에 없다.

그건 곧 타자가 머릿속으로 골라야 하는 선택지가 좁아진 다는 의미.

이런 이유로 삼진만 잡는 피칭을 하고자 한다면 투수는 타자를 절대 쉽게 잡을 생각을 해서는 안 된다.

포커 게임.

아슬아슬한 승부, 언제든 자신이 질 수 있다는 리스크를 감수하는 피칭을 해야 한다.

그렇기에 그 어느 투수도 삼진만 잡는 피칭을 하지 않는다.

또라이가 아닌 이상.

그래서 이진용을 무수히 많은 이들이 또라이라고 인정해 주는 것이다.

"스윙, 스트라이크 아웃!"

"젠장!"

그리고 지금 새로운 또라이가 탄생했다.

'이걸로 두 타자 연속 삼진.'

이호찬.

그는 7회 초 시작과 함께 이호찬은 이진용에게 거듭 스플리터만을 요구하고 있었다.

'두 타자 상대로 던진 7구 중에 스플리터만 5구를 던졌다.'

이진용이나 할 법한 또라이 짓.

제아무리 이진용이 좋은 스플리터를 가졌다고 해도, 비효율적이고 비상식적인 일이니까.

그럼에도 그런 요구를 하는 이유는 간단했다.

'이제부터 레인저스 애들도 눈치깠겠지.'

승부를 단순하게 만들기 위해서.

쉽게 말하면 미끼였다.

'스플리터 그리고 패스트볼, 두 가지만 간다. 이렇게까지 선택지를 좁혀줬으면 노려야지.'

이진용을 상대하는 레인저스 타자들에게 선택지를 두 가지로 좁혀줌으로써, 이진용을 공략할 기회를 주려고 했다.

더불어 그건 도발이기도 했다.

프로라면 발끈할 수밖에 없는 도발.

'아무렴. 자존심이 있으면 노려야지.'

그 도발 역시 노림수였다.

삼진을 잡기 위해서 가장 좋은 건 결국 헛스윙을 유도하는 것이며, 헛스윙을 유도하기 위해서는 타자를 공격적으로 만들어야 했으니까.

물론 미친 짓이었다.

수능 객관식 문제의 선택지를 2개로 줄여주는 것과 비슷한 수준의 미친 짓.

수험생 입장에서는 좋다기보다는 오히려 눈살이 찌푸릴 만큼 미친 짓.

때문에 그 효과는 곧바로 나왔다.

찌릿!

7회 초 타석에 선 레인저스의 4번 타자, 용병 타자인 애덤이 타석에 서자마자 포수인 이호찬을 아주 세게 노려봤다.

툇!

심지어 노려보는 것만으로도 만족하지 못했는지 제 옆에다가 침까지 뱉었다.

타자가 주심에게 경고를 듣지 않는 수준에서 보일 수 있는 가장 확실한 분노의 표현.

그 표현에 이호찬은 미소를 지었다.

'오케이.'

자신이 원하는 대로 그림이 그려졌으니까.

이제부터 레인저스 타자들은 이진용이 던지는 공에 무조건 배트를 움직일 것이다.

치기 위해 전력을 다할 것이고, 그건 곧 이진용에게 있어 헛스윙을 이끌어낼 기회가 될 것이다.

정말 끝내주는 건 이런 상황에 처한 조금의 위기감도 느끼지 않는다는 점이었다.

마운드 위에는 그가 있었으니까.

'자, 그럼 삼진 사냥 시작하자.'

이 순간 이호찬은 악셀을 밟기 시작했다.

8회 초 2아웃 상황.

"스윙, 스트라이크 아웃!"

이진용이 8회의 마지막 아웃카운트를 삼진으로 잡는 순간 잠실구장을 가득 채운 엔젤스 팬들이 양손을 높게 들며 소리 쳤다.

"호우!"

그 외침을 내지르는 엔젤스 팬들의 얼굴에는 미소가 가득 했다.

이진용의 경기는 그랬다.

"여섯 타자 연속 삼진이다!"

"캬! 이호우 경기는 진짜 보는 맛이 달라."

"다른 정도가 아니지. 다른 놈들하고 다르게, 이호우 경기 는 무조건 이기잖아!"

"이호우 때문에 내가 엔젤스 야구를 본다, 야구를 봐."

엔젤스 팬들은 이진용의 경기를 보면서 승패에 대한 불안감 과 초조함 때문에 손에 땀을 쥐지 않았다.

대신 콘서트장에서 좋아하는 가수를 보듯 정신없이 즐기 고, 응원만 할 뿐!

오늘도 마찬가지였다.

"벌써 8회 끝이네. 이제 1이닝만 남았네?"

"아, 아쉽다. 어차피 금요일이라서 할 것도 없는데."

"진짜 이진용이 12회까지 던지는 거 한번 보고 싶다."

"악담을 해라, 악담을."

1회부터 8회까지, 엔젤스 팬들은 이진용의 피칭에 환호성을 내지르기 바빴다.

"자, 그럼 마지막 호우 준비해야지."

"아, 나 목 좀 풀고 올게."

"나도 목 좀 풀고 와야지."

"난 이럴 줄 알고 날달걀 가져왔지."

"날달걀? 미친 또라이…… 아니, 이진용 같은 놈!"

목이 쉴 정도.

당연한 말이지만 그렇게 소리를 내지르는 이들에게 다른 것을 신경 쓸 여유 같은 건 없었다.

그나마 8회가 끝난 후에야, 이제 마지막 9회를 앞둔 상황에 이르러서야 잠실구장의 관중들은 숨 돌릴 여유를 가질 수 있었다.

"그런데 이호우, 7회부터 여섯 타자 연속 삼진 잡았잖아? 그럼 오늘 이진용 삼진 몇 개째지?"

"어디 보자, 잠깐 폰 좀 보고…… 열다섯 개네."

"와, 역시 이호우! 장난 아니네. 한 게임에 탈삼진 15개라니, 완전 김진호네, 김진호야!"

"에이, 김진호는 아니지. 생긴 것도 다른데."

"김진호가 잘생겼지."

"뭔 소리야? 김진호는 그냥 덩치만 큰 놈이고 이진용은 작고 귀엽게 생겼지."

"뭐? 야, 김진호가 얼마나 야성미 넘치게 생겼는데! 김진호가 훨씬 더 낫지!"

"이진용이 낫지!"

"진짜 웃기지도 않는 걸로 싸우네. 이진용하고 김진호가 들었으면 어처구니가 없었을 거다. 남들이 자기 둘 외모 가지고 싸우는 걸 보고. 그런 우습지도 않은 짓을 왜 하냐고."

"아니, 그냥 둘 다 구리지 않나?"

그리고 그렇게 시답잖은 이야기마저 할 수 있게 된 여유 속에서 슬금슬금 눈치채기 시작했다.

"야, 잠깐. 한국프로야구 한 경기 최다 탈삼진 기록이 몇 개지?"

"응? 20개 아니야?"

"20개는 메이저리그 기록이고, 한국은 17개일 걸?"

"누가 세웠는데?"

"유현이."

"유현이? 누구 상대로?"

"누구긴 우리지."

"아! 응? 잠깐."

지금 이 콘서트장에 무슨 일이 일어나고 있는지.

"그럼 9회에 삼진 2개만 더 잡으면 타이 신기록이네? 그리고 3타자 연속 삼진을 잡으면……."

"신기록?"

"신기록!"

그 순간 더 이상 잠실구장은 콘서트장이 될 수가 없었다.

꿀꺽!

긴장감과 초조함으로 가득 찬 무대가 될 뿐.

그런 게 있다.

'미치겠다.'

'빌어먹을 상황이 이렇게 될 줄이야……'

지금 코앞까지 악몽이 다가왔음에도, 그 사실을 남들에게 말하지 못하는 경우.

가위에 눌렸을 때, 어떻게든 소리를 질러서라도 깨어나야 하는데 소리가 나오지 않는 경우.

지금 레인저스의 분위기는 그런 경우였다.

'그런데 왜 아무도 말 안 하지? 나라도 말해야 하나?'

'이대로 그냥 가야 하나? 하지만 이대로 가면……'

레인저스 선수들은 다 알고 있었다.

7회 초부터 이진용이 본격적으로 그리고 아주 적극적으로 탈삼진 사냥을 시작했다는 사실을.

그렇게 시작된 탈삼진 사냥에 여섯 명의 타자가 연달아 삼진을 당했다는 사실을.

그리고 현재 이진용이 8회까지 15개의 삼진을 잡은 상황에서 1이닝을, 세 타자를 더 상대할 기회가 남았다는 사실을.

'젠장! 노히트 안 당한다고 좋아했는데, 더 좆같은 걸 당하게 생겼네……'

'아, 좆같다.'

이대로 가다가는 한 경기 탈삼진 18개, 한국프로야구 역사에는 존재하되, 정규이닝에서는 나온 적 없는 기록의 희생양이 될지도 모른다는 사실까지도 알고 있었다.

그러나 그 누구도 그 사실을 제 입으로 소리 내어 말하지 않았다.

'여기서 괜히 말을 꺼내면 부담만 커지겠지?'

'말을 꺼내면 뭐해, 머리 맞댄다고 답이 나올 상황이 아닌데.'

정확히 말하면 말할 수가 없었다.

이 사실을 말해봤자 선수들이 느끼게 되는 건 암담함과 부담감뿐, 말한다고 해서 무언가 확실한 대답이 나오거나, 상황이 달라질 리가 없었으니까.

'아니, 말해봤자 속만 쓰리지.'

더 최악은 이미 다들 짐작하고 있는 지금 상황에 대한 나름의 답이었다.

지금 이 순간 이진용을 상대로 할 수 있는 건 삼진을 당하지 않기 위한 타격을 하는 것이다.

물론 삼진을 당하지 않는 타격을 하는 건 타자에게 있어서 가장 중요한 일이다.

문제는 지금 레인저스 타자들이 하고자 하는 건, 안타나 볼넷으로 출루를 하기 위해 삼진을 피하는 타격을 하는 것이 아니라 땅볼이나 뜬공으로 아웃이 되기를 바라는 타격이라는 점이었다.

'씨발.'

그건 굴욕이자 치욕이었다.

땅볼과 뜬공이 되기를 바라면서 타석에 선다는 건.

"씨발."

"응? 뭐라고?"

"아, 아니…… 아무것도 아니야."

절로 욕이 나올 수밖에 없을 정도의 일.

때문에 모두가 입을 꾹 다물었다.

그런 침묵 속에서 8회 말이 끝났다.

9회 초.

이제는 마지막 이닝이 될 가능성이 가장 높은 그 이닝.

이 게임에 종지부를 찍기 위해 이진용이 마운드 위로 걸어 나오기 시작했다.

그런 이진용을 향한 환호성은 없었다.

이제까지 매 이닝, 이진용이 나올 때마다 내뱉던 잠실구장의 괴성은 들리지 않았다.

꿀꺽!

대신 모두가 숨죽인 채, 긴장한 채 이진용의 모습을 바라봤다.

그 시선 속에서 이진용은 미소를 지었다.

-이 느낌이 좋다니까.

그리고 김진호도 미소를 지었다.

-대기록을 앞두고 있을 때의 이 느낌. 내 공 하나하나에 모두가 숨죽이는 이 느낌.

그 미소와 함께 김진호는 떠올렸다.

-그때도 이랬지. 양키스타디움, 2004년 그곳에서 양키스를 상대했을 때.

과거 자신이 마운드에 서던 시절, 뉴욕 양키스를 상대로 한 경기 20탈삼진을 기록하던 날을.

-8회까지 18개의 탈삼진을 잡은 상태에서 9회에 올라왔지.

그날 그는 8회에 무려 18개의 탈삼진을 잡은 채 9회를 맞이했었다.

어마어마한 일이었다.

매 이닝 최소 2개 이상의 탈삼진을 잡아야만 기록할 수 있는 엄청난 기록이었으니까.

-2개를 잡으면 메이저리그 한 게임 최다 탈삼진 기록과 타이 기록, 3개를 잡으면 메이저리그에 전무후무한 기록을 세울 수 있는 상황.

더욱이 메이저리그 한 게임 최다 탈삼진은 20개.

당시 김진호는 그 이상인 21개에 도전할 수 있는 상황이었다.

때문에 그 경기를 전 세계 메이저리그 팬들이 그 경기에 집중했었다.

당장 이진용만 해도 당시 실시간으로 그 경기를 보고 있었다.

당시 김진호의 경기는 그야말로 국가가 즐겨 보는 경기였으니까.

그리고 그 경기에서 김진호는 9회에 20개의 탈삼진을 잡으면서 메이저리그의 신기록 타이 보유자가 됐다.

대한민국이 열광했었다.

다음 날 스포츠 신문은 물론, 그냥 신문에서조차 김진호의 기록을 대서특필했을 정도!

-정말 최악의 날이었어. 최고의 기분이 최악으로 떨어지는 날이었으니까.

그러나 김진호에게 있어 그날은 그다지 좋은 날이 아니었다.

-단 하나였어. 내가 잡은 수천 개의 탈삼진, 개중 하나만 더 잡으면 메이저리그의 역사에 오롯한 것을 남길 수 있었는데, 그랬는데 그 기회를 놓쳐 버렸지. 다른 누구 탓도 아니었어. 그 날 매시니 대신 마스크를 썼던 몰리나는 애송이 주제에 어마 어마한 리드를 보여줬었으니까. 그저 내가 못해서. 정말 딱 하 나를 잡지 못해서 생긴 후회였지.

최고들 중 한 명이 아닌 유일무이한 최고가 될 수 있는 기회 를 놓친 날이었으니까.

-그 후에는 비슷한 기회조차 드물었지. 아니, 무언가 감이 오려고 할 무렵에 그냥 모든 게 끝났지.

그것은 후회이자, 미련이 되었다.

때문에 김진호는 이 순간 분명하게 말했다.

-그러니까 너도 똑같이 고생 좀 하기를 빈다. 그냥 망해버려라!

그 김진호의 말에 이진용이 글러브로 입가에 지은 미소를 가린 채 말했다.

"난 김진호 선수가 저주할 때가 제일 좋더라."

그 말과 함께 이진용이 이호찬을 바라봤다.

당연한 말이지만 이진용은 김진호가 진심으로 자신에게 저주를 거는 게 아님을 알고 있었다.

그리고 이런 이야기를 듣는 것 역시 처음이 아니었다.

언제나 그랬다.

김진호는 만족하지 말라고 했고, 정상에 오르는 순간 그 정상을 뛰어넘을 각오를 하라고 했다.

더 나아가 준비하라고 했다.

'김진호 선수 조언 대로 이런 날을 위해 이미 준비를 했지.'

괜히 이런 날이 닥치면 그때 가서 허겁지겁 무언가를 준비하지 말고, 오히려 이런 날이 오기를 기다리며 준비를 하라고.

당연히 이진용은 기꺼이 준비를 했다.

'삼진을 잡는 건, 결국 수싸움이다. 상대를 흔들고 그 허를 찔러야 잡을 수 있는 것.'

삼진을 잡기 위해 필요한 건 결국 허를 찌르는 것이다.

대개 그 허를 찌르기 위해서는 상대가 예상치도 못하는 공을 던지고는 한다.

의식 밖의 공.

'그러나 지금 내가 던질 공은 뻔하지.'

하지만 이진용은 지금 패스트볼과 스플리터, 두 개의 공만을 던질 수 있다.

허를 찌르는 공은 없다.

그렇다면?

'그러니까 상대를 흔든다.'

상대를 흔들어서 빈틈투성이로 만드는 수밖에!

그것을 위해 이진용이 이미 예전에 준비한 것이 있었다.

'사인 없이 간다.'

노 사인.

그것이 이진용이 준비한 것, 정상이 보이는 순간 정상을 뛰어넘기 위해 준비한 비장의 한 수였다.

"플레이볼!"

그렇게 9회 초가 시작됐다.

야구는 어떤 의미에서는 고요한 스포츠다.

외침은 있을지언정 대화는 없다.

대화 대신 수없이 많은 수신호들이, 손짓들이, 몸짓들이 오고 간다.

특히 투수와 포수는 무수히 많은 사인을 주고받는다.

그리고 그렇게 투수와 포수가 주고받는 사인은 무척 중요하다.

포수가 공을 잡는 작업, 포구라는 작업이 말도 안 될 정도로 힘든 작업이기 때문이다.

만약 투수와 포수가 사인을 나누지 않은 채, 대화를 하지 않은 채, 투수가 던지는 공을 포수에게 알리지 않은 채 무작위로 공을 던진다면 100구 중에 50구는 그대로 포수 미트를 벗어나 포수석 뒤편으로 넘어갈 것이며, 그런 식으로 경기가 운영된다면 그라운드는 개판이 될 것이다.

특히 뚝 떨어지는 변화구들.

포크볼, 스플리터와 같은 공을 던질 때 사인은 더더욱 중요해진다.

떨어지는 공은 잡는 것은 물론 필요에 따라서는 공이 빠지는 걸 몸으로 막기 위한 블로킹 작업도 염두에 두어야 하니까.

'젠장!'

레인저스의 8번 타자를 대신해 대타로 나온 정인수에게 그것이 상식이었다.

투수는 공을 던지기 전 포수와 사인을 나눈다는 것.

"스윙 스트라이크!"

'젠장!'

그런데 지금 그 상식이 무너지고 있었다.

'대체 뭐야?'

8회 초가 시작됐을 때 레인저스 타격코치는 정인수에게 다가와 통보했다.

9회 초 대타로 나올 준비를 하라고.

그것은 정인수에게 있어 청천벽력과 같은 이야기였다.

다른 게임도 아니고, 레인저스의 역사에 남을 악몽이 될 경기의 참가자가 된다는 이야기였으니까.

하지만 그렇다고 해서 거기서 정인수가 싫다고 하는 건 감히 있을 수 없는 일.

예, 최선을 다하겠습니다!

그리 말한 후에, 그 후에 9회 초에 올라올 때를 대비해서 이진용의 모든 것을 눈에 집어넣었다.

그가 마운드에서 하는 행동 하나하나를, 포수가 보낸 사인에 고개를 흔들 때 각도가 몇 도인지까지 눈에 넣었다.

이진용이 만들어내는 모든 행동을 머릿속에 그린 채, 그렇게 준비를 한 채 타석에 섰을 때 정인수는 다짐했다.

한 번 해보자!

그 다부진 각오와 함께 타석에 선 정인수는 당연한 말이지만 이진용의 모든 것에 주목했다.

그가 마운드에서 보여주는 행동 하나하나를 통해서 그의 마음을 읽기 위해서.

그런 그를 향해 이진용이 보여준 행동은 간단했다.

마운드에 서는 순간 그대로 공을 던졌다.

포수와 사인 교환 없이, 마운드 위에서 고개를 젓는 건 물론 고개를 끄덕이는 것조차 없이, 곧바로 투구 자세를 취한 후에 그대로 공을 던졌다.

좌타자인 정인수의 스트라이크존 바깥쪽 낮은 곳에 꽂히는 139짜리 포심 패스트볼을 던졌다.

그때 정인수는 놀랐다.

하지만 아주 놀라진 않았다.

초구의 경우에는 사전에 포수와 투수가 합의를 맞추고, 굳이 사인 교환 없이 던지는 경우가 있으니까.

그러나 그 무렵 정인수는 어렴풋하게 느끼고 있었다.

정말 그런 이유로, 초구를 사전에 준비했다는 이유로 이진용이 마운드 위에서 그 어떤 몸짓도 하지 않은 게 아니라는 것을.

'대체 이게 뭐야?'

그리고 지금 이진용이 자신을 향해 던진 2구째 공, 스플리터에 헛스윙을 하는 순간 어렴풋한 느낌은 현실이 됐다.

'왜 아무것도 안 하는데?'

이진용, 그가 포수와 그 어떤 사인도 나누지 않는다는 것을.

마운드에 서는 순간 곧바로 투구 자세를 취하고, 곧바로 공을 던진다는 것을.

마치 피칭 머신처럼.

'대체 왜?'

그것은 정인수에게 있어서 충격, 그 이상의 사건이었다.

그는 이진용이 공을 던지기 전 행동으로부터 정보를 얻고자 했는데, 지금 이진용은 그 어떤 행동도 보이지 않았으니까.

책을 보는데 누군가 갑자기 불을 확 끈 느낌!

'어, 어떻게 하지?'

그 상황에 패닉을 일으킨 정인수에게 타임을 요청하고 더그아웃을 확인할 여유는 없었다.

그리고 그런 정인수에게 좀 더 생각할 시간을, 그가 타임 요청을 할 여유를 줄 이유가 이진용에게는 없었다.

이진용은 여전히 포수와 그 어떤 사인을 나누지 않은 채 곧바로 세 번째 투구 자세를 취했다.

'아!'

그리고 정인수가 그 사실에 본능적으로 타격 자세를 취하는 순간 이진용이 3구째를 던졌다.

던진 공은 스플리터.

그러나 조금 전 던진 스플리터보다 더 날카롭게 떨어지는 스플리터였다.

후웅!

그 스플리터 앞에서 정인수가 그대로 헛스윙을 했다.

"스윙 스트라이크 아우우우웃!"

삼구삼진.

그리고 이진용이 열여섯 번째 삼진을 잡는 순간이었다.

그러나 그 사실에 이진용은 스물다섯 번째 호우를 내지르지 않았다. 그대로 포수로부터 공을 받은 후에 마운드에 선 채 이제 타석으로 올라오고자 하는 자신의 새로운 희생양을 지그시 바라봤다.

'귀신에 홀린 건가?'

정인수가 그 사실에 귀신에 홀린 듯한 표정을 한 채 타석에서 내려왔다.

그런 그의 눈에 자신의 뒤를 이어 올라올 타자 백영훈의 얼굴이 보였다.

"백 선배?"

그런 백영훈의 얼굴은 삼진을 당한 정인수의 얼굴보다 더 사색이 되어 있었다.

그 이유를 정인수가 알게 된 건 더그아웃에 들어온 다음이었다.

"예?"

"말 그대로야."

"그게 사실입니까?"

"그래."

그곳에서 정인수는 말도 안 되는 것을 들었다.

"이호찬이 단 한 번도 가랑이 사이로 손을 집어넣지 않았어."

포수조차 사인을 보내지 않는다는 사실을!

포수에게 있어 사인은 매우 중요하다.

포수에게는 투수의 마음을 분명하게 읽을 독심술 능력 같은 것도 없었고, 투수에게 이번에는 타자 몸쪽에 붙는 패스트볼을 던져! 라고 외칠 수도 없었으니까.

다섯 손가락이 만들어내는 사인으로 투수와 대화를 나누어야 했다.

심지어 그 사인이란 것은 하나만 존재하는 게 아니었다.

A타입이 있고, B타입이 있고, C타입 등 여러 종류의 사인이 있으며, 만약 사인이 읽혔다고 판단되는 경우 경기 도중에 사인을 바꾸는 경우까지 존재한다.

딱히 사인을 읽힌 것 같지도 않은데, 자기가 못 던져서 연달아 안타를 만든 투수가 갑자기 포수를 마운드로 부르더니 약속하지 않은 사인을 즉석에서 만드는 경우까지 있다.

'살다 살다 이런 경우는 처음이군.'

그러나 지금 이호찬은 그 사인을 보내지 않고 있었다.

보내지 않는 정도가 아니라 그 누구도 사인을 훔쳐볼 수 없도록 다리 사이에 손을 집어넣어 사인을 보내는 작업조차 하지 않고 있었다.

'이런 식으로 사인을 받는 경우는.'

하지만 사인을 아예 주고받지 않는 건 아니었다.

사인은 분명 주고받았다.

이진용, 그가 마운드 위에서 자신이 던질 공을 이호찬에게 알려주고 있었다.

방법은 다름 아닌 눈의 깜빡임.

'한 번······.'

한 번 깜빡이면 패스트볼.

'······두 번.'

두 번 깜빡이면 스플리터.

만약 이진용이 다양한 구질을 던질 속셈이었다면 결코 써먹을 수 없는 방법이다.

그러나 지금 이진용은 오로지 단 두 종류의 구질만을 던지고 있는 상황.

더불어 이 과정에서 코스에 대한 이야기는 없었다.

'코스는 무조건 존 안.'

강공!

스트라이크존에 들어오는 공만을 던지겠다고, 존에서 빠지는 공을 던지지 않겠다고 사전에 합의를 했으니까.

물론 그렇게 한다고 해도 스트라이크존 바깥쪽인지, 아니면 타자 몸쪽인지, 낮게 던질 건지 높게 던질 건지 그것을 이야기를 해야 한다

하지만 이 부분에 대한 이야기는 생략했다.

'무조건 잡는다.'

믿음.

'어떻게든 잡는다.'

이호찬이 어떤 공이든 제대로 잡아주리란 믿음이 있었으니까.

동시에 그 믿음의 기반에는 이호찬의 능력이 있었다.

이호찬은 원래 그런 포수였다.

자기가 볼배합을 하기보다는, 그런 걸 생각하기보다는, 포구와 블로킹 그리고 도루 저지를 위한 송구 능력에 자신의 여력 전부를 쏟아 기량을 쌓은 포수.

공을 받는 것만큼은 리그에서 세 손가락…… 아니, 두 손가락 안에 든다고 자부해도 되는 포수.

하물며 포수가 볼배합을 하지 않으면 어떻게 하나? 같은 질문은 지금 마운드 위에 있는 투수에게는 통용되지 않는 이야기였다.

마운드 위에 있는 투수는 자신의 깜냥만으로 이제까지 말도 안 되는 기록을 이룩한 괴물이었으니까.

투수와 포수, 그 둘이 서로의 역할에 대해 믿음을 가지지 못

할 이유는 조금도 없다는 의미.

퍼엉!

"스윙, 스트라이크! 아우우우우우웃!

'오케이, 하나 남았다.'

그렇게 이진용이 열일곱 번째 삼진을 잡았다.

[삼진을 잡았습니다. 보너스 포인트가 지급됩니다.]

오늘 열일곱 번째 삼진을 잡는 순간 이진용의 머릿속으로 떠오른 생각은 세 가지였다.

'패스트볼.'

다음 타자를 상대로 초구에 무엇을 던질 것인가? 하는 것.

'눈 한 번.'

그리고 그 사실을 이호찬에게 알려야 한다는 것.

"리볼버."

마지막으로 자신에게 지금을 위해 아껴둔 리볼버 세 발이 있다는 사실.

그렇게 떠오른 생각이 가라앉는 순간, 이진용의 몸은 타석에 선 타자를 향해 이미 공을 던지고 있었다.

펑!

그렇게 날아간 공이 그대로 스트라이크존 낮은 곳에 꽂혔다.

"스트라이크!"

구속은 143킬로미터.

그 사실에 경기를 보던 관중들은 환호성 대신에 침을 삼켰다.

꿀꺽!

그리고 타석에 선 타자 역시 침을 삼켰다.

그렇게 타석에 선 타자가 침을 삼키는 그 순간이었다.

깜빡!

이진용이 다시 한번 눈을 깜빡인 후에 이호찬이 건네주는 공을 받고, 마운드에서 바로 투구 자세를 취했다.

망설임은 없었다.

망설일 이유도 없었다.

던질 공이 정해진 상황에서, 투수는 그 공에 대한 의심을 가질 이유가 없었기에.

"리볼버."

그렇기에 이진용은 그저 읊조림을 마친 후에 그대로 다시 한번 공을 던졌다.

빠악!

그렇게 던진 공을 타자가 파울로 만들었다.

타자의 얼굴이 그대로 굳었다.

그런 타자의 굳은 얼굴이, 표정이 말해줬다.

뜬공, 제발 뜬공!

아니면 제발 땅볼!

뜬공과 땅볼을 간절히 바라는 표정이.

'아.'

그 표정을 보는 순간 이진용이 글러브 속에 있는 공의 그립을 순식간에 바꾸었다.

스플리터도, 패스트볼도 아닌 그립으로.

'커브 넣으면 무조건 먹힌다.'

커브.

그 그립을 쥔 채 이진용은 통보 없이 그대로 공을 던졌다.

그렇게 이진용이 3구째, 커브를 던지는 순간 좌중에 있는 모두가 당혹감을 감추지 못했다.

일단 타자에게 있어서는 사기를 당한 것과 같은 일이었다.

그 찰나의 순간 타자는 생각했다.

'이 나쁜 새끼! 패스트볼하고 스플리터만 던진다고 했잖아!'

이진용이 자신을 속였다고.

무언의 약속을 어겼다고.

그러나 반대로 그게 이진용이란 투수였다.

나 오른손만 쓸게! 하고서는 갑자기 왼손을 힘차게 쓰고도 남을 야비한 새끼!

그렇게 왼손을 쓰고서는 날 믿은 네가 바보지! 하고서는 호우! 를 외치고도 남을 또라이 새끼!

더불어 그 사실을 두 명은 알고 있었다.

-또라이 새끼.

그를 누구보다 잘 아는 김진호.

'또라이 새끼.'

그리고 이제는 이진용을 잘 알게 된 이호찬.

때문에 이호찬은 이진용이 커브를 던지는 순간 당황하기보다는 오히려 기다렸다.

후웅!

이 낙차 큰 커브에 타자의 배트가 춤을 추는 순간을.

펑!

그리고 그 공이 자신의 글러브를 들어오는 순간을.

"스윙!"

그 순간을 끝으로 주심이 소리쳤다.

"스트라이크, 아우우우웃!"

게임의 끝을 알리는 외침이었으며, 지금 이곳 잠실구장에 새로운 역사가 새겨지는 순간을 알리는 외침이었다.

'드디어!'

'깨졌다!'

그 외침에 곧바로 모두가 마운드에 있는 투수를 집중했다.

'나온다, 나와!'

'호우 나온다!'

이 역사적 순간에 그가 자신의 감정을 토해내는 것을 기다렸다.

그 좌중의 이목 속에서 이진용이 힘차게 손을 뻗었다.

'응?'

다른 누구도 아닌 자신을 향해 달려오는 이호찬을 향해.

'어?'

그 모습에 모두가 그대로 굳어버렸다.

'뭐지?'

이진용을 향해 달려가던 이호찬도 굳어버렸다.

그리고 자신의 제스처에 굳어버린 이호찬을 바라보는 이진용도 굳어버렸다.

그 순간 이진용이 저도 모르게 이호찬을 향해 나무라듯 말했다.

"저기 제가 이렇게 하면 호우 하셔야죠!"

"뭐?"

"아니, 제가 그러니까 이렇게 지목하면 선배님이 제 대신에 호우를……."

"뭐?"

그 모습에 김진호가 고개를 절레절레 흔들었다.

-미친 또라이 새끼.

이진용, 그가 그렇게 한국프로야구의 새로운 전설을 썼다.

"뭐야, 이호우 호우 안 해?"

"그럼 우리라도 해야 하나?"

"뭐야, 호우 해야 돼, 하지 말아야 돼?"

여러모로 사람들의 기억 속에 길이 남을 전설을.

[이진용, 한 게임 최다 탈삼진 신기록 경신!]

[이진용, 또 하나의 전설을 새로 쓰다!]

이진용이 새롭게 쓴 한 경기 최다 탈삼진 기록.

당연한 말이지만 이진용이 기록을 만들어냄과 동시에 만들어진 여파는 작지 않았다.

-삼진이 십팔! 십팔 개라니!
-이호우 십팔……! 탈삼진!
-이호우 십팔이다, 십팔!

단순히 그것이 대단한 기록이라서 그런 게 아니었다.

-그보다 유현은 이거 봤을까?
└유현이 왜?
└왜긴, 유현이 원래 한 경기 최다 탈삼진 보유자잖아?

이진용, 그가 깨뜨린 기록은 이번 시즌 한국프로야구로 복귀하게 된 유현의 기록이었기에.

-적어도 기분 좋진 않겠지.
-그렇겠지. 유현이 다른 건 몰라도 자기 기록에 대한 자부심은 남다른 녀석이잖아?
-그래서 이진용 vs 유현, 누가 승

└당연히 유현이지, 병신아!
└당연히 이진용이지, 등신아!

그렇기에 모두의 관심은 그것에 집중될 수밖에 없었다.

-메이저리그에서 2년 연속 두 자릿수 승수 거둔 유현이 당연히 이진용보다 낫지!
-지금 이진용 기록이 유현 커리어 하이 때보다 압도적이거든? 미스터 십팔 몰라? 미스터 십팔!
-이진용은 데이터가 없어서 그런 거고, 조만간 데이터 쌓이면 개처발릴 거다.
-예예, 데이터가 쌓여서 십팔 삼진당했죠, 호우!

이진용과 유현, 2017년 한국프로야구 최고의 투수는 둘 중 누구인가?

[유현 대 이진용, 과연 한국 최고의 투수는 누구인가?]

-지랄을 한다, 지랄을 해. 한국 최고? 최고오오?
언제나 그렇듯 쉬지 않는 김진호의 주둥이에서 튀어나온 소리에 이진용은 스윽 고개를 아래로 내렸다.

그러자 자신의 가슴을 뚫고 나온 김진호의 머리통이 보였다.

-아, 내가 살아 있었으면 이딴 기사를 볼 일은 없을 텐데! 이런 좆밥들이 한국 최고의 투수라니! 아, 한국 야구의 미래가 이렇게 무너지는구나! 신이시여, 한국 야구는 끝난 겁니까?

그 머리통에서 술술 흘러나오는 탄식에 이진용이 뚱한 표정을 지은 채 말했다.

"저기 그런 말을 하시는 건 좋은데 할 거면 눈앞에서 좀 정상적으로 해주시면 안 됩니까? 예? 꼭 사람 가슴팍에 대가리를 쑤셔 넣고 말하셔야겠어요?"

그 말에 김진호가 눈을 위로 치켜뜨며 말했다.

-네 눈앞에 있으면 스마트폰을 못 보잖아? 어? 너 혹시? 오호! 야한 거 보려고 그러는구나. 짜식 말하지!

장난기 섞인 김진호의 도발, 하지만 이진용은 그 도발에 실소만 지었다.

"예, 야한 거 볼 테니까 어디 좀 가서 찌그러져 있으시면 정말 고맙겠네요."

이진용은 김진호와 티격태격하는 것조차 귀찮았다.

물론 김진호는 물러나지 않았다.

-뭐? 야! 어떻게 그럴 수가 있어? 응? 다른 건 몰라도 그런 건 같이 봐야지!

오히려 그는 어느 때보다 사납게 소리쳤다.

-이 새끼 진짜 나쁜 새끼네! 미스터 십팔! 너 자꾸 이럴래?

"에이, 진짜!"

마치 사자와 같은 그 외침에 이진용은 그대로 스마트폰을 접었다.

그리고는 소파에 앉은 채로 그대로 두 눈을 감았다.

두 눈을 감은 이진용의 머릿속으로는 어제의 기억이, 자신이 한 게임 최다 탈삼진 투수가 됐을 때의 과정이 떠올랐다.

"쯧."

그 과정을 떠올리는 이진용의 표정은 그다지 좋지 못했다.

-어제 경기 내용이 마음에 안 들었나 보지?

그 심중을 읽은 김진호의 질문에 이진용이 여전히 눈을 감은 채 고개를 끄덕였다.

그 모습에 김진호가 옅게 웃었다.

-짜식.

자신의 가르침 그대로, 그 무엇에도 만족하지 않은 채 배고픔을 느끼는 이진용의 모습에 대한 대견함의 표현이었다.

하지만 그런 김진호의 대견함의 미소를 짓뭉개는 데에는 오랜 시간이 걸리지 않았다.

"아, 젠장 거기서 호찬 선배님이 호우를 외쳤어야 분위기가 치고 올라가는 거였는데…… 다 된 밥에 호우를 못 뿌렸네……."

이진용의 그 우습지도 않은 푸념에 김진호가 입가에 지은 미소는 삽시간에 사라졌다.

그 미소 대신 어처구니가 없다는 표정을 지은 채 말했다.

-진짜 살다 살다 너 같은 또라이는 처음이다. 아니, 내가 지금은 살아 있는 건 아니지만…….

말을 하던 김진호가 대화 주제를 바꿨다.

-그보다 검색 좀 해봐.

"검색이요?"

-네 기록 달성에 대해 유현이 뭐라고 했는지 찾아봐야지.

그 말에 이진용이 고개를 갸웃했다.

"유현 선수는 왜요?"

-자기 기록을 이상한 또라이 새끼가 깼는데 어떻게든 반응이 나올 거 아니야? 기자들도 네가 탈삼진 기록 세우는 순간 유현한테 먼저 전화 걸었을걸? 그리고 너도 궁금하잖아? 유현이 자신하고 비교되는 땅딸보 추남 개뽀록 투수를 어떻게 생각하는지.

김진호의 말에 이진용이 눈살을 찌푸렸다.

"궁금하긴 한데, 대답이야 뻔하죠. 설마 유현 선수가 본적도 없는 나를 가지고 내 기록을 깬 이진용 개새끼 복수할 거야, 라고 인터뷰를 하겠어요?"

-혹시 모르지. 안찬섭인가 하는 애도 너 대놓고 깠잖아? 개뽀록 운빨 투수가 노히트노런 한 게 한국프로야구 수준이 낮다는 증거라고.

"안찬섭은 원래 그런 놈이었고요. 그보다 제가 유현 선수를 신경 쓸 이유가 없잖아요?"

-왜 없어? 지금 유현하고 라이벌 구도가 되고 있는데.

라이벌 구도라는 말에 이진용은 스마트폰을 만지작거렸다.

김진호의 말이 무슨 의미인지는 이진용도 알고 있었다.

이미 이진용 본인이 피부로 느끼고 있었으니까.

지금 프로야구 판에 있는 모든 관계자들이 이진용과 유현을 라이벌로 만들고 있는 것을.

이건 이진용에게 그다지 좋은 상황이 아니었다.

'라이벌 같은 건 필요 없는데.'

이진용은 라이벌과 멋진 승부를 펼치는 청춘 드라마 같은 걸 찍고 싶은 생각이 눈곱만큼도 없으니까.

더 문제는 그렇게 만들어진 라이벌 구도에서 대부분의 이들이 유현의 승리를 바란다는 사실이었다.

당연한 말이지만 이진용은 그런 상황이, 라이벌 구도가 오래가는 걸 용납할 생각이 없었다.

-진용아, 내가 말했지? 여지는 남겨두지 말라고. 그럼 이제부터 어떻게 해야지?

김진호가 유현을 언급한 것 역시 그런 이유 때문이었다.

"이진용이 어떤 놈인지 제대로 보여줘야죠."

괜히 간 보지 말고 지금부터 움직이라고.

-그래, 진용아. 이진용이 똥보다 더 더러우니까 알아서 피해야 하는 똥 같은 또라이, 똥라이라는 걸 보여줘라!

그 순간 이진용이 해야 할 건 하나였다.

"예."

[다이아몬드 룰렛 이용권을 사용합니다.]

더 강력해진 모습으로 세상에 이진용이 어떤 투수인지 보여 주는 것!

이진용, 그가 그렇게 다시 한번 다이아몬드 룰렛을 돌렸다.

6월 27일 화요일.

대전구장, 호크스의 홈구장인 그곳에는 아직 해가 중천에 뜬 시간임에도 사람들로 북적거렸다.

그중 대부분은 목에 명찰을 걸고 다니고 있었다.

그것이 그들의 정체를 분명하게 말해줬다.

기자들.

그런데 그들은 기자답지 않게, 정보를 얻기 위해 분주하게 움직이지 않고 있었다.

모두가 적당한 자리를 잡은 채 이야기를 나누고 있었다.

"생각보다 훨씬 더 빨리 나오네. 난 솔직히 7월 이후에 나올 줄 알았는데."

"몸이야 메이저리그에서 이미 만들어뒀으니까."

"하긴 메이저리그 기준으로면 지금 가장 몸이 올라왔을 때지."

기자들은 기다리고 있었다.

"다저스가 지금 워낙 선발진이 튼튼하니까. 그래도 이렇게 빨리 등판이 잡힐 줄이야."

"솔직히 난 아직도 유현이 리턴한 게 이해가 안 된단 말이야."

유현.

한국프로야구를 평정한 후 메이저리그행!

그렇게 넘어간 별들의 세상에서 모두가 인정할 만한 활약!

그런데 갑자기 다시 한국프로야구로 돌아온 괴물!

오늘 6월 27일은 그런 그의 복귀전이었다.

"선배님, 유현이 왜 이렇게 빨리 복귀전을 하는 걸까요?"

기자들이 대전구장 곳곳을 채운 채 북적거리는 이유였고, 대전구장 흡연실에서 황선우가 후배 기자를 앞에 둔 채 전자 담배를 뻐끔거리며 이유이기도 했다.

"한국으로 놀러 온 게 아니니까. 시즌 중에 하루라도 빨리 복귀하는 게 당연한 거지. 메이저리그에서 뛰던 선수가 고작 LA에서 한국으로 오는 여행 때문에 몸이 지쳤을 리도 없고."

말을 하던 황선우는 슬쩍 말을 덧붙였다.

"무엇보다 자극도 받았겠지."

"자극? 역시 이진용을 신경 쓰겠죠?"

그 덧붙인 말에 후배 기자 반색하며 반문했고, 황선우가 고개를 끄덕였다.

"유현이 순하게 생긴 외모와는 다르게 승부 근성으로 똘똘 뭉친 독종이니까. 자기 기록이 깨졌는데 허허거리고 넘어갈 놈이 절대 아니지."

"역시 이번 시즌은 진짜 볼 게 많네요. 이진용 대 유현! 빅매치 아닙니까? 빅매치! 라이벌 빅매치!"

후배 기자의 말에 황선우는 대답하지 않았다.

'라이벌이라…….'

솔직히 황선우는 이진용과 유현이 라이벌 관계라고 생각하지 않았다.

'아무리 유현이 대단한 투수라고 하고, 메이저리그에서 더 발전했다고 하지만…….'

그 이유.

'그래 봐야 지금 이진용에 비해서 나은 것은 구속밖에 없다. 그 외에는 솔직히…….'

황선우는 이진용의 수준을 유현보다 더 높게 보고 있다는 것.

당장 성적이 그 증거였다.

'모든 것에서 이진용이 압도적이다.'

미스터 제로.

이제 무실점 이닝이 100이닝을 향해 달려가는 이진용의 피칭은 무언가와 비교하는 것이 불가능했다.

제아무리 유현이 대단했다고 해도, 그가 1점대 방어율을 기록한 시즌이 있다고 해도 말 그대로 1점대!

미스터 제로에 비할 바는 못 된다.

또한 황선우는 알고 있었다.

'무엇보다 지금 이진용이 다음 달의 이진용과 같다는 보장은 없지.'

이진용이 언제나 세간의 상식을, 기준을 뭉개면서 성장하고 있다는 것을.

'김진호 데뷔 시즌하고 비슷해.'

그런 이진용의 모습은 유현이 아니라, 메이저리그에서도 역사상 최고의 투수 중 한 명이라고 꼽히는 김진호와 비교할 만했다.

'그래, 김진호.'

김진호.

데뷔하기 전부터 그는 분명 괴물이었다.

마이너리그에서 한 시즌을 치르고 다음 해 바로 메이저리그에 콜업된 그는 100마일짜리 패스트볼을 메이저리그 타자들의 스트라이크존에 겁 없이 찔러 넣었다.

하지만 정말 무서운 건 김진호가 매달, 나날이 더 나은 모습을 보였다는 것이었다.

'김진호야말로 진짜 괴물이었지.'

처음 모습을 드러냈을 때 김진호는 100마일짜리 공을 타자의 스트라이크존에 집어넣는 투수였지만, 한 달 정도 시즌을 치른 후에는 스트라이크존 이곳저곳을 공략하는 투수가 됐고, 두 달, 세 달이 흘렀을 때 김진호는 저 스스로 타자의 약점을 파악하고 그 약점을 사정없이 후벼 파는 선수가 되어 있었다.

'이진용과 비교를 하려면, 이제 솔직히 김진호 정도 되는 선수를 데려다 놔야지.'

다른 투수들, 개중에서도 뛰어난 재능을 가진 투수들이 3, 4년에 걸쳐 이룩하는 성장을 단 한 시즌에 이룩했었다.

그것이 당시에 동양인을 동양인 따위라고 얕잡아보던 메이저리그의 모든 이들이 동양인 투수에게 메이저리그의 지배자라는 어마어마한 별명을 지어준 배경이었다.

'유현은 아니야.'

그런 의미에서 유현은 이진용에게 있어 비교 대상이 될 이유가 없었다.

적어도 2017시즌은 그러했다.

'하지만 언론은 다르지.'

그럼에도 불구하고 언론은 연신 기사를 토해내며 이진용과 유현의 라이벌 구도를 만드는 중이었다.

'이진용의 독주를 허락하는 건 돈이 안 되니까.'

라이벌 구도는 돈이 되니까.

'그리고 이 바닥에서 이진용 좋아하는 관계자도 없고.'

동시에 한국프로야구 관계자들은 대부분 이진용에 대해서 안 좋은 감정을 품고 있었다.

'접점 하나 없는 놈이 깽판을 치고 있으니, 그 꼰대들 성격 생각하면 지랄 안 하는 게 이상할 정도이지.'

원래 한국프로야구는 폐쇄적이고 이기적인 곳이다.

무수히 많은 파벌이 있고, 그 파벌이 한국프로야구의 역사보다 더 깊게 뿌리 내리고 있는 곳.

당장 어느 고등학교 출신, 어느 구단 출신이란 이유만으로 실력이 없음에도 지도자가 되고, 관계자가 되는 곳이었다.

심지어 범죄를 저지른 관계자를 아는 사이, 같은 지역 출신, 같은 학교 출신이란 이유로 감싸주는, 그야말로 마귀들이 득실거리는 복마전과 같은 곳이었다.

그런 복마전의 마귀들에게 이진용은 갑자기 하늘에서 떨어진 괴물이었다.

제대로 드래프트를 통해 야구판에 들어온 것도 아님에도 한국프로야구의 모든 질서를 뒤흔드는 괴물!

'그런 의미에서 이진용이 엔젤스에 들어간 건 그야말로 신의 한 수였군.'

때문에 만약 이진용이 엔젤스 외의 다른 구단에 갔다면 이렇게까지 대놓고 자신의 실력을 뽐내는 일은 불가능했을 것이다.

어떤 식으로든 압박이 왔을 테고, 구단은 그 압박으로부터 자유로울 수 없었을 테니까.

'구은서가 전권을 잡은 만큼, 최소한 엔젤스에서 이진용의 발목을 잡을 일은 없을 테니까.'

반면 지금 엔젤스는 모든 전권이 구은서에게 집중된 상황이었고, 구은서는 우승을 위해서라면 이진용보다 더한 인간이라도 전력을 다해 밀어주고도 남을 여인이었다.

무엇보다 구은서는 지금 여러 사정이 있긴 하지만, 한국 굴지의 재벌가의 일원이다.

한국야구계의 몇몇 권력자들 따위가 어찌할 수 있는 존재가 아니다.

'이런 상황에서 유현을 띄어주는 건 당연한 거지.'

어쨌거나 이런 상황에서 한국프로야구 관계자들이나 언론에게 있어 유현의 복귀는 하늘이 보내준 영웅이었다.

유현은 한국프로야구의 정수라도 해도 과언이 아닌 선수였으니까.

드래프트부터 1순위 지명을 받고, 한국프로야구에서 무지막지한 커리어를 쌓은 후 포스팅 제도를 통해 메이저리그에 가서 성공을 한 선수!

한국프로야구의 자존심!

'언론하고 야구관계자들이 바라는 건 유현이 어떤 식으로든 이진용을 꺾는 거겠지.'

그게 지금 언론이 라이벌 구도를 만드는 이유였다.

한국프로야구의 관계자들, 언론들은 그런 유현이 이진용을 몰락시키기를 바라는 마음에 무대를 만들고 있었다.

그리고 앞으로 이 상황은 더 심화할 것이 분명했다.

이진용과 유현의 관계를 마왕과 용사 수준으로 만들 것이다.

'그리고 혹여 이진용이 삐끗하기라도 한다면……'

그런 상황에서 만약 이진용이 이런 유현과의 매치업에서 삐끗이라도 한다면, 허점이라도 보인다면 세간은 이진용을 미친 듯이 물어뜯을 것이다.

더 나아가 어떻게든 이진용이 삐끗하도록 쓸 수 있는 범위 내의 모든 수단과 방법을 쓸 것이다.

반대로 유현에게는 모든 것이 그에게 유리하게 흘러갈 것이다.

이진용에게는 꽃길이 아니라 오히려 가시밭길이 펼쳐진 것이다.

'여기서 그나마 이진용에게 편한 건 유현이 기대만 못 한 성적을 거두는 건데……'

그런 상황에서 이진용에게 그나마 나은 상황은 유현이 기대보다 못한 모습을 보이는 것뿐.

"유현 왔다!"

"그래? 빨리 움직이자!"

"나 돗댄데?"

"새끼, 그거 얼마 한다고! 빨리 움직여! 지금 안 가면 더그아웃에 들어가지도 못할 거야!"

그러나 황선우는 그 부분에 대해서 분명히 말할 수 있었다.

'유현은 더 강해지면 강해졌지, 약한 모습을 보일 리 없지.'

유현, 그는 한국프로야구 선수들이 생각하는 것보다 더 대단한 괴물이 되어 돌아왔다고.

그리고 그런 황선우의 예상은 곧바로 현실이 됐다.

[유현, 복귀전에 노히트노런을 달성하다!]
[유현 한국 적응 완료! 이제 남은 건 정복뿐!]
[괴물, 다시 한번 리그의 지배자가 되다!]

유현, 모두가 기대하던 그의 복귀전은 한 단어 하나로 정리되었다.

-유현, 미친놈! 복귀전부터 노히트!

-리얼 괴물이네.

-최고 구속 153나오더라. 그것도 제구 제대로 되는 공이.

-삼진도 16개나 잡았네.

-볼넷 2개 아니면 퍼펙트였는데!

노히트노런.

투수만이 만들어낼 수 있는 기념비적인 기록을 통해 유현은 잠시 동안 자신을 잊고 있던 한국프로야구에 있는 모든 이들에게 분명하게 전달했다.

"진짜 괴물이네. 대체 왜 이놈이 한국으로 돌아온 거야?"

"이야기 들어보니까 이번 시즌 끝나고 곧바로 메이저리그 간다던데?"

"젠장, 그럴 거면 그냥 메이저리그에 남으라고. 괜히 우리들만 엿 먹는 거잖아? 가뜩이나 괴물 하나 때문에 미치겠는데, 괴물이 두 마리나 되어버리다니……"

모두 죽었다고 복창해라!

그런 유현의 외침에 엔젤스에도 아주 제대로 닿았다.

"아, 뭔가 좀 풀리나 싶더니 이런 괴물이 나오네."

"유현하고 언제 붙지? 7월 18일? 올스타 브레이크 끝나고 바로 붙잖아!"

"아, 붙기 싫다."

엔젤스 구단 곳곳에서 괴물의 등장에 앓는 소리가 나왔다.

"그보다 유현하고 진용이하고 붙으면 어떻게 될까? 누가 더 나을 것 같아?"

"유현 봤잖아? 오자마자 노히트한 거. 솔직히 말해서 진용이도 쉽진 않을 거야."

그 소리 뒤로 유현과 이진용에 라이벌 구도에 이야기가 자연스레 나왔다.

"더군다나 유현은 에이스 킬러라고. 에이스랑 붙을 때 더 무시무시해지는 괴물!"

"아니, 그보다 솔직히 진용이 입장에서는 굳이 부딪칠 필요가 없지. 올스타 브레이크 후의 경기이니까 로테이션 조절만 하면 피하는 건……"

어쩔 수 없었다.

언론이 나서서 이진용과 유현의 라이벌 구도를 더더욱 부각시키는 상황에서, 다른 누구도 아니고 이진용을 에이스로 품고 있는 엔젤스가 자유로울 리 없었으니까.

'쯧.'

그러나 중요한 건 그것이 결코 엔젤스에게, 이진용에게 좋을 게 없다는 점이었다.

이호찬이 긴장하는 이유였다.

'이런 분위기는 진용이한테 좋을 게 하나도 없는데……'

물론 이호찬은 이진용이 이런 일을 가지고 기가 죽거나, 긴장할 사내가 아니라는 건 알고 있었다.

그러나 문제란 건 긴장이나, 풀이 죽을 때만 생기는 게 아닌 법.

오히려 문제는 너무 들떠 있거나, 무리하거나, 오버할 때, 저도 모르게 자신이 가진 페이스를 잃어버리고 과속하는 경우에 더 자주 생기는 법이다.

'괜히 유현을 의식하다가 잘못하면 페이스가 무너진다.'

이호찬이 우려하는 건 이진용이 유현과의 라이벌 구도에 무언가를 더 보여주기 위해 무리를 하는 경우였다.

그런 이호찬의 눈에 이제 막 출근하는 이진용이 보였다.

'아.'

호우, 호우 거듭 한숨을 내쉬고 있는 이진용의 모습은 누가 보더라도 고민으로 가득 찬 모습이었다.

이호찬이 그런 이진용을 발견하는 순간 곧바로 그에게 다가갔다.

"진용아!"

"아, 호찬 선배……."

이호찬의 부름에 이진용이 여전히 고민 가득한 표정을 풀지 못했다.

"고민 있나?"

"아, 그게……."

이호찬의 그 질문에 이진용은 말을 아꼈고, 이호찬이 그런 이진용에게 말했다.

"고민 있으면 말해라. 이래 봬도 선배다, 선배. 야구에 대한 고민이면 얼마든지 대답해주마."

"그게……."

"뭐든 좋으니까 말해봐."

그 거듭된 이호찬 말에 이진용이 조심스럽게 물었다.

"저기 선배님."

"그래."

"혹시 마구 던질 줄 아세요?"

"응?"

그 질문에 이호찬은 잠시 잊었던 것을 떠올렸다.

이진용 별명이 또라이란 것을.

◆ 3화 ◆
마구니가 끼었구나!

6월 30일 금요일.

이진용의 등판일이 정해졌다.

그리고 이진용의 등판일이 정해지는 순간 언론들은 기다렸다는 듯이 기사를 쏟아냈다.

[수원 독스 대 서울 엔젤스, 주말 3연전 시작!]
[이진용, 수원 독스전 첫 경기 등판!]
[이진용, 이번에는 무엇을 보여줄 것인가?]

또한 야구팬들은 기대감을 쏟아냈다.

-이번에는 이진용이 뭘 보여줄까?

└뭘 보여주긴 호우를 보여주겠지.

여기까지는 언제나 있었던 일.
그러나 이번에는 언제나와 다르게, 이야기가 여기서 끝나지 않은 채 이어졌다.

[유현 대 이진용, 과연 이번 시즌 최고의 투수는 누구일까?]

언론이 이진용의 이번 등판에 더 많은 의미를 그리고 더 많은 부담감을 부여하기 시작한 것이다.

[수원 독스 상대로 유현은 노히트노런, 그럼 이진용은?]
[특명! 이진용, 수원 독스를 상대로 완봉승을 거둬라!]

특히 이진용이 상대하게 된 수원 독스가 며칠 전 유현의 복귀전에서 노히트노런의 제물이 되었다는 사실은 언론에 있어서 이루 말할 수 없는 소재이자, 호재였다.

[유현 대 이진용, 수원 독스를 상대로 대리전!]
[이진용은 과연 유현 상대로 판정승을 거둘 것인가? 판정패를 당할 것인가?]

이진용 대 유현.

수원 독스가 그 두 투수의 기량을 가늠할 수 있는 잣대가 되어버린 것이다.

사실 그건 말도 안 되는 방식이었다.

그러나 언론은 거듭 부추겼고, 야구팬들은 그 사실을 즐겼다.

-유현이 독스 상대로 노히트노런 했으니, 이진용은 최소 완봉승은 해야지.

└탈삼진은 15개 이상 잡고.

└완투승 해도 지는 거네 ㅋㅋㅋ

그렇게 몇 번의 기사 그리고 네티즌들의 반응이 반복되었을 때, 이진용은 수원 독스를 완투승을 거두는 것조차 판정패가 되어버리는 상황이 되어버렸다.

"아……."

그 상황 앞에서 이진용은 고뇌했다.

"미치겠다."

[마구(魔球)]

-스킬 랭크 : F랭크

-스킬 효과 : 체력 포인트를 10포인트 소모해 마구를 던질 수 있다.

-일일 사용 가능 횟수 : 10회.

"아, 뭘 마구로 던져야 하지?"

수십 가지 아이스크림을 파는 전문점에서 10가지 아이스크림만 골라야 할 때, 그럴 때와 비슷한 고뇌를.

-씨발.

옆에서 본다면 어처구니가 없는 고뇌.

-씨발!

김진호가 이진용 옆에서 거듭 쌍욕을 내지르는 이유였다.

"김진호 선수, 좀 조용히 해봐요. 지금 저 고뇌 중인 거 안 보이세요? 예?"

그런 김진호의 욕설에 이진용이 한마디를 벌처럼 쏘았다.

그 모습에 김진호의 눈빛이 차갑게 가라앉았다.

팔짱도 풀었다.

그리고 그대로 양 주먹을 움켜쥔 김진호가 제 입을 천천히 열었다.

-아빠, 힘내세…….

그 순간 이진용이 기겁하며 소리쳤다.

"죄송합니다! 김진호 선수, 제가 너무 무례했습니다."

그 모습을 본 김진호가 엄한 표정을 지으며 거듭 말했다.

-짜식, 똑바로 해.

"예, 다시는 이런 일 없도록 하겠습니다."

그제야 진정된 분위기 속에서 이진용은 다시 한번 자신의 눈앞에 있는 마구 스킬을 바라봤다.

'대단한 게 손에 들어왔다.'

다이아몬드 룰렛을 통해 새롭게 얻은 마구 스킬.

물론 마구 스킬은 진짜 말도 안 되는 마구를…… 갑자기 공이 2개로 분신술을 쓴다거나, 독수리슛처럼 공에 날개가 달려서 하늘 높이 올랐다가 떨어지거나, 공이 홈플레이트 근처를 통과할 때 호우! 소리를 지르거나, 그런 공을 던지게 해주는 건 아니었다.

'궤적을 컨트롤할 수 있다니.'

가능케 해주는 건 다름 아니라 공이 그리는 궤적을 컨트롤하게 해주는 것.

라이징 패스트볼과는 달랐다.

라이징 패스트볼은 패스트볼을 강화해주는 스킬로, 패스트볼에만 적용이 가능하며 강화만 할 수 있으니까.

반면 마구 스킬은 모든 구종에 적응이 가능했다.

커브, 체인지업, 슬라이더!

더 나아가 마구 스킬은 궤적을 컨트롤하는 만큼, 오히려 밋밋하게 만들 수도 있었다.

'절대 못 쳐.'

타자 입장에서는 그게 더 무서운 일이었다.

야구는 타이밍 싸움이니까.

예리하기만 한 것보다는 예리한 것 사이에 존재하는 밋밋한 것이 오히려 더 무서운 법이니까.

'이 정도면 마구 맞지.'

마구라는 스킬 네임이 결코 부족하지 않은 스킬이었다.

그래서 고민이었다.

'너무 좋아도 문제라니까.'

쓸모가 너무 많았으니까.

더 나아가 이 스킬은 이진용에게 있어서 쓸 수 있는 재주가 필요한 스킬이기도 했다.

이진용의 역량에 따라 마구, 그 이상의 결과물을 만들 수 있는 스킬이었으니까.

"끄응."

그것이 이진용이 고뇌하는 이유였다.

그 고뇌 속에서 이진용이 조심스레 김진호를 바라봤다.

-뭘 봐?

당연한 말이지만 김진호 역시 마구 스킬의 가치를 잘 알고 있었다.

마구 스킬이 이제까지 이진용이 얻은 무수히 많은 스킬 중에 파괴력 면에서는 가장 압도적이란 것도 그리고 이 압도적인 무기를 어떻게 써야 가장 효과적으로 쓸 수 있는지도.

그게 김진호 선수가 퉁명스러운 이유였다.

'여기서 팁 달라고 하면 엿을 주겠지?'

그런 김진호가 이진용의 질문에 순순히 팁을 줄 리 만무, 때문에 이진용은 질문을 바꿨다.

"김진호 선수가 생각하기에 가장 말도 안 되는 기록이 뭐라고 생각하세요?"

-뭔 소리야?

"한 경기 20탈삼진이나 노히트노런 같은 거요. 역시 퍼펙트 게임이 가장 말도 안 되는 기록이겠죠?"

그 질문에 김진호가 고개를 저었다.

-퍼펙트게임은 말도 안 되는 기록이라기보다는 하늘이 내린 기록이지. 투수가 27개 아웃카운트 전부를 삼진으로만 잡으면 모를까, 그게 아닌 이상 투수 혼자 만든 게 아니니까. 오히려 노히트노런은 투수가 노리면 가능하지. 어려운 타자는 볼넷으로 거르면 되니까.

"그럼 뭐죠?"

-뭐긴 뭐야, 그거지.

"그거요?"

김진호는 조금의 망설임도 대답하지 않았다.

-그렉 매덕스의 76구 완투승, 인간이 만들어낼 수 있는 가장 말도 안 되는 짓이지.

"그렇군요!"

그 순간 이진용은 더 이상 고뇌하지 않았다.

"그게 있었네요."

6월 30일.

6월의 마지막 날, 수원 독스의 홈구장인 수원 구장에는 오랜만에 관중들로 가득 차 있었다.

"수원 구장에 관중 가득 찬 게 얼마 만이냐?"

신생 구단 그리고 리그 최하위…… 여러모로 팬들이 아직 애정을 품기에 힘든 수원 독스에게 있어서 보기 드문 광경.

"역시 이진용 경기는 원정 경기도 다르다니까. 원정이든 홈이든 가리지 않고 만원을 만들어버리네."

그것을 가능케 한 건 이진용의 티켓 파워였다.

"그렇지. 더군다나 유현하고 비교할 수 있는 매치잖아? 야구 팬이면 보러 올 수밖에."

동시에 언론이 만들어낸 라이벌 구도의 파워이기도 했다.

"완투해도 판정패라…… 진짜 말도 안 되는 라이벌전이군."

완투승조차 패배가 되어버리는 매치!

이런 매치를 보지 않는다면 야구팬이라고 할 수 없을 터.

물론 말이 안 되는 매치였다.

"최악이군. 노히트노런을 두 번이나 할 수 있는 게 가능할 리가 없는데, 노히트노런과 비교를 하다니……"

이진용, 그는 이미 노히트노런과 퍼펙트게임을 달성했다.

그런 그가 노히트노런을 다시 한번 더 할 가능성이 과연 얼마나 될까?

없다고 단언할 순 없지만, 그 가능성은 지극히 낮다.

더 나아가 이미 노히트노런은 물론 퍼펙트게임을 거둔 이진용과 유현을 붙이고자 한다면, 유현에게 오히려 포커스가 맞춰져야 한다.

유현이 퍼펙트게임을 한 후에야 그 둘은 그나마 기록상으로 동등해진다고 할 수 있을 테니까.

"최악이라기보다는 악질적이죠."

그러나 지금 세간은 유현에게 퍼펙트게임을 요구하는 것이 아니라, 이진용에게 노히트노런을 요구하고 있었다.

"언론이 작정을 했습니다."

보이지 않는 손들이 그렇게 수작을 부리고 있었다.

"언론만 움직이면 다행이겠지."

더불어 언론이 아니라 야구계 전반에 깔린 자들, 이 야구계의 실력자들도 수작을 부리고 있었다.

"감독님이 고생이 많습니다."

"나야 그냥 무시하면 될 일이지."

그러한 사실들을 이제 피부로 본격적으로 느끼기 시작한 봉준식 감독과 송재만 수석코치는 쓴웃음을 머금었다.

그런 그 둘의 머릿속으로는 최근 들어 받은 몇 통의 전화들이, 소위 이 바닥의 높으신 양반들과의 통화 내용이 새록새록 떠올랐다.

이진용 좀 제대로 관리해라, 그놈이 마운드에서 무례한 짓을 하도록 놔두지 마라, 그렇게 하면 재미없을 줄 알아, 마운드 위에서 이진용이 날뛰지 못하도록 제대로 관리하라는 내용의 전화들이.

"오히려 송 수석이 힘들겠지."

한국프로야구에서 남은 일생의 상당 부분을 더 가져가야 하는 그들 입장에서는 쉽게 무시할 수 없는 압박이었다.

"저도 뭐 입 다물고 있으면 될 일이죠."

만약 그들이 다른 구단 소속이었다면 지금처럼 움직이진 못했을 터.

"어차피 구 팀장이 있는데 뭘 할 수 있겠습니까?"

하지만 엔젤스에는 구은서가 있었다.

그녀는 세간의 압박에 코웃음조차 치지 않았다.

오히려 이런 주변의 반응에 그녀는 그 관계자들에게 전달했다.

정말 할 말 있으면 자신을 찾아와 얼굴 보고 이야기하라고.

그런 그녀 덕분에 엔젤스의 코칭스태프들이나 선수단은 이 상황 속에서도 어느 정도 숨을 쉴 수 있었다.

물론 숨을 쉬는 것만으로 만족할 생각은 없었다.

"구 팀장 때문에라도 올해는 우승을 해야지."

봉준식 감독, 그는 솔직히 말해서 지금 화가 나 있었다.

분명 이진용이 돌발행동을 몇 차례 하고, 그의 행동이 무례했었던 건 맞다.

하지만 그는 대단한 투수였다.

한국프로야구가 나서서 보배처럼 가꾸어야 하는 투수.

그런데 지금 한국프로야구는 그런 이진용이 자기들 입맛에 맞지 않는다고 이진용을 짓뭉개려고 하고 있었다.

막말로 안찬섭이 도박 사건 이후 자숙했을 때 야구관계자들은 한국프로야구의 흥행과 한국야구의 미래를 위해서 그를 복귀시켜야 된다고 말했었다.

그때 안찬섭에게 적용한 기준대로라면 이진용은 지금 마운드 위에서 마이크를 달고 호우를 외쳐도 봐줘야 한다.

여러모로 화가 나지 않을 수 없는 일.

비단 봉준식 감독만 그런 게 아니었다.

"예, 엿 같아서라도 올해 우승해야죠."

이진용에 대한 공격이 거듭될수록 엔젤스의 온도는 점차 올라가고 있었다.

누가 뭐라고 해도 이진용은 엔젤스의 에이스이니까.

"다들 같은 생각일 겁니다."

그렇게 올라온 온도는 엔젤스 선수단을 부글부글 끓게 만들 정도가 되었다.

이제 좀 더 달아오르기만 한다면 터질 수 있는 정도.

그리고 엔젤스에는 그런 엔젤스를 그 무엇보다 뜨겁게 만드는 것이 있었다.

"그래서 지금 이진용 상태는?"

"자신이 없답니다."

투수코치의 그 말에 봉준식 감독은 놀란 표정 대신 옅은 미소를 머금었다.

이진용이 무슨 의미로 그런 말을 했는지 알고 있었으니까.

"질 자신이 없다, 이 말이지?"

"예."

"대단한 놈이군."

"예, 대단한 녀석이죠."

그렇게 게임이 시작됐다.

이제 슬슬 해가 기울어지기 시작한 수원 구장은 아침까지 내린 빗줄기 탓인지 촉촉함이 곳곳에 남은 채 축축하게 늘어질 법한 분위기를 만들고 있었다.

하지만 수원 구장의 주인인 독스 선수들의 눈빛에는 그 촉촉함이나 축축함 따위는 없었다.

대신 독기가 가득했다.

-1회 초, 엔젤스가 삼자범퇴로 물러납니다.

1회 초 엔젤스의 공격이 끝났을 때도 그들의 눈에 있는 독기는 조금의 누그러짐이 없었다.

'우리를 뭐로 보고.'

그건 너무나도 당연한 일이었다.

수원 독스.

그들은 분명 약팀이었다.

그것도 그냥 약팀이 아닌 최약팀.

하지만 아무리 약팀이라고 해도 프로선수이며, 프로선수에 대한 자존심이 없는 건 아닌 법.

'우릴 개새끼 취급한다 이거지?'

그런데 지금 그런 독스의 자존심이 개밥처럼 취급을 받고 있었다.

'오냐, 개새끼가 뭔지 보여주마.'

두 명의 투수가 지금 그들을 상대로 대결을 하고 있다.

독스라는 팀을 얼마나 처참하게 짓뭉개는가? 그런 경쟁을 하고 있었고 한국프로야구의 모든 이들이 그 사실을 깔깔 웃으면서 즐겨 보고 있다.

'개싸움이 뭔지 보여주마.'

개막전 이후 만원 관중이었던 적이 없던 수원 구장이 사람으로 가득 찬 것 역시 독스 선수들에게 있어서는 결코 즐거운 일이 아니었다.

지금 수원 구장을 채운 만원 관중은 독스를 응원하기 위해서가 아니라 이진용이 독스를 어떻게 뭉갤지, 그것을 보기 위해 이곳에 온 이들이었으니까.

마치 고대 로마의 콜로세움에서 인간과 사자의 싸움을 구경하듯.

그런데도 독기를 품지 않는다면 프로가 될 수조차 없었을 터.

더 나아가 독스는 그저 독기를 품는 것으로 상황을 끝낼 생각이 없었다.

독기 가득한 이빨로 이진용을 물어뜯기 위한 행동에 나섰다.

-안해민 선수가 오늘은 1번 타자로 경기에 나옵니다.

안해민, 독스의 최고 타자인 그가 1번 타자로 나온 이유는 바로 그런 이유 때문이었다.

안해민.

독스가 처음 구단을 창설했을 때 팀의 주축이 되는 선수를 영입하기 위해 FA로 총액 65억 원에 영입한 그는 12년이나 되는 프로 생활 속에서 단 한 번도 1번 타자가 되어본 적이 없었다.

그는 어느 구단을 가더라도 3번부터 5번 사이, 중심을 책임지는 타자였고 그 사실에 대해 자긍심을 가진 타자이기도 했다.

-안해민 선수가 1번 타자로 나오는 건 이번이 처음 아닙니까?

-예, 처음이지요. 언제나 안해민 선수는 중심 타선에 배치된 선수였으니까요.

-과연 안해민 선수가 1번에 배치된 효과가 어떨지 궁금하네요.

그런 그가 1번 타자로 나온 이유는 하나였다.

-일단 분명한 건 안해민 선수가 1번에 배치된 만큼 이진용을 상대로 한 타석이라도 더 나올 수 있다는 거지요.

-그렇군요!

독스는 자신들이 내세울 수 있는 최강의 타자인 안해민이 이진용을 상대로 한 타석이라도 더 많은 승부를 하는 것을 선택한 것이다.

이진용이 퍼펙트게임을 하지 않는 이상, 1번 타자에게는 최소 4번의 타격 기회가 있으니까.

'사생결단을 내자.'

그렇게 1번 타자로 타석에 선 안해민은 타석에 서는 순간 자신이 품은 독기를 그대로 뿜어댔다.

"오늘 죽어보자고, 아주 그냥 죽어보자고 씨발."

안해민 거친 소리를 토해냈다.

으르렁!

사나운 투견처럼 으르렁거렸다.

반면 이 순간 안해민의 눈빛은 독기로 물들어 있되, 광기는 없었다.

이 순간 안해민은 슬쩍, 주심을 바라봤다.

'저번 유현전에서는 판정이 아주 노골적으로 유현에게 유리했다.'

프로 12년 차, 베테랑 중의 베테랑인 안해민이 야구판의 돌아가는 생리를 모를 리 만무.

안해민은 지금 한국프로야구의 관계자들이 유현을 영웅으로, 반대로 이진용을 마왕으로 만들고자 한다는 것을 알고 있었다.

그리고 그 증거도 봤다.

'노히트를 만들어준 거지.'

당장 유현이 독스 상대로 노히트노런을 달성할 당시, 스트라이크존 판정은 과할 정도로 후했다.

다른 투수라면 볼이 될 공을 주심들은 기꺼이 잡아줬고, 유현은 그 사실을 아주 적극적으로 이용했다.

'반면 이진용은 그 반대이고.'

만약 스트라이크존이 짰다면 절대 노히트노런은 나오지 않았을 터.

'그렇다면 오늘 판정도 그때와 반대가 되겠지.'

달리 말하면 오늘 이진용에 대한 주심의 판정은 짤 가능성이 어느 때보다 높았다.

"플레이볼!"

그런 안해민의 예상은 이진용이 주심의 선언과 함께 초구를 던지는 순간 바로 증명됐다.

펑!

우타자인 안해민의 스트라이크존 바깥쪽 낮은 코스를 노리고 들어가는 공.

유현이 노히트노런을 달성할 당시에는 스트라이크를 잡아줬던 코스.

"볼!"

그 공에 주심은 곧바로 볼을 선언했다.

'오케이.'

그리고 곧바로 이진용이 2구째를 던졌다.

2구째는 조금 전 이진용이 던진 코스보다 좀 더 스트라이크존 깊숙이 들어오는 패스트볼이었다.

안해민은 그 공을 그냥 지켜봤다.

펑!

"볼!"

그리고 그 공에 주심이 다시 한번 볼을 선언했다.

'어쭈?'

그 사실에 안해민의 눈빛이 빛나기 시작했다.

'이것까지 안 잡아주면…… 해볼 만하지!'

해볼 만하지!

그 생각이 안해민의 머릿속을 채웠을 때, 그렇게 이진용이 3구째를 던졌을 때.

딱!

경쾌한 소리와 함께 안해민이 친 공이 2루수를 스쳐 지나가 며 외야로 굴러갔다.

-어? 안타! 안해민 선수가 안타를 쳤습니다!

안해민이 오늘 경기의 첫 안타를 기록하는 순간.

그 순간 수원 구장을 채운 이들의 얼굴에 놀람이 가득 찼다.

"뭐야? 이진용 안타 맞았어?"

"아, 젠장! 노히트 깨졌잖아!"

안타를 기록한 독스 더그아웃의 선수와 코칭스태프들 역시 마찬가지였다.

'이렇게 쉽게?'

'뭐야 이거? 몰카인가?'

너무나도 쉽게 나온 안타에 독스 선수단 모두가 놀란 표정을 지은 채 안해민을 바라봤다.

"으라아!"

그리고 안해민은 1루에서 홈런을 친 것처럼 두 손을 번쩍 들며 환호성을 내질렀다.

그 광경을 마운드에 있는 이진용이 바라봤다.

'예상대로군, 존은 좁고 타자들은 달려들 생각만 하고.'

입가에 미소를 지은 채.

'속이 다 보이는구나, 보여.'

빠악!

배트와 공이 부딪치며 소리를 내는 순간, 그라운드에 있는 모든 것이 분주하게 움직이기 시작했다.

'씨발!'

공을 친 타자는 욕지거리를 삼킨 채 1루를 향해 질주했고, 1루에 있던 주자도 비슷한 소리를 지껄이며 2루를 향해 질주했다.

'오케이!'

반면 자신을 향해 공이 오는 것을 파악한 유격수는 미소를 지은 채 다가오는 공을 잡은 후에 2루를 향해 던졌고, 이미 2루 베이스 커버에 들어간 2루수 역시 비슷한 미소를 지은 채 그 공을 잡았다.

이미 일찌감치 2루 베이스를 터치한 2루수는 곧바로 1루를 향해 몸을 돌렸다.

그런 2루수의 눈에 들어온 건 이미 아웃이 됐음에도 자신을 향해 슬라이딩을 시도하는 1루 주자였다.

그 사실에 2루수는 당황하지 않았다.

오히려 기다렸다는 듯이 공을 던지자마자 곧바로 2루 베이스에서 물러났다.

그렇게 2루수가 던진 공이 쭉 뺀 다리를 1루 베이스에 아슬아슬하게 걸치고 있는 1루수의 글러브에 들어갔다.

펑!

그라운드의 분주함은 그것으로 끝이었다.

"아웃!"

4회 말, 독스의 득점 기회가 병살타로 마무리되는 순간이었다.

"젠장! 또 병살타야!"

"아니, 씨발 무슨 병살만 치고 지랄이야!"

"3연병이다, 3연병!"

더불어 그 병살타는 오늘 독스의 세 번째 병살타였다.

1회와 2회 그리고 4회, 이렇게 세 번.

"이호우 상대로 안타를 치면 뭐해! 병살로 다 날려 버리는데!"

"독스 빠따 새끼들아, 정신 차리고 야구해라!"

"젠장, 처음으로 이호우 놈 맛 간 날인데 독스 애들이 삽질을 하네, 삽질을 해!"

"이호우가 처음으로 맞 간 건 아니지. 얜 만날 맞이 갔잖아? 제정신인 놈이 호우하겠어?"

달리 말하면 그건 오늘 독스가 1회, 2회 그리고 4회에 타자를 출루시켰다는 의미이기도 했다.

-이호우 안타 많이 맞네.

-ㅇㅇ 이진용 마가 낀 듯. 오늘 무실점 깨질 듯.

-오늘 실점하면 유현 승 인정?

물론 안타가 나오는 게 이상한 일은 아니었다.

이진용이라고 해도 안타를 주지 않고 게임을 이끌어간 적은 두 번밖에 없었으니까.

문제는 내용.

-오늘 이진용 컨디션이 별로인 듯?

└컨디션 별로가 아니라 주심 판정이 개 같잖아!

└응, 엔젤스 팬 눈에만 그래.

└아니, 오늘 주심 판정이 짜긴 함. 근데 그냥 엔젤스나 독스나 상관없이 짬.

└이러다 진짜 이호우 무실점 깨지는 거 아니야?

이진용은 오늘 평소보다 쉽게 안타를 내주는 느낌이 들었다.

-아니, 주심 판정을 떠나서 오늘 이호우 탈삼진이 1개밖에 없는 게 문제 아니야?

-미스터 십팔이 그냥 십팔이 됐음.

-딴 것보다 탈삼진이 적은 게 가장 큰 문제임.

결정적으로 이진용이 4회까지 잡은 삼진이 고작 1개라는 사실이 경기를 보는 이들, 개중에서도 엔젤스 팬 그리고 선수들을 불안케 했다.

'진용이한테 문제가 있는 걸까?'

'저번 경기에서 탈삼진을 18개 잡은 녀석이 4이닝 동안 탈삼진 하나라니……'

'이거 괜히 무리하지 말고 일찌감치 내려줘야 하는 거 아니야?'

그 불안감을 품은 선수들의 시선은 자연스레 더그아웃에 들어온 이진용을 향할 수밖에 없었다.

그런 그들의 눈에 비친 이진용의 모습은 모두가 예상하는 것과 같았다.

더그아웃에 들어오자마자 이진용은 곧바로 수건을 덮어쓴 채 고개를 푹 숙였다.

그리고는 작은 목소리로 중얼거리기 시작했다.

그야말로 귀신이 아니고서는 들을 수 없는 중얼거림.

때문에 그 모습을 본 엔젤스 선수들은 생각했다.

'아, 이진용도 이제는 힘든 모양이군.'

이진용이 지금 매우 힘든 상황이라고.

'우리가 도와줘야지.'

그러니 이제는 자신들이 이진용을 도와줄 때라고.

"아, 병살타로 이닝을 끝내니까 호우 할 기회가 적어지네. 오늘은 호우 스무 번도 못하겠네. 아! 호우하고 싶다!"

-좀 닥쳐, 듣는 내가 부끄럽다고!

여러모로 큰 착각이 경기를 지배하는 순간, 그런 착각이 깨진 건 좀 더 시간이 지난 후였다.

빠악!

배트와 공이 부딪치며 소리를 내는 순간, 그라운드에 있는 모든 것이 움직이기 시작했다.

그러나 그 움직임에 분주함은 없었다.

모두의 행동이 느릿하거나, 꾸물거려서 그러는 건 아니었다.

움직이는 이들은 분명 최선을 다해 움직이고 있었다.

그럼에도 분주함이 느껴지지 않는 이유는 다름 아니라 그것이 이제는 익숙해진 풍경인 탓이었다.

제아무리 분주한 것도 그것을 다섯 번 정도 봤다면 그 과정에서 분주함을 느끼긴 어려운 법이니까.

7회 말 1사 주자 1루 상황에서 나온 병살타는 그랬다.

"젠장, 또 병살!"

"아니, 씨발. 벌써 다섯 개째잖아!"

독스, 그들이 오늘 다섯 번째 병살타를 쳤다.

"젠장, 마가 낀 건가?"

흔히 말한다.

한 게임에 병살타가 세 번 나오면, 그 게임은 절대 이길 수 없다고.

그 관점에서 병살타 다섯 개는 그야말로 패배의 보증수표인 셈.

"대체 뭐가 문제지? 오늘 배트에는 잘 맞는데?"

"이진용 상대로 이렇게 친 건 우리가 유일하잖아?"

더욱이 독스를 더 짜증나게, 초조하게, 안달나게 만드는 건 오늘 그들은 이진용을 상대로 놀라운 호타를 보인다는 점이었다.

독스 타자들은 7회까지 이진용을 상대로 5안타를 뽑아내면서, 반대로 삼진은 3개밖에 허용하지 않았다.

물론 일반 투수가 7이닝 5피안타 3탈삼진을 기록했다면 호투를 했다고 볼 수 있다.

그러나 이진용은 다르다.

그동안 이진용이 보여준 말도 안 되는 호투의 나날들을 돌아보면, 그를 상대로 7이닝 동안 5개의 피안타를 끌어내는 대가로 3개의 탈삼진만 헌납한 건 기적과도 같았다.

그렇기에 지금 현재 점수 차가 4 대 0으로 엔젤스가 리드하고 있음에도 독스는 그 사실에 대해서는 조금의 불만도 가지지 않고 있었다.

"타자들 파이팅! 기회는 또 올 거야!"

"아직 2이닝 남았잖아!"

투수들조차 점수를 내지 못하는 타자들을 지탄하기보다는 타자들이 거듭 안타를 치고 나간다는 사실에 박수를 보냈다.

더 나아가 기대감도 있었다.

"젠장, 잘만 하면 오늘 1점 낼 수 있을 것 같은데……."

"지든 말든 1점만 뽑으면 돼. 그럼 오늘은 회식이라고."

1점.

이제까지 그 누구도 이진용으로부터 얻어내지 못한 그것을 얻어낼 수 있으리란 기대감.

그 기대감만이 이미 패색이 짙은 경기에서 독스가 분전할 수 있는 유일한 근거였다.

-독스라는 팀 이름 잘 지었네. 미친개처럼 1점만 보고 뛰는 구나.

그리고 그들이 품은 그 기대감이 그들의 허점이었다.

-던지는 족족 걸려드네, 걸려들어.

오로지 1점만을 내기 위해, 눈앞에 있는 당근을 위해 달리는 짐승만큼 허점투성이인 것도 없으니까.

-아직도 독스 애들은 진용이, 네가 좆같은 공을 던진다는 것조차 눈치채지 못하고 있고.

심지어 그런 독스의 허점을 공격하는 건 다른 무엇도 아닌 이진용의 마구였다.

"좆같은 공이라니, 마구라는 표현을 놔두고 꼭 그런 표현을 써야겠어요?"

이진용, 그는 7회까지 현재 7번의 마구 스킬을 사용했다.

마구 스킬을 사용한 구질은 투심 패스트볼.

더불어 병살타를 만들어낸 5개의 공 전부 마구 스킬을 사용한 공이었다.

-좆같은 공 맞잖아?

"좆같다고는 해도 좀 순화해서……."

-오케이, 그럼 이진용 같은 공이라고 하자. 아직도 독스 애들은 지금 진용이 네가 이진용 같은 좆같은 공을 던진다는 것조차 눈치채지 못하고 있어!

"에이, 진짜."

하지만 지금 독스의 선수들 중 그 누구도 이진용이 마구와도 같은 공을 던진다는 사실을 눈치채지 못하고 있었다.

'뭐, 좆같은 건 사실이지만…….'

이진용, 그가 마구 스킬로 만들 수 있는 공은 크게 두 종류가 있었다.

보는 순간 마구 소리가 나올 만큼 말도 안 되는 움직임을 보이는 공.

반면 구분이 되지 않을 정도로 미세하지만 분명한 차이를 가지고 있는 공.

오늘 이진용이 마구 스킬을 쓴 방식은 후자였다.

2퍼센트 정도 다른 공.

그게 독스 선수들이 눈치채지 못하는 이유였다.

'2퍼센트만 다른 공…… 이걸 치면 한국에 있을 이유가 없지.'

그리고 그게 이진용의 노림수였다.

만약 이진용이 누가 보더라도 분명하게 다른, 보다 강력한 공을 던졌다면 독스 타자들은 그 사실을 눈치채고 그에 대한 대응을 했을 것이다.

수풀에서 거대한 뱀이 갑자기 튀어나왔는데 수풀에 쉽사리, 맨몸으로 들어갈 인간은 없지 않은가?

그렇게 되면 독스 타자들이 심사숙고하며 이진용의 공에 섣불리 배트를 휘두르지 않을 것이며, 이진용의 투구수는 늘어날 수밖에 없다.

반대로 2퍼센트만 다른 공은 인지조차 할 수 없다.

자신도 모르는 사이에 당하는 것이다.

더욱이 이진용은 독스 타자들이 자신의 그 투심에 신경 쓸 수 없는 상황을 만들었다.

'독스 타자들의 눈앞에 득점이 보이는데, 다른 게 보일 리도 없고.'

그 누구도 아닌 이진용을 상대로, 미스터 제로, 무실점의 사나이로부터 최초의 타점을 얻어낼 수 있는 상황.

머리가 움직이지 말라고 해도, 심장이 배트를 휘두르게 만드는 상황이다.

'주심 판정이 오히려 약이 됐군.'

더 나아가 독스 타자들은 오늘 스트라이크존이 자신들에게 유리하다는 걸 알고 있었다.

오늘따라 잘 맞는 이진용의 공, 유리한 스트라이크 판정 그리고 이진용이라는 대어를 뛰어넘는 용을 잡을 수 있다는 기회까지.

적극적인 타격을 하지 않을 이유가 없었고, 그렇기에 독스의 모든 타자들은 1타점의 주인공이 또는 1득점의 주인공이 되고 싶다는 사실만 보고 미친 듯이 달렸다.

'그러니 내 투구수도 보일 리 없겠지.'

7회 말까지 이진용이 고작 61개의 공만을 던졌다는 사실은 조금도 인지하지 못한 채.

지금 그들이 이미 이진용이 만들어놓은 덫에서 허우적거린다는 사실도 모른 채.

'이대로 가주면 좋겠는데.'

때문에 이진용은 이런 상황이 계속되기를, 독스 타자들이 이대로 계속 1점만 바라보는 상황이 지속되기를 소망했다.

'그럴 리는 없겠지.'

하지만 이진용은 그럴 리가 없다는 걸 알고 있었다.

-진용아, 화장실 다녀오려면 지금 다녀와라. 8회의 시작은 무척 길 테니까.

"갑자기 화장실은 무슨 화장실이에요?"

-얼굴 표정이 똥 마려운 표정 같아서. 아, 미안. 넌 그게 영웅본색 표정이라고 그랬지? 노래 불러줄까?

"시끄러워요."

'이제 슬슬 우리 타자들이 터지겠군.'

지금 가장 위험한 건 그 무엇도 아닌 엔젤스의 타선이었으니까.

8회 초, 엔젤스의 타선은 폭발했다.

-큽니다! 큽니다! 큽니다!
-넘어갔네요.
-홈런! 이호찬 선수의 쓰리런!

사실 그것은 뒤늦은 폭발이었다.

-드디어 엔젤스 타선이 제대로 폭발했습니다.
-오늘 엔젤스 타자들이 타격감이 좋은데, 유독 점수가 잘 안
나오는 감이 없진 않았죠.

엔젤스 타선은 경기 초반부터 타격감이 좋았다.
정확히 말하면 오늘 주심의 스트라이크존 판정이 짰고, 그
사실은 엔젤스가 독스를 상대할 때도 마찬가지였다.
독스의 투수 역시 좁아진 스트라이크존 앞에서 제대로 된
피칭을 하지 못하고 있었다.
즉, 타격이 잘 풀리지 않았음에도 7회까지 4득점을 했다는
의미.

그런 타격이 폭발했을 때의 위력이 가소로울 리 만무.

-이걸로 점수 차는 10 대 0까지 벌어집니다.

그렇게 엔젤스가 8회 초에만 무려 6득점을 올리며, 점수 차이를 10점 차로 벌렸다.

승부에 쐐기를 박는 수준을 넘어, 경기 분위기 자체를 바꿔버리는 점수였다.

"어휴, 이제야 끝났네."

"무슨 공격을 축구만큼 하나?"

너무 길었으니까.

너무나도 긴 공격 탓에 경기를 보던 이들의 긴장감은 풀어질 수밖에 없었다.

그 덕분이었다.

"이제야 이호우 나오겠네."

"이제 경기는 졌고, 독스한테는 이호우 상대로 1점 얻어내는 것밖에 없겠네."

"그보다 이호우 나오려나? 오늘 간당간당하잖아? 점수 차도 점수 차겠다, 그냥 여기서 끝내는 게 낫지 않아? 오늘 너무 맞았잖아? 7이닝 무실점이면 충분하고."

경기를 보던 이들이 드디어 그 사실을 볼 수 있게 된 건.

"하지만 오늘 공 몇 개 안 던졌잖아?"

"100구는 안 됐고, 한 90구 정도 던졌나?"

"어디 보자…… 헉."

"왜?"

"이진용 7회까지 61구 던졌는데?"

"뭐? 61구? 아니, 진짜? 61구라고? 구라 치는 거 아냐?"

"내가 이런 거로 뭐하러 구라를 쳐? 61구라고!"

"구라라고?"

"아니, 그게 아니라……."

이진용, 그가 말도 안 되는 투구수를 보여주는 중이라는 사실을 8회 초에 이르러서야 알게 됐다.

"맙소사."

"미친, 설마 그렉 매덕스의 76구 완투승을 노리는 거야? 와! 미친놈이네. 또 한국프로야구 기록 경신하려는 모양이구나!"

"어? 잠깐, 그건 아닐 텐데……."

"나온다!"

그런 상황에서 이진용이 8회 말에 마운드를 향해 걸어 나왔을 때, 더 이상 이진용을 향해 위기를 운운하는 이는 없었다.

꿀꺽!

다시 한번 긴장감으로 가득 소리만이 울릴 뿐.

그제야 모두가 깨달았다.

이진용, 그는 괴물이라고.

다른 무엇과의 비교도 거부하는 괴물!

더그아웃은 소란스럽다. 팬들이, 선수들이, 코치들이, 관계자들이 쉴 새 없이 떠드는 소리가 맴도니까.

그라운드는 어수선하다. 야수들이 움직이고, 타자들이 움직이는 무대이니까.

오로지 마운드만이 고요하다.

-역시 마운드가 제일이야.

김진호는 그 사실이 좋았다.

-평소에 안 되던 것도 마운드에 올라서는 순간 다 될 거 같은 이 느낌.

소란스러운 더그아웃을 나와, 어수선한 그라운드를 지나, 마운드를 밟는 순간 생기는 고요함이 그리고 그 고요함 속에서 날카롭게 가다듬어지는 오감과 집중력이.

-내 전력의 120퍼센트를 꺼낼 수 있는 느낌이랄까?

김진호는 마운드에 오르는 순간 자신이 가진 바의 120퍼센트를 꺼낼 수 있었고, 그렇기에 마운드에 오르는 것을 그 무엇보다 즐겼다.

그리고 그게 바로 지배자, 리그를 대표하는 투수이자, 전설이 되기 위해 필요한 가장 기본적인 것이었다.

마운드에 오르는 순간 자신이 가진 바의 전부는커녕 절반도 꺼내지 못하는 이에게 영광을 허락할 정도로 프로들의 세상은 너그럽지 않으니까.

그리고 이진용도 마찬가지였다.

그 역시 마운드가 좋았다.

"그래요? 저랑 좀 다르시네요."

-뭐라고?

"전 한 150퍼센트쯤 꺼낼 수 있을 것 같거든요."

-그래, 니 똥 굵다.

마운드 위에서 이진용은 자신이 가진바, 그 이상의 것을 꺼낼 수 있을 것 같았다.

-그래서 이제부터 어떻게 할 거야? 이제부터 독스 애들도 눈치 까고 최대한 공을 볼 텐데?

그런 이진용에게 김진호가 질문했다.

-당장 남은 여섯 명 타자를 상대로 삼구삼진으로만 잡아도 투구수는 18개, 그럼 투구수는 79개, 79구 완봉승이군.

79구 완봉승.

놀랍고도 대단한 기록이다.

그러나 그 사실에 만족할 생각이었다면 이진용이 지금 마운드에 올라올 이유가 없을 터.

-매덕스 기록에 3구 모자라는데?

다른 무엇도 아니고 그렉 매덕스의 그 놀라운 기록에 도전할 수 있는 기회 아닌가?

당연히 이진용은 이 기회를 이용할 생각이었다.

그렉 매덕스의 기록을 뛰어넘고, 더 나아가 세상에 이진용이 어떤 투수인지 보여줄 것이다.

"어떻게든 배트를 휘두르도록 도발해야죠."

-어떻게 도발할 건데?

그 말에 이진용이 씨익 웃었다.

흔히 말한다, 희망이 클수록 절망도 크다고.

독스, 그들이 처한 상황이 그러했다.

'아.'

1회부터 7회까지, 7이닝 동안 독스는 그야말로 미친 듯이 달렸다.

타석에 서기 전부터 독기로 가득 차 있었고, 타석에 설 때면 자신들의 모든 감각을 곤두세웠다.

집중력을 칼처럼 날카롭게 세웠다.

그 상태로 투수의 공 하나하나를 상대했다.

그건 달리기로 따지면 전력질주를 하고, 하고, 거듭하는 것과 마찬가지였다.

골인 지점 따위는 보지 않는 미친개처럼.

그러나 7회까지 독스 선수들에게 피로감은 없었다.

'이제까지 우리가 친 모든 게……'

보상이 있었으니까.

그렇게 전력질주를 할 때마다 그들에게는 무언가가 주어졌으니까.

그렇기에 그 누구도 전력질주를 포기하지 않았다.

'저 새끼 좋은 일 시키는 것이었다니?'

하지만 그 모든 것이 부질없는 것이었다는 것을, 오히려 미친 듯이 달리는 동안 어느새 그들이 늪과 같은 덫에 걸렸음을 깨닫는 순간 독스 선수들은 무너질 수밖에 없었다.

'빌어먹을!'

분노와 혼란, 그 뒤에 따라오는 짙은 피로감 그리고 어쩌면 오늘 말도 안 되는 대기록의 희생양이 될지도 모른다는 두려움까지.

"다들 정신 차려!"

그런 그들을 움직이게 한 건 팀 오더였다.

"어차피 9회 말까지 가야 한다! 그러니까 이제부터는 최대한 공을 봐라! 막말로 삼진을 당해도 투구수는 3개다!"

사실 독스의 코칭스태프는 어느 정도 짐작하고 있었다.

다른 건 몰라도 이진용의 투구수가 굉장히 적다는 사실을 코치들이 모를 리가 없었다.

투수의 투구수를 체크하는 건 코치들이 해야 하는 가장 기본적인 일 중 하나였으니까.

'젠장, 너무 늦었어.'

하지만 그 사실을 코치들은 굳이 선수들에게 알리지 않았다.

아니, 알릴 수가 없었다.

'젠장……'

안타가 나오는 상황.

그것도 그냥 안타가 아니라 선두타자 안타가 나오는 상황.

그런 상황에서 타자들에게 지금 이진용의 투구수가 적으니 놈의 투구수가 늘어날 수 있도록 좋은 공이 와도, 칠 수 있을 것 같아도 확실하지 않은 공은 참고 기다리라는 말을 어떻게 할 수 있을까?

'대체 왜?'

그렇다고 오늘 이진용의 공이 무언가 특별한 것도 아니었다.

무언가 굉장히 특별한 공에 당했다면 결코 이런 식으로 경기를 운영하진 않았을 것이다.

때문에 안타가 나왔을 때 독스 코칭스태프들은 그것이 기적이라기보다는 드디어 때가 왔다고 생각했다.

'예상한 그대로의 공인데 대체 왜?'

이진용의 공에 이제는 한국프로야구 선수들이 어느 정도 적응을 했다고.

이진용이 등장한 지 두 달 가까이 됐으니 충분히 가능한 이야기였다.

어쨌거나 이진용은 150킬로미터가 넘는 공을 던지는 강속구 투수는 아니었으니까.

그런데 이상하게 중요한 순간 이진용의 공 앞에서 타자들이 무너졌다.

특별할 것 없고 다를 것 없는 공에 무너졌다.

병살타 다섯 개…… 말도 안 되는 꼴을 당했다.

'이진용의 투심은 본격적으로 분석했다. 그런데도 대체 왜 이런 일이……'

그 이유에 대해서는 지금도 이해가 안 됐다.

이진용의 투심이 마구와도 같은 공인 건 맞지만, 그래도 충분히 분석이 된 공이었으니까.

'젠장, 그게 중요한 게 아니지.'

어쨌거나 그건 이미 지나간 일.

이제부터 독스가 해야 하는 건, 이진용을 이 이상 쉽게 마운드에서 내려가게 하지 않는 것이었다.

"지웅아!"

그렇기에 독스 코칭스태프는 8회 말 선두타자로 나오게 될 4번 타자 박지웅에게 말했다.

"최대한 공을 봐라! 길게 봐라! 참고 보는 거다! 삼진을 당하더라도 좋으니까!"

그 말에 박지웅은 말없이 고개만 끄덕였다.

그렇게 8회 말이 시작됐다.

김진호는 말했다.

-내 공을 두고 보려는 놈을 두고 보지 말 것. 그런 놈들에게는 한가운데 공을 꽂아버려.

공 하나를 던질 때 상대에게 가장 치명적인 데미지를 줄 수 있는 방법으로 던지라고.

때문에 이진용은 4번 타자 박지웅이 타석에 올라왔을 때, 4번 타자임에도 배트를 짧게 쥐고 홈플레이트에 바짝 붙은 채 굳은 모습을 보였을 때, 그의 스트라이크존에 포심 패스트볼을 찔러 넣었다.

131킬로미터.

132킬로미터.

그리고 128킬로미터.

전력투구도 아닌 그저 포심 패스트볼인 공을 찔러 넣었다.

"스트라이크, 아우우우웃!"

그렇게 세 개의 포심 패스트볼만으로 삼진을 뜯어냈다.

'빌어먹을!'

그건 박지웅 입장에서는 이루 말할 수 없는 굴욕이었다.

4번 타자.

스트라이크존에 들어온 공이라면 헛스윙을 하는 한이 있더라도 전력을 다해 배트를 휘둘러야 하는 자리.

그런데 그런 그가 스트라이크존에 들어오는 모든 패스트볼을 그저 하염없이 바라만 봐야 했다.

그게 팀 오더였으니까.

섣불리 타격을 하지 말라고 명령을 받았으니까.

'미치겠다.'

그 상황에서 그는 터지려는 분노를 참았다.

이 순간 자신이 미쳐 날뛰는 것이 도리어 이진용의 수작에 넘어가는 것임을 알고 있었기에.

더욱이 코칭스태프가 박지웅에게 원하는 건 단순히 투구수를 늘리는 게 전부가 아니었다.

박지웅의 모습을 보고 다른 선수들도 각오를 다질 수 있도록 하는 것.

그런 상황에서 박지웅이 분노한다면 오히려 정말 최악의 사태가 터질 것이 분명했다.

'참자, 참아.'

때문에 삼진을 당하는 순간 박지웅은 오히려 대비했다.

'놈이 개지랄을 해도 참는 거다.'

이진용, 그가 자신을 향해 내지를 호우! 그 소리 앞에서 결코 흔들리지 않기 위해서.

그런 박지웅의 눈에 이진용이 들어왔다.

이진용이 호우, 그 소리를 내지르는 대신 박지웅을 향해 손가락질을 하고 있었다.

'……뭘 하든 참자.'

정확히 말하면 박지웅을 향한 것이 아니었다.

'참아……'

이호찬, 이진용은 자신의 포수를 지목하며 그에게 요구했다.

그러자 상황을 파악한 이호찬이 외쳤다.

"호우!"

흔히 타자들을 괴롭히는 건 투수라고 생각한다.

틀린 말은 아니다. 타자가 상대하는 건 투수이니까.

하지만 만약 타자들에게 뒤통수를 한 대 후려치고 싶은 상대 팀 선수를 꼽으라면 그들 중 상당수는 투수 대신에 포수를 꼽을 것이다.

그 이유는 간단했다.

투수는 멀리 있지만, 포수는 가까이 있다는 것.

투수가 하는 말은 잘 들리지 않지만, 포수가 하는 말은 귀에 아주 쏙쏙 잘 들어온다는 것.

우스갯소리가 아니다. 포수가 작심하고 타자를 괴롭히면, 타자를 미쳐 버리게 만들 수 있다.

그리고 지금 엔젤스의 포수인 이호찬이 본격적으로 독스의 타자들을 괴롭히기 시작했다.

그가 이진용을 대신해 호우를 외치고 있었다.

심지어 이호찬의 호우는 이진용의 호우와 달랐다.

펑!

"호우!"

공이 제 미트에 꽂힐 때마다 이호찬은 정확히 타자만 들을 수 있을 정도의 목소리로 호우를 외쳤다.

"씨발, 작작합시다, 작작!"

그 사실에 독스의 6번 타자 양인섭이 기어코 폭발했다.

폭발한 그를 향해 이호찬이 말했다.

"그럼 치든가."

"씨발, 좆같네."

"말이 험하네. 욕은 자제하자. 요즘 프로야구는 애들이 본다, 애들이. 너 애들 앞에서 식빵 굽는 거 풀HD로 보여줄래?"

"그럼 좆같이 하지 마시든가요."

"좆같다니, 난 그냥 공 잡을 때 기합 좀 하는 거야. 그럼 너도 공 보고 참을 때 기합 좀 넣어."

"씨발 진짜……!"

"둘 다 조용히 해."

그런 그 둘의 대화는 이어진 주심의 경고와 함께 멈췄다.

'젠장 이거 우리 팀 후배였으면 그냥 뒤통수를…….'

하지만 양인섭의 분노는 멈추기는커녕 오히려 활활, 미친 듯이 타오르고 있었다.

당연한 말이지만 그렇게 분노로 가득 찬 양인섭에게 벤치 오더를 볼 여유나, 벤치 오더를 다시 한번 떠올릴 여유 같은 건 없었다.

'씨발, 좆같은 새끼들.'

그저 이 좆같은 포수와 투수를 상대로 아주 제대로 엿을 먹이고 싶은 생각만 가득할 뿐.

'오냐, 씨발 하나만 던져봐. 그냥 때려줄 테니까.'

그런 그에게 이진용이 2구째를 던졌을 때, 그 공이 존에 들어온다고 생각했을 때, 양인섭의 몸은 저절로 움직였다.

빡!

그렇게 배트에 공이 닿는 순간에야 양인섭은 깨달았다.

'아차!'

이 공은 투심 패스트볼이고, 자신이 친 공은 유격수 앞으로 갈 것이며, 자신이 우사인 볼트가 아닌 이상 아웃이 될 수밖에 없다는 사실을.

"호우!"

그리고 이진용의 저 환호성을 등진 채로 1루쪽 더그아웃으로 돌아가야 한다는 사실을.

마지막으로 더그아웃에 들어가는 순간 팀 오더를 무시한 대가로 코치들의 살벌한 눈빛을 마주해야 한다는 것을.

그렇게 이진용의 8회 말이 끝났다.

투구수는 68구였다.

9회 초, 엔젤스의 공격은 삼자범퇴로 끝이 났다.

그 사실에 큰 의미를 부여하는 이는 없었다.

심지어 삼자범퇴를 당한 당사자들조차 그 사실에 의미를 부여하지 않았다.

배트 대신 글러브를, 헬멧 대신 모자를 챙긴 채 그라운드로 나가면서 생각할 뿐이었다.

'어떻게 할까?'

'삼구삼진으로 전부 잡으면 투구수는 77구다.'

'그렉 매덕스가 76구 완투승이었지?'

과연 이 순간 이진용이 어떤 방법으로 자신의 투구수를 극한까지 줄일 것인지.

'독스가 바보가 아닌 이상, 이진용을 상대로 이제는 적극적으로 나올 이유가 없어.'

'어차피 진 게임, 굳이 더 처참하게 질 필요는 없지.'

이진용, 그가 누가 보더라도 말도 안 되는 난제를 어떤 방식으로 풀어야 할지.

말 그대로였다.

지금 이진용의 기록에 대한 열쇠를 쥐고 있는 건 그 누구도 아닌 바로 독스였다.

독스, 그들은 하고자 한다면 이진용을 상대로 최소한 9구를 던지게 할 수 있었다.

그들은 이진용의 투구수를 최소 77구까지 만들 수 있었다.

방법도 간단했다.

타석에 서서 아무것도 하지 않는 것, 그냥 타석에 서서 허송세월을 보내는 것.

그런 그들을 상대로 만약 이진용이 76구 이하로 투구수를 기록한다면 파격, 그 이상의 일일 터.

때문에 누군가는 생각했다.

-이진용이 몸에 맞는 공으로 만루 만든 후에 삼중살이나, 병살 노리면 되지 않을까?

이진용이 의도적으로 타자의 몸에 공을 맞히는 방식으로,

그런 방식으로 만루를 채운 후에 타자를 상대하는 것이 하나의 방법이 될 수 있다고.

　-하긴, 만루가 됐는데 그냥 삼구삼진 당하는 건 좀 그렇긴 하겠다. 그렇게 되면 타격해야지.
　└야, 그건 좀 그러지 않냐?
　└뭐 어때? 기록이 걸렸는데?

무사 만루 상황이라면 제아무리 독스라고 해도 멀뚱히 삼진을 당할 수는 없을 거라고.

　-야, 이호우야, 이호우.
　└하긴 이호우네.
　└그래 이호우지.

무엇보다 이진용이란 투수는 그런 말도 안 되는 짓을 하기에 부족함이 없는 선수였다.
　적어도 세상이 알고 있는 이진용은 그랬다.
　무슨 짓을 해도 이상할 것 없는 또라이였다.
　그런 상황 속에서 9회 말, 이제는 마지막 이닝이 될 그 무대에 이진용이 등장했다.
　그 어느 때보다 차갑게 가라앉은 눈빛을 품은 채.
　그런 그의 등장에 좌중은 침묵했다.

모두가 긴장한 채 이진용이 이 상황에서 내놓은 해법이 무엇일지, 그 해법의 첫 단추인 초구가 무엇일지 주목했다.

'몸에 맞는 공?'

'아니면 이퓨스 볼을 던져서 도발하려나?'

그 관심 속에서 이진용이 초구를 던졌다.

"어?"

"어!"

타자의 몸쪽 낮은 코스를 제대로 파고드는 145킬로미터짜리 패스트볼을.

김진호는 이진용에게 많은 것을 가르쳐 줬다.

마운드 위의 투수가 공을 던지는 무수히 많은 방법들을, 정말 많은 것을 가르쳐 줬다.

하지만 그런 김진호는 단 한 번도 이유 없이 타자의 몸에 공을 던지라고 한 적은 없었다.

말하지 않은 이유는 간단했다.

그것은 야구가 아니니까.

투수가 타자의 몸에 일부러 공을 맞힐 수 있는 건 그 타자가 그걸 맞아야 할 짓을 했을 때뿐이니까.

그 사실은 9회 말이 됐을 때, 중요한 기록이 걸렸을 때 역시 마찬가지였다.

이진용, 그는 타자의 몸에 맞을 정도로 깊숙한 몸쪽 공을 던질지언정 타자의 몸에 공을 맞힐 생각은 없었다.

동시에 9회 말을 어설프게 보낼 생각도 없었다.

퍼엉!

145킬로미터짜리 몸쪽 꽉 찬, 완벽하게 제구가 된 포심 패스트볼은 그 의지의 표현이었다.

"스트라이크!"

전심전력을 다해서 독스를 상대하겠다는 의지의 표현.

그런 이진용의 초구에 담긴 의미를 독스의 선수들은 곧바로 느낄 수 있었다.

'아.'

그 순간 독스 선수들의 눈빛이 달라졌다.

조금 전 어떻게든 도망치기 바쁘던 겁쟁이의 눈빛에 전의가 감돌기 시작했다.

당연했다.

'전력을 다할 속셈이야.'

'최고의 공을 던질 속셈이다.'

지금 리그 최고의 투수가 전심전력을 다해서 자신들을 상대하려고 하는 상황에서 도망치기만 하는 건, 그들의 자존심과 자긍심이 허락하지 않은 일이었으니까.

물론 그 전의는 감돌기만 할 뿐이었다.

신기록의 제물이 되는 것 역시 그들의 자존심과 자긍심이 허락하지 않은 일이었으니까.

동시에 지금 독스의 타자들은 팀 오더에 움직이고 있었으며, 8회 말에는 선수들이 이호찬의 도발에 넘어가는 바람에 팀 오더를 따르지 않는 불상사가 일어난 상황이었다.

이미 잘못해서 혼이 난 상황에서 똑같은 잘못을 일부러 저지를 순 없는 노릇.

그렇게 잠시 동안, 정말 잠시 동안 독스의 더그아웃에는 완전한 침묵이 깔렸다.

그 누구도 숨소리조차 내지 않는 완벽한 침묵!

"후우, 졌다, 졌어."

그 침묵을 깬 건 다름 아니라 안해민이었다.

오늘 1번 타자로 출전했으며, 독스 최고의 타자인 그가 감독을 바라보며 소리쳤다.

"감독님, 그냥 붙어보게 해주십시오."

펑!

그렇게 안해민이 말을 마치는 순간 곧바로 이진용이 2구째를 던지는 소리가 들렸다.

이번에는 타자의 스트라이크존 바깥쪽 낮은 코스, 그곳을 찌르는 143짜리 패스트볼이었다.

"볼!"

그러나 그 공에 주심은 볼을 선언했다.

오늘 내내 볼을 선언했던 코스였기에 이상한 일은 아니었다. 그리고 그 사실을 이진용이 모를 리도 없었다.

그럼에도 이진용은 그곳에 공을 던졌다.

실투? 당연히 아니었다.

때로는 주심의 판정이 마음에 들지 않더라도, 짜더라도 투수는 넘지 말아야 할 코스가 있으며 이진용은 그 코스에 공을 던진 것뿐이었다.

즉, 그것은 이진용의 의지였다.

볼을 주는 건 신경 쓰지 않았다.

오로지 어떻게든 타자를 완벽하게 잡기 위한 공을 던지겠다.

그 공에 안해민은 다시 말했다.

"가만히 있으면 죽어도 득점 못 합니다. 마지막 득점 찬스 아닙니까?"

그 순간 독스 선수들이 저마다 목소리를 내기 시작했다.

"감독님 그냥 강공으로 가게 해주십시오! 점수 내겠습니다!"

"야구는 9회 말 2아웃부터 아닙니까? 까짓것 10점 차 한 번에 역전하겠습니다."

"이진용 상대로 만루홈런 하나 때려보겠습니다!"

"제가 그냥 커트해서 투구수 10개 늘리고 오겠습니다!"

뜨거운 목소리가 독스 더그아웃을 채우기 시작했다.

그 목소리 앞에서 감독은 대답하지 않았다.

대신 감독은 그대로 타임을 부른 채 자신을 바라보는 타자를 향해 사인을 줬다.

그 사인을 보는 순간 모든 타자들이 입을 다물었다.

'공격적으로 타격에 임할 것.'

그들이 원하는 사인이 나왔으니까.

그 사인이 나오는 순간 독스의 타자들은 모든 신경을 이진용에게 집중했다.

딱!

둔한 소리와 함께 공이 높게 떴다.

누가 보더라도 내야 뜬공.

"마이 볼!"

곧바로 투수가 공을 포착하고 마이 볼을 외칠 정도로 뻔한 궤적을 보이는 공이었다.

그러나 내야 뜬공을 친 타자는 전력을 다해 1루로 질주하기 시작했다.

혹시 모르니까.

투수가 공을 놓치는 바람에 바닥에 떨어지는 실책이 나올지도 모르니까.

그야말로 실낱같은 희망, 그러나 분명 실재하는 희망에 타자는 기꺼이 자신의 전력을 투자했다.

펑!

하지만 안타깝게도 그런 타자의 희망은 투수의 글러브 속에서 그대로 사그라지고 말았다.

9회 말, 오늘 경기의 54번째 아웃카운트가 투수의 글러브에 잡히는 순간이었다.

그리고 이진용, 그가 75구 완봉승에 성공하는 순간이었다.

'해냈다.'

그렉 매덕스가 이룩한 76구 완투승을 뛰어넘는 순간이었다.

'신기록이다!'

그 순간 이진용은 기다렸다.

[116포인트를 획득하셨습니다.]

[삼자범퇴로 이닝을 마무리하셨습니다. 보너스 포인트가 지급됩니다.]

[완봉승에 성공했습니다.]

'아!'

베이스볼 매니저의 알림.

'다이아 룰렛!'

이진용, 그는 베이스볼 매니저가 자신이 기록한 이 신기록에 다이아몬드 룰렛 이용권을 주기를 기다렸다.

'호우는 그다음이다.'

당장 터져 나오려는 환호성마저 참고 기다렸다.

'자, 와라!'

하지만 베이스볼 매니저는 그런 이진용의 기다림과 달리 그가 듣고 싶어하는 것을 내뱉지 않았다.

'응? 렉 걸렸나?'

그 사실에 이진용이 살짝 주변을 바라봤다.

그런 이진용의 주변으로는 자신의 75구 완봉승을 축하하며 다가오는 동료들이 보였다.

'야, 질러!'

'호우해! 호우!'

더불어 그들 역시 이진용이 호우를 내지르는 것을 기다리고 있었다.

이진용의 시선이 곧바로 3루 쪽 관중석을 향했다.

팬들이 보였다.

'호우 나와라, 호우!'

'호우 질러라, 질러!'

그들 역시 이진용이 호우를 외치기를 기다리고 있었다.

그렇게 모두가 이진용의 환호성을 기다리고 있었다.

'버그 걸렸나? 왜 안 줘? 신기록 세웠잖아?'

그러나 베이스볼 매니저는 여전히 침묵했고, 이진용의 눈동자는 흔들리기 시작했다.

그때 목소리가 들렸다.

-진용아, 한국프로야구 최소 투구수 완봉 기록은 73구다.

김진호의 목소리가.

-내가 이럴 줄 알고 말 안 했지롱.

그 말과 함께 김진호, 그가 이진용을 대신해 소리쳤다.

-호우!

4화
보고 또 보고

75구 완봉승.

보고도 믿을 수 없는 기록을 달성한 이진용이 인터뷰 무대에 올라섰다.

"이진용 선수, 임호균 선수의 73구 완봉승 이후 역대 2위 기록 달성자가 되셨습니다. 축하드립니다."

역대 2위 기록 보유자가 된 채.

"아, 예."

당연히 이진용의 기분이 좋을 리 없었다.

-3구만 줄였으면 신기록인데 으하하! 진용아 너무 아쉽다. 아! 너무 아쉽다! 옆에서 지켜보는 사람도 이렇게 아쉬운데 본인은 얼마나 아쉬울까?

반면 김진호는 당장에라도 성불할 기세로 기쁨에 몸부림을 치고 있었다.

'에이, 진짜! 인터뷰 자리만 아니면…….'

인터뷰 자리만 아니었다면 이미 이진용과 김진호가 한바탕 난리부르스를 쳤을 상황.

-어허! 진용아 인터뷰 집중해라. 인터뷰라도 잘해야지, 인터뷰까지 망치면 속 쓰리잖아?

물론 김진호가 지금 이진용을 놀리는 것 역시 그 점을 알기에 하는 짓이었다.

-아, 너무 좋아. 신이시여, 이제 여한이 없습니다. 저를 이제 데려가시옵소서! 네? 뭐라고요? 이진용이란 투수를 더 놀려먹어야 하니 이승에 있으라고요? 어쩔 수 없군요. 이승에 남아서 열심히 놀려먹겠습니다! 호우!

이제는 혼자 역할극마저 하는 김진호.

그 해괴망측한 역할극 앞에서 이진용의 표정이 제대로 간수될 리 만무했다.

이진용의 표정이 굳어져 갔다.

"저기 이진용 선수?"

그 모습에 아나운서가 긴장했다.

'어어? 저놈 왜 표정이 굳어?'

'싸늘하다.'

동시에 방송국 관계자와 엔젤스 직원들도 긴장했다.

-느낌 싸하다. 이호우가 간만에 사고 하나 칠 듯!

-그래, 이래야 내 이호우지!

-가라! 호우몬! 호우 공격!

└호우! 호우!

실시간으로 이진용의 인터뷰를 보고 있는 네티즌들도 긴장했다.

하지만 모두가 예상하는 사고는 없었다.

"오늘 피칭 내용에 대해서 이야기해 주시겠어요?"

아나운서가 이진용이 괜한 사고를 저지르지 못하도록 질문을 던졌으니까.

"오늘 피칭 스타일은 최대한 투구수를 아끼는 것이었습니다."

그제야 이진용이 표정을 풀고, 이제는 여유로운 표정을 지은 채 인터뷰를 이어갔다.

"저번 등판 때는 탈삼진을 노리는 피칭을 하신 거로 알고 있습니다만, 갑자기 이번에 피칭 스타일을 바꾸신 이유가 무엇인가요?"

"많이 던지고 싶어서 그랬습니다."

"예?"

"한 경기에서 투구수를 70구 내로 커트한다면, 휴식일이 짧아도 나올 수 있으니까요."

"그게 무슨 의미이신가요?"

당연한 말이지만 이 대목에서도 그 누구 하나 의문을 제기하지 않았다.

"말 그대로입니다. 투구수를 절약하면 체력 소모를 줄일 수 있고, 그러면 최종적으로 등판 간격을 줄일 수 있습니다. 그게 제가 투구수를 줄이는 피칭을 하는 이유입니다."

"예, 그렇군요! 정말 대단하시네요! 그럼 다음 인터뷰로 넘어가겠습니다."

그저 이진용이 이진용답게 과장된 이야기를 했다고 넘어갈 뿐.

과거의 야구에는 등판일이란 개념이 없었다.

투구수란 개념도 없었다.

15이닝까지 200개가 넘는 공을 던지는 경우도 있었고, 선발로 쓰고 4일 휴식을 줄 바에는 3이닝씩 필요할 때마다 쓰는 것이 영리한 기용이라고 평가받던 때도 있었다.

그러나 시대는 변했다.

이제 투수들이 관리를 받는 시대, 투구수 그리고 이닝을 철저하게 관리받는 시대가 됐다.

투수들 본인에게 결코 나쁠 것 없는 시대였다.

하지만 모든 투수들이 그 시대를 무조건적으로 수용하기만 한 건 아니었다.

몇몇 투수들은 관리를 받는 와중에 생각했다.

관리를 받으면서, 부상을 피하면서, 그러면서 보다 많은 이닝을 던질 수 있는 방법이 없을까?

-이진용이 한 말을 정리하면, 투구수를 줄여서 휴식일을 3일로 줄이겠다?

그러나 그런 투수들조차도 등판일을 3일로 줄이겠다, 그런 이야기를 하는 경우는 없었다.

관리의 시대에서는 그것을 혹사라고 구분하고 있으니까.

그 어떤 투수도 스스로를 혹사시키겠다고 말할 이유가 없으니까.

그런데 이진용이 제 입으로 말했다.

투구수 관리를 통해, 자신의 등판일을 줄이겠다고.

-이진용 미친 거 아니야?
└미친놈은 맞음.
└그럼 할 말이 없긴 하네.

그야말로 미친 소리.

그러나 반내로 이신용은 보여줬었다.

-그런데 이진용은 11이닝도 거뜬히 소화하잖아? 그런 관점에서 본다면 투구수를 70구 정도로 하면, 3일 휴식이면 충분히 몸 상태가 만들어지지 않을까?

-다른 건 몰라도 이진용을 일반적인 개념으로 정리해서는 안 되지. 이진용이라고, 이진용! 미스터 제로!
└미스터 호우 아님?
└미스터 십팔이지.
└미스터 또라이 아니었음?
└미세스일지도 몰라.

다른 무엇도 아닌 성적으로, 자신이 보통 수준의 투수와 전혀 다른 투수라는 것을.
무엇보다 이진용은 말했다.

-이진용 목표는 엔젤스 우승시키는 거야. 그리고 지금 엔젤스가 우승하려면 이진용이 더 많이 던지는 수밖에 없어.

엔젤스를 우승시키겠다고.
만약 이진용이 정말 엔젤스 우승을 위해 모든 것을 한다면, 이진용의 선택은 결코 이상한 건 아니었다.
단지 가능하냐, 불가능하냐의 문제일 뿐.
물론 이진용의 인터뷰에 대한 논란은 크게 번지지 않았다.

-야, 농담을 하면 농담으로 받아라. 이호우가 그냥 해본 말인데 다큐로 받으면 어떻게 해?
-그래, 이진용이 진짜 그런 의미로 말했겠냐? 열심히 하고 싶다고 말

한 거지.

-이진용이 3일 휴식 후 나오겠다고 해도 감독이 말릴걸? 그냥 한 말이야, 한 말.

-이진용이 귀신이 보인다고 하면 진짜 귀신을 본다고 믿을 놈들 천지네. 쯧쯧!

모두가 그게 불가능하다고 생각하고 있었으니까.

"완봉한 것치고 어깨 컨디션이 엄청 좋네요."

하지만 이진용은 그 부분에 대해서 분명하게 말할 수 있었다.

"이 정도면 가능하겠네요."

그때 한 말이 장난이나 각오의 표현이 아니라 진심이라고.

정말 3일 휴식 후에 등판을 하고 싶다고.

막연한 자신감에서 나온 결정은 아니었다.

일단 이진용의 체력 자체가 크게 성장했다. 이제 기본 체력 수치가 100을 넘어간다.

여기에 에이스, 무쇠팔 등 다양한 스킬을 통해 체력이 상승하는 상황.

마지막으로 철마 스킬은 이진용의 회복속도를 극대화해주고 있었다.

"60구 정도라면, 3일 휴식 정도로 충분히 등판할 수 있겠는데요?"

이진용의 말대로 만약 선발로 출전한 경기에서 60구 정도를 던진다면, 3일 휴식만으로 충분히 다음 경기에 선발로 등판할 수 있었다.

더불어 이것은 이진용이 갑자기 준비한 계획 같은 게 결코 아니었다.

"월요일에는 휴식일이 있고, 앞으로 우천 취소도 분명 생길 테니까……."

사실 메이저리그였다면 이진용은 절대 이런 이야기를 꺼내지 않았을 것이다. 그곳에는 정기적인 휴식이란 개념도 없을 뿐더러, 어지간한 경우가 아닌 이상 우천 취소도 없으니까.

하지만 한국프로야구는 기본적으로 월요일에 쉰다.

선발 로테이션을 돌려도 막상 선발들이 4일 이상의 휴식일을 취하는 경우가 많다.

여기에 한국프로야구는 우천 취소도 자주 나온다.

우천 취소를 했는데 막상 경기 시작 시간이 되면 해가 쨍쨍할 때도 있다.

오죽하면 한국에서는 돔구장에서도 우천 취소가 나온다, 라는 우스갯소리가 있을까?

당연한 말이지만 우천 취소가 나오면 경기가 연기되고 휴식일 역시 자연스럽게 늘어난다.

즉, 한국프로야구에서는 3일 휴식일을 가진다고 해도 4일 휴식 혹은 5일 휴식을 가지는 날이 자주 생긴다는 의미!

"김진호 선수 말대로 3일 휴식일 연투가 가능하겠어요."

무엇보다 이러한 모든 것을 말해주고 계획해준 건 그 누구도 아닌 김진호였다.

-응? 내가 무슨 말을 했는데?

"예? 아니, 그때 체력 더 늘려서 3일 휴식으로 더 많은 게임에 나오라면서요?"

-아, 그건 그냥 너 구속이나 다른 스킬 나오는 거 배 아파서 체력이나 나오라는 의미에서 한 말이지.

김진호의 그 대답에 이진용의 표정이 그대로 굳어버렸다.

김진호가 그런 이진용을 보며 씨익 웃었다.

-장난이야, 장난. 그때 진심으로 한 말 맞아. 3일 휴식으로 로테이션을 소화할 수 있으면 그게 맞는 거지.

김진호, 그는 3일 휴식만으로도 충분히 제 기량을 발휘할 수 있다면 그것을 장려하면 장려했지 말릴 생각이 조금도 없었다.

그렇기에 김진호는 그런 이진용에게 말했다.

-하지만 지금은 아니야.

"부족한가요?"

-억지로 하면 안 될 건 없지. 하지만 억지로 하면 그건 그때부터 혹사다.

아직 부족하다고.

-그리고 지금은 실험할 때도 아니지.

무엇보다 지금은 시즌 중이다.

해볼 만한데? 하고 하면 안 된다.

다 뒈졌어! 그런 확신이 들 때 해야지.

-무엇보다 진용이, 넌 최대한 무실점 이닝을 길게 가져가는

게 좋아. 그게 팀에 더 도움이 되니까. 그런 관점에서 본다면 네 생각보다 훨씬 더 여유가 있을 때, 그때 시도해야 해. 3일 휴식을 가지더라도 무실점 피칭을 할 수 있다는 확신이 들 때.

"그 정도로 확신이 생기려면 체력이 얼마나 더 필요할까요?"

-지금보다 체력이 20포인트 정도 더 높아진다면, 그때는 견적이 나오겠지.

그 말에 이진용은 고개를 끄덕였다.

"그럼 이제 즐거운 룰렛 타임을 열어야겠군요."

이제는 어제 완봉승을 거둔 것에 대한 보답을 얻을 때.

더불어 어제 경기를 끝으로 이진용의 누적된 포인트는 15,013포인트였다.

"그럼 실버 룰렛 3번으로 갑시다."

당연히 이진용은 이 포인트로 실버 룰렛을 3회 돌릴 속셈이었다.

착실하게 한 단계씩 오를 속셈이었다.

-진용아.

그런 이진용을 김진호가 막았다.

-남자라면 한 방이다.

"한 방이요?"

-그래, 남자라면 한 방이지. 그냥 골드 룰렛으로 질러버리자.

김진호의 그 말에 이진용이 두 눈을 게슴츠레하게 떴다.

"이상한 거 나와서 그냥 망해라, 이겁니까?"

-그럴 리가 있겠어? 난 그저 진용이, 너의 보다 나은 미래를

위해 제안을 하는 것뿐이야.

말을 하는 김진호가 눈빛으로 말했다.

응, 제발 망해라!

그 눈빛에 이진용이 대답했다.

"콜."

그 말과 함께 이진용의 앞에 황금빛 룰렛이 모습을 드러냈다.

-진용아, 부디 아주 좋은 거 나오기를 바란다. 꼭 다이아몬드 칸에 있는 저거, 퀄리티 스타트 스킬 같은 거 나오기를 바란다. 진심으로. 그 옆에 있는 체력 1 증가 같은 거 말고.

"예, 감사합니다. 아주 누가 보더라도 진심에서 우러나온다고 볼 수밖에 없는 응원에 몸 둘 바를 모르겠네요."

그리고 룰렛이 돌아갔다.

7월 1일.

올스타 브레이크까지 남은 2주 동안 총력전을 치러야 할 스타트라인에 선 봉준식 감독의 기분은 나쁘지 않았다.

'좋은 페이스다.'

현재 엔젤스의 팀 분위기가 좋았으니까.

말 그대로였다.

현재 엔젤스의 팀 분위기는 이번 시즌이 시작한 이후로 가장 좋은 상황이었다.

'드디어 케미가 일어나기 시작했다.'

현재 선수들 간의 화학 반응이 일어나며, 보다 나은 결과물이 나오고 있었다.

'외환이 내부를 결속시켜주고 있다.'

그 배경에는 다름 아니라 외환(外患)이 있다.

언론이, 관계자들이, 여러 사람이 엔젤스를 두드리자 엔젤스 선수들이 서로 뭉치기 시작했다.

'이진용을 중심으로.'

다른 누구도 아닌 이진용을 중심에 둔 채.

'이토록 잘해줄 줄이야.'

당연한 말이지만 이진용이 지금 엔젤스에 끼치는 영향은 이루 말할 수 없었다.

'이보다 완벽한 필승카드는 내 지도자 인생에 다시는 오지 않겠지.'

일단 거의 무조건적인 승리를 보장해주고 있었다.

이진용이 버티는 이상, 엔젤스는 아무리 많은 연패를 치러도 4연패 이상을 치르지 않고 있었다.

동시에 이진용은 방패가 되어주고 있었다.

엔젤스를 공격하는 이들 모두는 이진용을 공격하고 있었고, 이진용은 그 공격을 너무나도 담담하게…… 아니, 오히려 그 공격에 공격으로 대응하고 있었다.

'설마 이렇게 게임을 풀어갈 줄이야.'

당장 유현과의 라이벌 구도만 해도 그랬다.

모두가 이진용의 몰락을 바라고 있을 때 이진용은 그 사실에 부담감이나 거부감을 보이는 대신 감히 그 어떤 투수도 할 수 없을 법한 기록을 만들었다.

75구 완봉승!

어떻게 보면 이제부터 퍼펙트게임이나 노히트노런보다 깨지지 않을 확률이 높은 기록이었다.

그 기록이 나오는 순간, 이진용과 유현을 비교하던 기사는 게 눈 감추듯 사라졌다.

유현이 다음 경기에서 74구 완투승이라도 하지 않는 이상 이진용을 상대로 무언가 우위를 가질 방법은 없었으니까.

'무엇보다 이진용이 여전히 무실점 피칭 중이다.'

결정적으로 이진용은 지금 무실점 이닝을 계속 이어가고 있는 중이었다.

전무후무.

아니, 상식적으로 일어날 수 없는 일이었다.

기적!

그리 부를 수밖에 없는 것을 이진용은 지금 계속 진행하고 있었다.

'이제 무슨 일이 일어나도 이상할 게 없지.'

때문에 이 순간 엔젤스 선수들은 충분히 우승을 하는 상상을 할 수 있었다.

이진용이 만들어내는 기적과도 같은 일을 함께하는데 그

정도는 어려울 것도 없었다.

'이 페이스대로 가면 된다.'

당연한 말이지만 봉준식 감독은 여기서 무언가 더 무리를 할 생각은 추호도 없었다.

'이 페이스대로 전반기를 마치면 4위, 잘하면 3위로 마칠 수 있어.'

페넌트레이스는 마라톤.

이제 중간 지점을 도는 시점에서는 어느 때보다 페이스 유지가 중요했으니까.

'필요하다면 이진용의 투구수를 조절해 줘야겠어.'

그렇기에 봉준식 감독은 이진용을 더 이상 9회까지 세우지 않을 생각도 하고 있었다.

무실점 기록이 깨질 것 같으면, 그를 그냥 내릴 생각이었다.

이진용이 앞으로 완봉을 더 하는 것보다는 그의 무실점 기록이 이어지는 게 팀에게도, 그에게도 훨씬 더 중요했으니까.

'그래, 휴식일도 최대한 보장해 주는 게 좋겠군.'

더 나아가 이진용을 억지로라도 쉬게 할 생각이었다.

팀이 이진용에게 해줄 수 있는 최대한의 배려를 해줄 속셈이었다.

'힘들어도 내색할 수 없을 테니 더더욱 신경 써줘야지.'

당연한 말이지만 봉준식 감독은 이진용이 어제 경기가 끝나고 했던 인터뷰에는 별 의미를 두지 않았다.

아니, 당장 언론조차도 그 사실에 큰 의미를 두지 않았다.

3일 휴식 후에 등판을 한다는 건, 한국프로야구 역사에서 구시대에서나 있었던 일이며, 이제는 혹사라고 불리는 일이었으니까.

언론조차도 이진용의 그 인터뷰가 더 많은 게임에 나오겠다는 의지의 표현으로 치부했다.

'완봉이나 완투에 집착할 필요도 없다.'

군이 완봉을 할 필요도 없고, 무리할 필요도 없으니까.

'이진용의 말대로 7회까지 던지고, 나머지는 셋업맨과 마무리에게 맡기는 게 가장 이상적인 야구다.'

똑똑똑!

그런 봉준식 감독의 집무실 안으로 노크 소리가 들어왔다.

"송 코치입니다."

송재만 수석코치의 목소리가 뒤를 이어 들어왔다.

"이진용이 감독님과 면담을 요청했습니다."

마지막으로 방문의 목적도 봉준식 감독의 귀에 들어왔다.

봉준식 감독은 그 사실에 잠깐 놀랐다.

말 그대로 잠깐이었다.

이내 봉준식 감독의 표정은 오히려 생각이 정리된 듯 담담하게 변해 있었다.

"들어오라고 하게."

그는 오히려 좋은 기회라고 생각했다.

'때마침 잘 됐군.'

자신이 지금 내린 이 생각을 이진용에게 전달해 줄 수 있는 아주 좋은 기회라고.

적어도 지금은 그렇게 생각했다.

당연히 그런 봉준식 감독의 머릿속에는 없었다.

"이진용입니다."

지금 등장한 이 자그마한 투수의 별명이 무엇인지.

7월 4일 화요일.

엔젤스 대 샤크스의 주중 3연전의 첫 경기가 펼쳐지는 날.

-게임 끝! 차운호 선수가 이번 시즌 자신의 첫 완투승을 홈 팬들의 앞에서 기록합니다!

그 첫 경기의 승자는 엔젤스였다.

-차운호 선수, 잘하네요. 정말 잘 던졌어요.

차운호, 엔젤스가 100억을 들여 영입한 특급 투수인 그가 9이닝 1실점 완투승으로 엔젤스에 승리를 선물했다.

그 사실에 엔젤스 팬들은 환호로 대답했다.

"차운호 최고다!"

"음! 이 맛이 현질하는 맛이로구나!"

"현질 맛있 !"

그 환호는 열렬했고 또한 격렬했다.

-최근 엔젤스의 기세가 좋습니다. 저번 주말 독스와의 3연전에서 시리즈 스윕의 기세를 이대로 이어갑니다.

하지만 그 격렬하고, 열렬한 환호성이 오롯하게 차운호만을 향하는 건 아니었다.

-그리고 내일은 미스터 제로 이진용! 그가 다시 한번 잠실구장에 모습을 드러냅니다.

-샤크스 입장에서는 그야말로 죽을 맛이겠군요. 샤크스는 어쩌면 완투패를 당하는 것을 기도할지도 모르겠네요.

월요일 휴식일 덕분에 이진용이 차운호 다음에 바로 나올 수 있다는 것.

"드디어 내일 이진용 경기다!"

"내가 이럴 줄 알고 연차를 2일 냈지!"

"내일 밤 호우주의보 발령이다!"

그 누구도 아닌 무조건적인 1승 카드인 이진용이 내일 나온다는 사실에 대한 환호였다.

그리고 모두의 예상대로 7월 5일 엔젤스의 선발투수는 이진용이었다.

툭!

자동차 문을 닫는 황선우는 목에 걸린 전자담배를 만지작거렸다.

"어이, 황 기자!"

그때 황선우의 뒤로 걸걸한 목소리가 들렸다.

고개를 돌리자 두툼한 살집에 턱수염이 덥수룩한 사내 한 명이 들어왔다.

그 얼굴을 본 황선우가 곧바로 전자담배를 입에 물었다.

"요즘 이진용 경기만 쫓아다니네? 응?"

그런 황선우를 향해 다가온 사내, 이형세 기자가 곧장 제 말을 내뱉었다.

"황 기자가 웬일로 이렇게 선수 한 명을 쫓아다니지? 응? 이진용 사생팬이라도 됐나?"

그렇게 내뱉는 이형세의 말투에는 살가운 기색 같은 건 조금도 보이지 않았다.

그를 바라보는 황선우의 눈초리 역시 마찬가지였다.

'쓰레기 새끼.'

황선우의 눈빛에 담긴 감정은 길거리에 누군가 버리고 간 담배꽁초를 보는 것과 같았다.

"그보다 요즘 기사 잘 안 쓰던데, 기자가 기사를 써야지 야구만 보러 다니면 어떻게 해?"

이형세 기자.

그는 흔히 말하는 기레기라는 부류의 기자였다.

사실의 전달이 아니라, 사실의 왜곡을 위해서 그야말로 소설을 쓰는 기자.

'아니, 쓰레기 새끼들이지.'

심지어 혼자가 아니라 여러 신문사의 기자들을 모아 만든 세력을 만들어 움직이는 이형세는 구단에서도 어찌하기 힘든 자였다.

외부인 출입 금지라는 안내문이 붙은 선수들의 라커룸이나, 관계자들의 장소에 들어가서 제 마음대로 도시락 하나를 까먹어도 구단에서 어찌할 수 없을 정도.

물론 황선우도 좋은 기자는 아니었다.

그 역시 구단과 긴밀한 관계를 맺은 채 그 구단을 위한 기사를 써주는 부류였으니까.

누군가를 찬양하고, 무언가를 찬양하는 기사쯤은 얼마든지 쓰고도 남을 부류.

'최근 이진용을 뭉개려다 실패했던 놈이 여긴 무슨 일이지?'

그러나 적어도 황선우는 지금 눈앞에 있는 인간처럼 누군가를 씹어 죽이기 위한 기사는 쓰지 않았다.

물론 황선우는 그런 이유를 가지고 자신에게 이형세를 싫어할 자격이 있다, 같은 소리를 할 생각은 없었다.

"후우…… 그래서 요즘 이진용 씹는 맛은 어때?"

애초에 사람 싫어하는 데 이유 같은 건 없으니까.

그건 이형세도 마찬가지였다.

"씹혀야 맛을 보지 씹히지도 않는 놈을 어떻게 맛보겠어? 아주 미칠 노릇이야, 미칠 노릇. 이런 또라이 새끼는 처음이라니까."

그도 황선우가 마음에 들지 않았다.

"그런데 씹히지도 않는 이진용이 나오는 오늘 잠실에 온 걸 보면 뭔가 씹힐 구석이 이번에는 보였나 봐?"

그리고 그런 그 둘의 혐오는 동족 혐오와 같았다.

기자라는 게 그렇다.

그저 기사를 원하는 대로 써준다고 해서 대우를 받는 게 아니다. 그런 건 누구나 할 수 있다.

대우를 받는 건 누구나 가지지 못한 걸 가진 경우.

이형세, 그 역시 황선우만큼 촉이 좋았다.

"촉이 그렇더라고. 오늘 드디어 뭔가 터질 것 같다고."

무언가 특종, 대박이라고 할 만한 것을 본능적으로 느끼는 촉.

"이진용이 또 무슨 대단한 신기록을 세우는 모양이지?"

"글쎄, 솔직히 이제 더 이상 신기록 세울 것도 없잖아? 정말 72구 완투승을 노린다거나, 퍼펙트게임을 전부 삼진으로만 잡는다면 모를까. 오히려 72구 완투승하면 기삿거리지. 무실점이 깨지는 거니까."

이형세의 그 말에 황선우는 반문하는 대신 전자담배를 머금었다.

이형세는 그런 그의 어깨를 두드렸다.

"자, 그럼 보러 가자고. 오늘 이진용이 어떻게 터질지."

그렇게 이형세가 떠난 후에 황선우는 다시금 전자담배 연기를 머금고, 뱉기를 반복했다.

'반박할 수가 없군.'

그런 황선우가 잠실구장을 바라보며 생각했다.

'이형세 말대로 이진용이 더 이상 오를 곳은 없다. 그럼 결국 남은 건 내려가는 것뿐.'

이진용이 만약 무언가 놀라운 것을 보여준다면 그것은 좋은 의미보다는 아닌 경우일 가능성이 높다고.

그리고 황선우의 촉도 말해줬다.

'분명 뭔가 터지긴 터질 것 같은데…….'

이진용이 분명 무언가를 보여줄 거라고.

그런 그들 앞에서 이진용은 보여줬다.

펑!

그럴 때가 있다.

"스트라이크!"

무슨 짓을 해도 안 될 것 같을 때.

"아우우웃!"

때문에 무슨 짓을 당해도 무덤덤해질 때.

지금 샤크스의 타자들이 그러했다.

'아, 삼진당했네. 일곱 번째인가?'

7월 5일 수요일.

잠실구장에 자리 잡은 그들은 지금 수도승처럼, 모든 것에 초연한 상태였다.

"호우!"

자신들을 향한 저 광기 넘치는 도발에도 그들은 더 이상 분노를 하지 않았다.

'이진용, 저 새끼 목젖은 찢어지지도 않나?'

'호우는 니미, 비나 올 것이지.'

6이닝 동안 이진용을 상대로 오로지 1개의 안타만을 얻어 낸 채, 그 대신 대가로 7개의 탈삼진과 하나의 병살타를 헌납한 채 경기를 마냥 바라만 볼 뿐이었다.

이제 이진용의 존재감은 그랬다.

"6이닝 끝났네."

"아, 앞으로 저 지랄 같은 일을 3이닝만 더 견디면 되겠다."

자신을 대적하는 자들의 전의마저 상실케 만들 정도.

"어차피 점수도 6 대 0인데, 적당히 가자."

"초반에 점수 차만 안 벌어졌어도……."

더욱이 1회 그리고 3회와 4회에 터진 엔젤스의 득점포는 그나마 샤크스에 남아 있던 전의의 불씨를 일찌감치 꺼뜨렸다.

'그래, 이미 초반에 게임은 끝났어.'

'6점 차는 이진용이 아니라 다른 어떤 투수를 상대로도 뒤집기 힘든 점수지.'

그냥 투수를 상대로도 6점 차인 상황에서 6이닝이 끝난다면 패색이 짙을 수밖에 없었으니까.

그건 샤크스의 코칭스태프도 마찬가지였다.

코칭스태프 역시 이진용을 상대하는 지금, 타자들에게 이진용을 공략하라는 말을 할 수가 없었다.

'오늘 이진용의 컨디션은 최고조이군.'

'저 새끼는 어떻게 된 게 몸 상태가 날이 갈수록 좋아지는 것 같지?'

'감기는 뭐 하는지 몰라, 저런 놈에게 안 걸리고.'

누가 보더라도 오늘의 이진용은 평소의 이진용이었으니까.

스트라이크존을 제 마음대로 주무르는 제구력을 이용해서 120킬로미터부터 140킬로미터까지, 온갖 종류의 구종을 미친 듯이 구사했으니까.

"엔젤스가 불펜 가동했답니다."

"그래?"

그런 상황에서 엔젤스가 6이닝이 끝남과 동시에 불펜을 가동했다는 이야기는 샤크스에 있어 큰 의미를 가지지 못했다.

"이진용 투구수가 몇 개지?"

"6이닝 동안 61구 던졌습니다."

6이닝 61구를 던진 이진용이 특별한 일이 없는 이상 9회까지 던질 건 뻔했으니까.

"그냥 가동하는 거겠지. 어제 차운호 때도 그렇고, 불펜들이 공을 안 던졌으니까."

"그렇죠. 몸풀기 정도겠죠."

그런 상황에서 불펜을 움직이기 시작했다는 건 정말 혹시 모를 사태…… 예를 들면 길을 가다가 벼락을 맞을 때를 대비해 무언가를 하는 것과 비슷한 일이었다.

"신경 *끄도록*."

"알겠습니다."

그렇기에 샤크스 코칭스태프는 지금 엔젤스 불펜에 들어간 투수가 누구인지, 그 투수에 대한 데이터가 어떠한지, 그 투수들이 언제 어느 순간 나올지, 그런 것은 조금도 염두에 두지 않았다.

'어차피 9회까지 이진용이 나올 게 뻔한데, 불펜 같은 건 신경 쓰면 손해이지.'

'아마 엔젤스 불펜 애들도 오늘 자기들이 나올 거라고는 생각하지 않겠지.'

때문에 그들은 그저 지켜볼 뿐이었다.

[퀄리티 스타트 효과가 사라집니다.]

[체력 증가 효과가 사라집니다.]

[체력 소모량 감소 효과가 사라집니다.]

[구속 증가 효과가 사라집니다.]

[포인트 획득량이 10퍼센트 감소합니다.]

[퀄리티 스타트를 달성했습니다. 랜덤 보너스가 지급됩니다.]

[랜덤 보너스로 실버 룰렛 이용권이 지급됩니다.]

베이스볼 매니저의 알림을 들으며 마운드를 내려가는 이진용의 뒷모습을.

펑!

그건 7회의 마지막 아웃카운트가 잡히는 소리였다.

"스윙, 스트라이크! 아웃!"

그 소리에 잠실구장을 가득 채운 엔젤스 팬들은 기다렸다는 듯이 전력을 다해 소리쳤다.

"하나, 둘, 셋!"

"호우!"

그러나 이진용은 외치지 않았다.

'응?'

'어?'

마운드에서 마지막 아웃카운트를 잡은 이진용은 호우를 외치는 대신 마운드에 서 있었다.

고고하게.

한편으로는 장엄하게.

그 모습에 엔젤스 팬들은 의문을 품었다.

'왜 이번에는 호우를 안 하는 거지?'

물론 그 의문을 입 밖으로 내뱉는 이들은 없었다. 품은 의문은 머금고 바로 삼켰다.

'뭐, 아직 2이닝 남았으니까.'

'역시 호우는 9회 말 2아웃부터지!'

이진용이 8회에도 그리고 9회에도, 더 나아가 10회에도, 11회에도 나오리란 사실에 의구심을 가지지 않았으니까.

하지만 이진용은 달랐다.

이제는 마운드를 내려가야 하는 이진용은 쉽사리 마운드, 그 흙더미에서 발을 떼지 않았다.

-진용아.

그런 그를 김진호가 바라봤다.

당연한 말이지만 김진호는 알고 있었다.

이진용이 여기서 마운드를 내려가면 오늘 다시 마운드에 올라올 일은 없다는 것을.

이것이 이진용에게 있어서 오늘 마운드를 밟을 수 있는 마지막 순간이라는 것을.

그리고 이진용에게 있어 9회가 아닌 7회에, 도중에 마운드를 내려가고 다른 투수에게 그 마운드를 맡긴다는 것은 참으로 견디기 힘들고, 어려운 일이라는 것을.

그 누구도 아닌 김진호가 그러라고, 그래야 한다고 가르쳤다.

때문에 이진용의 심정을 모를 리 없는 김진호는 발을 떼지 못하는 그에게 말했다.

-너 이 새끼 나중에 인터뷰 소재로 삼으려고 일부러 시간 끄는 거 내가 모를 줄 알아? 나중에 인터뷰에서 발걸음이 떨어지

지 않았습니다, 이러려고 그러는 거지? 야! 지랄 말고 내려가!

그 말에 이진용이 마운드를 내려가며 말했다.

"눈치는 귀신이네, 귀신이야."

그리고 이진용이 다시 마운드에 올라오는 일은 없었다.

"사, 사건이다!"

기자석.

언제나 타자기 치는 소리와 잡담 소리만이 너부러진 그곳에 소란 하나가 일어났다.

"무슨 일인데?"

그 소란에 모두가 관심을 가졌고, 소란을 피운 이는 그들을 향해 놀람을 넘어 기겁한 듯한 표정으로 말했다.

"이, 이진용이……"

"이진용이 뭐?"

"아, 아이싱을 했어!"

그 말에 기자들의 얼굴은 두 가지였다.

굳거나 혹은 놀라거나.

그 정도였다.

"뭐라고? 이진용이 아이싱했다고?"

"아직 7회잖아? 아이싱?"

이진용, 그가 7회를 마치고 내려가는 순간 점퍼를 입는 대신 아이싱을 했다는 사실이 가지는 파급력은.

"그럼 이진용 내려가는 거야? 7회까지만 던지고 끝?"

"7이닝 투구수 몇 개인데? 70구? 뭐야, 이진용한테는 던진 것도 아니잖아?"

"아, 기사! 기사부터 써야지! 타이틀 뭐 하지?"

기자석의 기자들은 그야말로 패닉 상태에 빠졌다.

그리고 그건 온라인 세상에서도 마찬가지였다.

-속보! 이호우 아이싱!

-이호우 7이닝 끝! 연속 완봉기록 종료!

-완봉 중단이 중요한 게 아니지. 부상 위험한 거 아니야?

-어깨 아프다는데?

  └구라 즐

  └어깨 아플 게 뭐 있어?

-7회 마지막에 호우 안 하는데, 내가 보기에 성대결절 온 듯

  └이거일 듯. 성대에 문제 생겨서 호우 못 하니까 안 나오는 거 같다.

  └뭔 개소리야, 그게 말이 됨?

  └이호우는 이게 말이 됨.

이진용이 7이닝을 끝으로 오늘 경기를 마쳤다는 사실에 혼란 상태에 빠졌다.

"그래, 내가 이런 날이 올 줄 알았지."

그리고 이런 상황을 기다렸다는 듯이 움직이는 이들이 있

었다.

"기사 올려! 뭐든 올려."

이형세, 그가 그랬다.

'드디어 왔군. 그래, 말도 안 되는 짓을 하다 보면 언젠가 사고가 터지는 법이지.'

기자석에 있던 그의 손길이 분주하게 움직인 후에 곧바로 이진용이 아이싱한 사진을 받은 그는 그 사진을 첨부한 후에 그대로 기사를 올렸다.

'적당히 뜸 들이고, 경기 끝나는 순간 부상 의혹 기사를 올리면 완벽하겠군.'

그리고 그것을 시작으로 기사들이 올라오기 시작했다.

[이진용 7이닝 끝으로 강판!]

[이진용, 완봉 기록 종료!]

[아이싱을 하는 이진용.]

[이진용, "오늘 호우는 여기까지입니다."]

당연한 말이지만 그 순간 이미 엔젤스와 샤크스의 경기 내용은 사람들의 의식에서 사라졌다.

이후 엔젤스의 불펜투수들이 남은 2이닝을 무실점으로 막아내며 7 대 0으로 엔젤스가 승리했다는 사실에는 그 누구도 관심을 가지지 않았다.

[이진용도 부상 악몽에 빠지나?]
[이진용, 어깨 통증?]
[이진용 부상이 엔젤스에 미치는 영향은?]

오로지 이진용에 대한 관심만이 있을 뿐.

7월 6일 목요일.
선수들이 속속 출근하기 시작한 잠실구장에는 긴장감이 가득 차 있었다.

"봉 감독 왔다!"

그 긴장감은 봉준식 감독이 더그아웃에 등장하는 순간, 그리고 짬이 되는 모든 기자들이 더그아웃에 모이는 순간 한계치까지 팽배해졌다.

"오늘은 사람이 평소보다 많군."

그렇게 한계까지 팽배해진 긴장감 속에는 황선우와 이형세, 그 둘 역시 있었다.

그런 그 둘의 표정은 비슷했다.

둘 다 무덤덤한 표정을 짓고 있었다. 마치 이제부터 일어날 모든 상황을 알고 있는 것처럼.

"딱히 어제 경기 내용이 특별할 건 없었는데, 이렇게 많이 모인 이유라면 녀석 때문이겠군."

그때 이형세가 손을 들며 말했다.

"이진용 선수 말입니다, 7이닝 끝으로 내려갔는데 혹시 몸에 문제가 있던 겁니까?"

그 질문에 황선우는 비릿한 미소를 머금었다.

당연한 말이지만 황선우는 봉준식 감독이 무슨 말을 하든, 이형세가 이진용에 대한 안 좋은 기사를 쓰리란 걸 알고 있었다.

필요한 건 구실이 될 무언가뿐.

"이 기자, 내가 괜찮다고 말하면 괜찮다고 기사를 써줄 건가?"

그 사실을 봉준식 감독도 잘 알고 있었다.

지금 기자들 대부분이 이진용의 몰락을 바라고 있다는 것을.

이진용이 노히트노런을 한 번 하는 것보다, 그가 실점을 하거나 부상을 입는 게 더 큰 이슈가 된다는 것을.

하지만 그 사실에 대한 우려는 없었다.

"뭐 내가 여러 말 하는 것보단 타이탄스전에 나올 이진용의 경기를 보는 게 확실하겠지."

만약 우려가 조금이라도 있었다면 봉준식 감독은 절대 이진용의 타이탄스전 출전을 허락하지 않았을 테니까.

'다음 경기를 보고 판단하라니? 그냥 빈말이잖아?'

'정말 문제가 있는 건가? 봉 감독은 이렇게 애매하게 말하는 타입은 아니었는데?'

'다음 경기라……'

"어? 저기 봉 감독님, 지금 타이탄스전이라고 하셨습니까?"

기자의 물음에 봉준식 감독이 가볍게 고개를 끄덕였다.

"그, 그러니까 이번 주말 타이탄스와의 3연전에 이진용 선수가 출전한다는 겁니까?"

그리고 타이탄스전의 의미를 파악한 기자들의 얼굴이 굳기 시작했다.

"휴식일이 부족하지 않습니까? 최소 4일 휴식을 주면 이번 주에 나올 수가 없잖습니까?"

"문제가 있는지 없는지는 그때 경기 내용을 보면 알겠지."

그 말을 끝으로 봉준식 감독은 날카롭게 눈빛을 번뜩였다.

독사.

그 별명에 어울리는 그 눈빛으로 더 이상 이진용에 대한 질문을 허락하지 않겠다는 의지를 보였다.

"그럼 다른 질문은 없나?"

그리고 다른 질문 역시 없었다.

'트, 특종이다.'

'이진용이 진짜 3일 휴식하고 나온다!'

지금 이 순간 모두의 머릿속에는 곧바로 쓸 기사 타이틀을 뽑기 위한 고민으로 가득 찼으니까.

당연히 그 인터뷰가 끝나는 순간 기사가 떴다.

[이진용, 타이탄스전 출전!]

주사위는 던져졌다.

카이사르가 루비콘 강을 건넜을 때 내뱉은 그 말.

-주사위는 던져졌다.

스마트폰에 뜬 이진용의 타이탄즈전 출격 기사를 보던 김진호가 그 말을 내뱉었다.

장엄하기 그지없는 목소리로.

그 목소리에 이진용이 반응했다.

"저기 김진호 선수."

-왜?

"분위기 잡는 건 좋은데 그런 말을 꼭 제 어깨를 밟고 말해야 합니까?"

말과 함께 이진용이 고개를 들자, 자신의 어깨를 밟고 서 있는 김진호의 모습이 보였다.

-뭐가? 저번에 네가 가슴 뚫고 보지 말라고 그래서 이렇게 보는 건데?

"그냥 평범하게 제 등 뒤에서 어깨너머로 보시면 안 될까요? 꼭 사람 어깨를 밟아야 해요?"

-미안.

말과 함께 김진호가 발을 옮겼다.

이진용의 머리 위로.

그 모습에 이진용이 뚱한 표정을 지었다.

그뿐이었다.

이진용은 김진호에게 더 이상 그 어떤 말도, 투정도, 푸념도, 짜증도 부리지 않았다.

지금은 그보다 더 중요한 문제가 있었으니까.

'그래, 주사위는 던져졌지.'

김진호의 말대로 주사위는 던져졌다.

이진용, 그의 출격 기사가 떴다.

기사는 뜬 정도가 아니라 온라인 세상을 물들이고 있고 당연히 이진용은 이번 주 일요일, 부산 사직구장의 마운드에 올라야 한다.

'여느 때보다 중요한 경기야.'

그리고 그렇게 오른 마운드에서 이진용은 완벽한 경기를, 무결점의 피칭을 해야 한다.

'내가 못 던지면 감독님이 욕먹는다.'

결과에 대한 책임은 이진용이 아닌 봉준식 감독이 짊어져야 하는 무대였으니까.

말 그대로다.

이제까지 이진용이 나온 경기의 결과에 대한 책임은 어쨌거나 이진용의 책임이었다.

물론 문제가 생겼다면 봉준식 감독이 나서서 자기 책임이라고 했겠지만, 그렇다고 해도 어쨌거나 이진용이 못하면 이진용의 이름이 나왔을 것이다.

하지만 이번에는 다르다.

3일 휴식 후 등판.

상식적으로 무리한 이 등판 일정 속에서 이진용이 흔들린다면, 실점한다면 그 누구도 이진용의 이름을 언급하지 않을 것이다.

봉준식 감독, 그만을 비난할 것이다.

-봉 감독이 참 대단한 결정을 내렸어. 잘하면 이진용이 잘한 거고, 못하면 자기가 욕먹는 일인데 말이야.

사실 이 점 때문에 이진용 역시 어느 정도 확신이 들기 전까지는 이런 요구 자체를 안 할 생각이었다.

'거기서 퀄리티 스타트가 안 나왔으면…… 이런 고민을 할 이유도 없었겠지.'

하지만 다이아몬드 등급의 스킬 [퀄리티 스타트]를 얻는 순간 이야기가 달라졌다.

[퀄리티 스타트]
-스킬 등급 : 없음
-스킬 효과 : 6이닝 동안 다음과 같은 효과가 적용됩니다.
-구속 +1
-체력 +15
-체력 소모량 10퍼센트 감소
-획득하는 포인트량 10퍼센트 증가
-퀄리티 스타트 성공 시 랜덤 보너스 지급

퀄리티 스타트.

6이닝 동안 능력치를 향상해 주는 이 스킬의 등장이 이진용에게 확신을 줬다.

'이제 3일 휴식 후 등판해도 문제는 없다.'

3일 휴식만으로도 만전을 기할 수 있으리란 확신!

그리고 그럴 확신이 들 수밖에 없었다.

퀄리티 스타트의 효과로 이진용은 무조건 등판하는 경기마다 15포인트의 체력 보너스를 얻을 수 있다.

여기에 6이닝 동안 체력 소모량이 10퍼센트 감소하는 것 역시 엄청난 메리트다.

만약 6이닝 동안 60의 체력을 쓴다면, 6포인트의 체력을 아끼는 셈이니까.

이것저것 계산을 하면 퀄리티 스타트 스킬 하나만으로 얻는 체력 어드밴티지가 +20포인트는 된다는 의미.

그렇기에 퀄리티 스타트의 스킬 효과를 확인하는 순간 이진용은 주저 없이 봉준식 감독을 찾아가 말했다.

-무엇보다 봉 감독이 대단한 건 갑자기 와서 함 해보입시더라고 개지랄을 떤 널 보고도 욕을 하지 않은 거야. 나 같으면 거기서 그냥 112에 신고했다. 여기 미친놈 있다고.

함 해보입시더!

"끄응……."

그때를 떠올리던 이진용이 짧게 신음을 흘렸다.

부끄러운 기억.

한편으로는 확실히 놀라운 일이었다.

"그래도 이렇다 할 조건이나, 거래 없이 바로 수락해 주실 줄은 몰랐어요.”

봉준식 감독은 이진용의 그 갑작스럽고, 무리하기 그지없는 부탁을 수용해 줬다.

딱히 반문을 하지도 않았다.

조건을 걸지도 않았다.

-애초에 아니다 싶으면 강판하면 되는 거니까. 네가 마운드에서 내려가기 싫어서 바지에 똥오줌을 지려도 감독이 내려가라면 내려가야 하는 거니까.

어차피 마운드에 투수를 올리고 내리고, 그건 봉준식 감독의 영역.

이진용이 무엇을 하든, 어떤 이야기를 나누었든 봉준식 감독은 이진용에게 문제가 있다고 판단되면 그를 내릴 것이다.

-그리고 슬슬 봉 감독 눈에도 우승이 보이는 거지. 우승이 이제 가시권에 있다는 걸.

더 나아가 봉준식 감독도 알고 있었다.

“메이저리그도 가시권에 들어온 셈이군요.”

이진용, 그가 엔젤스를 한국시리즈 무대로 데리고 가 우승시킬 경우 자유의 몸이 될 수 있다는 것을.

봉준식 감독은 그런 이진용의 꿈을 위해, 목표를 위해 기꺼이 그의 질주를 허락할 생각이었다.

“이번 사직 원정 경기에서 잘해야겠네요.”

그리고 그 믿음에 대한 증거로 이번 타이탄스와의 원정 경기에서 성적으로 보답할 생각이었다.

-그래서 준비는 잘했어?

그 말에 이진용이 미소를 지으며 말했다.

"저에 대한 세간의 모든 논란, 사직서 끝내겠습니다."

작전명, 사직서 끝낸다!

이진용의 그 말에 김진호가 놀라며 소리쳤다.

-뭐? 사직서 낸다고?

"아니, 사직에서 끝내겠다고요!"

-네 야구 인생을?

"에이, 진짜!"

말을 하던 이진용이 곧바로 소리쳤다.

"아, 그보다 제 대가리에서 내려와요!"

-응, 싫어.

부산 타이탄스.

현재 리그 6위.

그러나 언제든 리그 중상위권으로 치고 올라갈 여력과 실력, 전력을 가진 그들이 현재 리그 4위까지 치고 올라온 엔젤스와 붙게 됐을 때 당연한 말이지만 모든 이들이 총력전을 예상하고 있었다.

동시에 세간은 타이탄스의 우세를 점치고 있었다.

-이번 타이탄스 대 엔젤스 누가 유리할까?
　└그야 타이탄스가 유리하지 않을까?
　└타이탄스 홈경기잖아? 아무리 그래도 사직구장에서 다른 팀들이기 펴기는 쉽지 않지.

일단 타이탄스의 홈경기라는 것.

-사직구장에서는 선수들이 죽을 각오하고 뛰어야 하니까.
　└원정팀이?
　└아니, 홈팀이.
　└아…….

그리고 그 홈이 한국에서 야구 열기로는 둘째가라면 서러운 부산 사직구장이라는 것.

-선발 로테이션도 그렇지. 엔젤스는 샤크스전에서 필승 카드를 사실상 다 썼잖아?
　└ㅇㅇ, 반대로 타이탄스는 필승카드 전부 나오지.

엔젤스의 선발 로테이션 역시 타이탄스의 우세가 점쳐지는 이유 중 하나였다.

주중 샤크스전에서 차운호, 이진용, 벤자민 필립스라는 카드를 쓴 엔젤스는 자연스레 타이탄스전에서 앤디 곤잘레스와 현재 5선발 투수로 활동 중인 임영준 그리고 그다음 차운호를 내보낼 수밖에 없었다.

　-이호우 안 나오잖아? 그것만 해도 해볼 만한 거지.
　-이호우만 안 나오면 됨.

　즉, 이진용, 수요일 경기 등판 이후 4일 휴식일을 가져야 하는 그가 타이탄스전에 안 나온다는 의미.
　그것만으로도 타이탄스는 어느 때보다 유리한 고지를 밟은 셈이었으며, 동시에 그것이 타이탄스 선수단과 코칭스태프 그리고 팬들의 위안거리가 됐다.

　-우린 이호우 안 보고 전반기 끝난다!
　-우리는 호우 안 봐도 된다!
　-이번 주 일요일에 사직 예매함! 호우 없이 쾌적하게 볼 수 있을 듯!
　-아, 일요일에 비 안 왔으면 좋겠다!

　물론 이 모든 이야기는 어디까지나 그 소식이 터지기 전의 이야기였다.

　[이진용, 타이탄스전 일요일 등판!]

　7월 9일 일요일.

사직구장에 호우주의보가 발령하는 순간 이야기는 바뀌었으니까.

샤크스와의 3연전을 2승 1패로 마무리한 엔젤스는 곧바로 부산으로 내려와 타이탄스와의 주말 3연전을 시작했다.

그리고 두 번의 경기를 양 팀은 서로 승패를 나눠 가졌다.

-게임 셋! 타이탄스가 두 번째 경기를 승리로 가져가며 1승 1패 균형을 맞춥니다.

1승 1패.

-내일 경기에서 거인과 천사 시리즈의 승자가 결정되겠군요.

이제는 단 하나의 경기로 시리즈 승자와 패자가 나뉘는 상황.

그러나 뚜껑을 열기도 전에 이미 승자와 패자는 나누어진 상황이 있다.

-승패가 결정되기는 무슨, 누가 보더라도 이호우가 호우하는 날이구먼.
-엔젤스는 이름 그냥 호우스로 바꿔라.
-젠장, 좀 안 보나 싶었는데 나오네.

-이렇게 된 거 내일 비나 왔으면 좋겠다.
ㄴ응, 그래서 이호우야.
ㄴ호우주의보 발령했답니다 ㅋㅋㅋ

이진용.
현재까지 94이닝 무실점.
무패의 투수라는 단어조차 무색한 이진용에게 물어뜯을 틈 따위는 보이지 않았으니까.
때문에 물어뜯고자 하는 이들은 이진용이 아닌 이를 타깃으로 삼았다.

[3일 휴식 후 등판, 무리한 선수기용 이대로 괜찮은가?]
[봉준식 감독, 승리를 위해 선수를 희생시킬 속셈인가?]
[선수 혹사, 언제까지 두고만 볼 것인가?]

기자들은 이진용이 아닌 봉준식 감독 그리고 엔젤스의 코칭스태프를 물어뜯기 시작했다.
심지어 찌라시도 움직였다.

-A구단의 B감독, 우승 보너스에 선수 혹사 강요?
-A구단, 돈 없는 선수에게 돈으로 희생 강요?
-A구단, 선수 상대로 갑질!

온갖 종류의 찌라시들, 근거는커녕 그저 모든 것이 시커멓기만 한 것들이 넘쳐나기 시작했다.

"선배님, 찌라시 보셨어요?"

"봤지."

"좀 심하지 않나요? 이쯤 되면 저격 수준이 아니라, 거의 다구리 수준인 것 같은데?"

기자들조차도 눈살을 찌푸릴 법한 수준이었다.

"그렇지 뭐."

하지만 이런 작금의 상황에 대해서 황선우는 특별한 반응을 보이지 않고 있었다.

"선배님은 되게 평온하시네요?"

그건 분명 이상한 일이었다.

"선배님은 엔젤스 호위 기자잖아요?"

호위 기자.

말 그대로 엔젤스 프런트와 긴밀한 관계를 맺은 채 엔젤스에 좋은 이야기만 써야 하는 황선우 아닌가?

이런 기사에 누구보다 민감해야 하는 게 당연지사.

그러나 황선우는 지금 엔젤스를 중심으로 이루어진 이 판노에 별로 감흥이 없는 느낌이었다.

"엔젤스 프런트에서 딱히 아무 말 없었거든."

"예? 엔젤스가 반박기사 써달라고 하지 않았어요?"

"오히려 그냥 입 다물고 있으라고 했지."

그 말에 후배 기자가 고개를 갸웃했고, 갸웃하는 후배 기자를 향해 황선우기 미소를 지으며 말했다.

"자신이 있는 거야."

"자신이요? 무슨 자신이요?"

"이 상황을 즐길 자신이."

말을 하던 황선우의 머릿속에 타이탄스전에 대한 생각 같은 건 없었다.

그 이상.

'이진용이 정말 3일 휴식만으로 로테이션을 소화할 수 있는 괴물이라면……'

7월을 넘어, 8월을 지난 이후.

'포스트시즌 무대에서 어쩌면 정말 말도 안 되는 그 역사가 다시 나올지도 모르겠군.'

그 이후를 떠올리던 황선우의 촉이 말해줬다.

'대단한 해가 되겠군.'

이진용이 다시 한번 세상을 놀라게 할 것이라고.

"자, 그럼 이진용이 이번에는 뭘 할지 보자고."

이제는 쉽사리 해가 꺼지지 않는 7월.

낮의 열기 역시 여전히 꺼지지 않은 채 경기장을 가득 채우고 있는 사직구장의 하늘은 맑았고, 사람은 많았다.

그렇게 모인 사직구장의 관중들은 하얗거나 푸른 유니폼으로 구장을 수놓고 있었다.

그 모습이 바다를 보는 듯했다.

그야말로 장관!

"타이탄스 파이팅!"

타이탄스와 엔젤스의 주말 3연전 마지막 경기는 그런 무대에서 펼쳐지고 있었다.

펑!

"스트라이크 아웃!"

그리고 지금 막 1회 초가 끝났다.

-삼구삼진! 최세정 선수가 1회 초 2개의 탈삼진으로 자신의 첫 회를 장식합니다!

그렇게 끝난 1회 초의 마운드 위에는 최세정이 있었다.

-최세정 선수, 그야말로 최동원 선수의 재림을 떠올리게 할 정도로 멋진 선수네요. 타이탄스의 보배가 될 선수입니다.

프로 2년 차의 고졸 신인, 아직 햇병아리에 불과하지만 2016시즌부터 두각을 나타내며, 2017시즌 타이탄스의 명실상부한 토종 에이스가 된 투수.

그의 멋진 호투에 타이탄스 팬들은 그야말로 우레와 같은 함성과 박수를 토해냈다.

"최세정 파이팅!"

"마! 우리에겐 세정이가 있다 아이가!"

"타이탄스의 에이스는 아무렴 안경 껴야지, 안경을!"

그렇게 타이탄스 팬들이 보내는 함성은 사직구장을 하나의 거대한 배로, 폭풍우를 마주한 배로 만들었다.

"어휴, 구장이 울린다, 울려."

"잠실하고 비슷한데, 여기만 오면 이상하게 멀미가 생기는 기분이라니까."

그 배에 탄 불청객들에게 이루 말할 수 없는 부담감과 압박감을 주는 타이탄스만을 위한 배였다.

"그래도 오늘은 좀 낫네."

"낫지."

하지만 그 배의 불청객인 엔젤스 선수들은 그리 당황한 눈치가 아니었다.

상대 팀이 에이스를 내놓듯, 그들에게도 오늘 에이스가 나왔으니까.

"1점만 내자고."

더욱이 그 에이스는 단순한 에이스가 아니었다.

"그래, 1점만 내자."

이진용.

이제 리그 최고 에이스를 넘어 한국프로야구를 수놓은 전설들과 비교되는 그의 존재감은 이제 엔젤스 선수단에게도 절대적인 영향력을 발휘하고 있었다.

그런 그가 더그아웃에서 나와 모습을 드러냈을 때 당장에라도 뒤집힐 것 같은 사직구장에 몰아치던 폭풍이 잠잠해지기 시작했다.

"이호우 나온다."

"아, 저 쪼꼬만 새끼…… 왜 갑자기 우리 경기에 나온다고 지랄이야 지랄은."

"젠장, 저 새끼 안 나올 줄 알고 오늘 예매했는데……."

"오라는 비는 안 오고 또라이 새끼만 오네."

그 사실에 이진용은 미소를 지었다.

-진용아, 너 그거 알아?

그런 이진용에게 김진호가 질문을 던졌다. 이진용이 글러브로 입을 가린 채 말했다.

"최동원 선수 대 선동열 선수의 15이닝 무승부 경기가 여기서 치러졌다는 거요?"

그 대답에 김진호가 놀라며 반문했다.

-어? 너 내가 그거 말할 줄 어떻게 알았어?

"느낌이 딱 왔죠."

-짜식, 이제 나랑 통하는 게 생겼군.

"어, 그건 좀……."

-그건 좀? 무슨 의미야?

"정신 나간 귀신하고 통하는 게 좋은 느낌은 아니잖아요? 무당 시점에서 보면 총각귀신에게 씐 건데……."

-나도 정신 나간 개뽀록 땅딸보 투수랑 별로 통하고 싶지 않

거든? 야, 그리고 누가 총각귀신이야?

"남사스럽게 제 입으로 그걸 어떻게……."

말과 함께 이진용이 눈짓으로 김진호를 바라봤다.

그사이 그 둘이 마운드를 밟았다.

-어쨌거나 여기서 그 말도 안 되는 경기가 있었지. 15이닝까지 오직 두 명의 투수만이 마운드에서 공을 던지면서 무승부를 기록했어.

이미 선객의 발자국이 남아 있는 마운드.

그 마운드 위에서 김진호가 말을 이어갔다.

-이 마운드는 그런 마운드다. 그러니까 절대 여기서 이상한 모습 보이지 마.

"이상한 모습이 뭔데요?"

-바지 벗고 티팬티 자랑하면서 트월킹 댄스 같은 거 추는 거.

그 말에 이진용이 인상을 찌푸린 채 김진호는 곁눈질로 슬쩍 바라봤다.

-트월킹 댄스 몰라? 보여줄까?

"꺼져요, 지금 누구 멘탈을 부수려고."

말과 함께 김진호가 자세를 잡는 순간 이진용이 정말 못 볼 꼴을 본 듯한 표정을 지었다.

그때 베이스볼 매니저의 알림이 들렸다.

[일일특급 효과에 의해 컷 패스트볼의 구질 랭크가 B랭크로 상승합니다.]

[에이스 효과가 발동합니다.]

[에이스 효과에 의해 슬라이더의 구질 랭크가 A랭크로 상승합니다.]

[퀄리티 스타트 효과가 발동합니다.]

기나긴 베이스볼 매니저의 알림이 끝났을 때 마운드의 분위기는 잔잔해져 있었다.

그 잔잔함 속에서 이진용이 입을 열었다.

"아버지는 언제나 여유가 될 때면 최동원 선수 유니폼을 저한테 입히고 사직구장에 데려오셨어요. 그리고 저기 있는 1루쪽 높은 자리에서 여기를 가리키면서 말씀하셨죠. 언젠가 내가 여기서 최동원 선수처럼 던지는 모습을 보고 싶다고. 사직구장의 영웅이 되는 모습을 보고 싶다고."

-으하하!

그 말에 김진호가 폭소했다.

-진짜 엄청난 불효를 저지르게 됐네. 응? 안 그래?

그 말에 이진용이 웃으며 말했다.

"예, 정말 제대로 불효 한 번 저질러야죠."

게임이 시작됐다.

이호찬, 그는 말한다.

'다들 이진용을 상대하기 전에는 그럴싸한 계획을 세우고
있다.'

이진용을 상대하게 된 모든 타자들이 이진용을 두려워하면
서도, 나름 자신만의 계획을 세운다고.

어쨌거나 최고 구속이 140대 초중반에 불과한 이진용의 노
림수를 읽을 수만 있다면 그로부터 안타를, 더 나아가 홈런을
얻어내는 건 충분히 가능한 일이라고.

'이진용에게 당하기 전까지는.'

그러나 그 생각이 무너지는 데에는 한 타석이면 충분하다고.

이진용의 피칭은 그랬다.

그는 분명 주먹이 센 투수는 아니었다.

누가 보더라도 토가 나올 만한, 스치기만 해도 머릿속이 하얗게 변할 만한 펀치력을 가진 건 아니었다.

대신 이진용의 공은 허를 찔렀다.

심지어 그 허를 찌른다는 개념은 상식을 초월했다.

가드를 단단하게 하고 있는 타자의 뒤통수를 후려치거나, 갑자기 로우킥을 날리거나.

때로는 상대방의 고간을 향해 아주 제대로 펀치를 찔러 넣는 경우도 있었다.

펑!

지금 이진용이 던진 스트라이크존 한가운데를 파고드는 패스트볼이 바로 그런 종류의 공이었다.

'헉!'

"스트라이크, 아웃!"

타자에게 있어서는 빗맞더라도, 범타로 물러나더라도 배트를 휘둘렀어야 하는 공, 허를 찔린 수준이 아니라 심장이 찔린 듯한 공.

"씨발……"

그야말로 욕이 절로 나오는 공이었다.

더 나아가 이진용의 공격은 여기서 멈추지 않았다.

"호우!"

이진용, 그는 언제나 자신의 공격에 상처 입은 자들의 상처에 소금을 뿌렸으니까.

"씨발!"

아주 정말 끝내주는 소금을!

[삼진을 잡았습니다. 보너스 포인트가 지급됩니다.]

[삼자범퇴로 이닝을 마무리합니다.]

[3이닝 무실점 중입니다.]

그렇게 이진용이 3회 말을 마무리했다.

피안타 0개, 볼넷 0개, 삼진 3개.

퍼펙트 페이스!

-오!

그 사실에 김진호가 감탄을 내뱉었다.

-오늘 피칭 죽이네!

하지만 그 감탄에 이진용은 기뻐하지 않았다.

알고 있으니까. 지금 그 말을 하는 김진호의 시선이 어디를 향하는지.

"예, 최세정이 피칭이 죽이죠."

-응, 아주 그냥 오늘 긁힌다, 긁혀.

김진호의 그 말에 이진용이 1루 쪽 더그아웃, 타이탄스의 더그아웃으로 고개를 돌렸다.

그곳에서 당장에라도 마운드로 뛰어 올라올 것 같은 투수를 바라봤다.

애된 얼굴, 그 얼굴을 더 애돼 보이게 만드는 굵디굵은 안경을 낀 어린 투수.

그러나 최고 154킬로미터까지 나오는 패스트볼을 던지며, 아주 절묘한 순간 폭포수처럼 떨어지는 커브로 타자를 요리하는 무자비함을 가진 투수.

"왜 내가 나올 때마다 다들 각성하는지 모르겠네요."

최세정, 오늘 타이탄스의 선발투수로 나온 그는 현재 이진용처럼 3이닝 퍼펙트 페이스를 유지하는 중이었다.

좀 더 정확히 말하면 최세정이 먼저 등판하니 이진용이 최세정을 따라 퍼펙트 페이스를 쫓아가는 상황.

"저번 레인저스 때도 그렇고, 쟤도 그렇고 나만 만나면 죄다 퍼펙트 페이스야, 퍼펙트."

사실 최세정은 훌륭한 투수였지만 이 정도까지 대단한 투수는 아니었다.

2년 차.

심지어 고졸 신인이다.

노련함과 세련됨보다는 패기와 투박함이 넘쳐야 마땅한 투수.

-내가 보기에 지금 최세정, 쟤는 메이저리그 5선발 자리에 데려다 놓아도 돼.

그러나 오늘의 최세정은 달랐다.

-코너워크가 되고 있어.

제구가 나쁘진 않지만, 그렇다고 제구력이 무기가 되는 정도는 아니었던 최세정은 오늘 그 무엇도 아닌 제구를 무기로 삼고 있었다.

그리고 그거면 충분했다.

-그것도 150짜리가 되는 묵직한 놈이.

150대 패스트볼을 던지는 투수가 제구가 되면, 그 순간 그 투수는 언터쳐블이 되어버리니까.

-여기에 커브도 좋고. 떨어지는 각도도 좋은데 심지어 오늘 주심 판정도 좋아.

이런 와중에 나오는 최세정의 폭포수와 같은 커브는 타자들을 꼼짝 못 하게 만들었다.

퍼펙트 페이스가 이상하지 않은 일.

오늘 최세정의 기세는 최소한 3회까지는 이진용에 비해서 부족할 게 없었다.

"세정이다!"

무엇보다 이곳은 사직구장.

에이스에 대한 열광 하나는 그 어느 구단과 비교해서 부족할 것 없는 곳이었다.

"세정이, 네가 최고다!"

"우리 세정이, 마 서 호우놈 박살을 내뿌라!"

"최세정이가 타이탄스 에이스다!"

최세정, 그가 등장하는 순간 이진용의 피칭에 숨 막혔던 타이탄스 팬들이 막혔던 숨을 폭발하듯 토해냈다.

그 사실에 더그아웃으로 들어가던 이진용이 혀를 내둘렀다.

-진용아.

그런 그에게 김진호가 말했다.

-네가 오늘 최세정을 저렇게 만든 거다.

그 말에 이진용이 오른쪽 눈썹을 들었다.

이번에는 또 무슨 씻나락 까먹는 소리를 하시려고? 그런 눈빛으로 김진호를 바라봤다.

그러나 그런 이진용의 모습에 김진호는 오히려 옅은 미소를 지으며 말했다.

-미스터 제로, 무실점의 사나이와 마운드를 같이 쓰고 있다. 에이스 자격이 있는 투수라면 그 사실에 심장이 두근거리는 게 당연하지. 그리고 심장이 두근거리면 평소보다 더 끝내주는 피칭을 하게 되는 게 마땅한 거고.

그 말에 이진용의 표정이 김진호처럼 진지한 표정으로 바뀌었다.

-사람이란 게 그래. 등반가들을 봐. 산이 있어. 올라가면 돼져. 근데 정복해. 왜? 산이 있으니까. 야구도 마찬가지야. 말도 안 되는 괴물이 등장하면, 꼭 그 괴물을 잡으려고 덤벼드는 애들이 있어. 그리고 그렇게 부딪치는 과정에서 괴물은 더 괴물이 되고, 그럼 괴물을 잡으려는 애들도 더 강해지게 되지.

말을 하던 김진호가 그라운드를 바라보며 말했다.

-그게 메이저리그에 가야 하는 이유다.

자리에 앉은 이진용은 그런 김진호의 말에 대답하지 않았다.

대답은 그저 말없이 뜨겁게 타오르는 눈빛으로 그라운드를 바라보는 것으로 충분했으니까.

제구가 되는 강속구 투수의 공은 타자에게 지옥이나 마찬가지다.

'몸쪽, 오늘 몸쪽 노렸으니까 몸쪽에 하나 올 거야. 패스트볼 하나 들어올 거야.'

투수가 어디를 노리는지, 구종이 무엇인지 예상을 하고 그 예상이 적중해도 소용이 없으니까.

빡!

'젠장, 밀렸다!'

실제로 타자 본인도 알고 있는 약점, 그 약점을 향해 정확하게 들어오는 154킬로미터짜리 패스트볼을 안타로 칠 확률은 대개 1할대에 불과하다.

아니, 애초에 그곳에서 타율이 그것밖에 안 되니까 약점인 것이다. 150짜리 패스트볼을 찔러 넣는 곳에서 3할이 넘는 타율이 나오는데 그걸 약점이라고 하는 경우는 없지 않은가?

그리고 그 어느 타자도 1할이라는 수치에 의미를 두지 않는다.

-우익수가 내려옵니다. 잡았습니다. 우익수 플라이! 최세정 선수! 6회까지 퍼펙트게임 페이스를 이어갑니다!

-대단하네요. 정말 대단해요.

그게 최세정이 6회까지 퍼펙트게임 페이스를 유지할 수 있었던 이유였다.

"최세정 살아 있네!"

"마. 최세정이가 타이탄스의 에이스 아이가!"

그렇게 6회를 마친 최세정을 향해 타이탄스 팬들은 우레와 같은 함성을 내질렀다.

반면 6회 초마저 안타 하나, 볼넷 하나 얻지 못한 채 이닝을 마친 엔젤스 선수단의 얼굴에는 암운이 깃들기 시작했다.

'오늘 최세정 장난 아니야.'

'150짜리 공이 제구가 되는데 칠 수가 없어.'

'최세정은 커브를 잘 쓴다. 150짜리 패스트볼을 공략 못 하는 상황에서 커브까지 들어오면…… 절대 타이밍 못 잡아.'

오늘 경기 전까지 엔젤스 선수단은 자신 있었다.

이진용이 버티는 이상, 지지 않을 자신이.

최세정을 상대로 최소한 1점 정도는 뽑아낼 자신이.

자신을 넘어 사명감마저 가지고 있었다.

자신들의 에이스를 승자로 만들어주어야 한다는 사명감!

그러나 오늘 최세정이 보여주는 압도적인 포스 앞에서 그 자신감과 사명감은 사그라질 수밖에 없었다.

어쩔 수 없는 일이기도 했다.

"오늘 최세정 공 죽이네요?"

"죽이는 정도가 아니지. 저 정도 퍼포먼스를 열 번 등판 중에 서너 번만 보여준다면, 최세정은 당장 메이저리그에 도전해도 돼."

"메이저리그요? 그 정도예요?"

"150짜리 패스트볼이 제구가 되는데 그럼 메이저리그 가야지. 안 그래?"

솔직히 말하면 한국프로야구리그 수준에서 제구가 되는 150킬로미터짜리를 치라고 하는 게 오히려 우스운 일일 테니까.

"그런데 최세정이가 원래 이 정도 투수는 아니지 않았나요? 그런데 오늘 완전히 각성했네."

후배 기자의 말에 황선우는 최세정이 아니라 엔젤스가 있는 3루 쪽 더그아웃을 바라봤다.

'최세정이 가지고 있던 에이스 기질이 이진용을 만나서 폭발을 해버렸군.'

오늘 경기 내용은 솔직히 황선우에게도 예상외였다.

최세정이 좋은 투수인 건 맞지만, 이번 시즌 그는 냉정하게 보면 3점대 초반을 기록 중인 투수로 타이탄스의 토종 에이스였다.

말 그대로 토종 에이스, 외국인 투수를 뛰어넘을 정도의 기량은 없는 투수였다.

그런데 오늘 최세정의 피칭은 그가 이제까지 보여준 수준을 넘어 이번 시즌 타이탄스의 투수들이 보여준 그 어떤 피칭보다 좋았다.

그리고 그런 최세정을 각성하게 만든 건 이진용이었다.

이진용의 존재감 그리고 그런 그와 같은 마운드를 공유한다는 사실이 최세정의 피를 뜨겁게 만든 것이다.

'안찬섭보다 낫다.'

그런 최세정이 오늘 보여주는 퍼포먼스만큼은 유현과 이진용, 그 둘을 배제한 상황에서 한국프로야구에서 최고라고 불리던 안찬섭보다 훨씬 낫다고 해도 과언이 아닐 정도였다.

물론 황선우는 분명하게 말할 수 있었다.

'그래도 이진용만큼은 아니야.'

그럼에도 불구하고 단순히 기량만 놓고 본다면, 오늘 보여주는 퍼포먼스를 본다면 이진용이 더 낫다고.

그 증거로 6이닝을 마친 최세정의 투구수는 93구인 반면, 이진용은 5회까지 투구수가 55구에 불과했다.

이진용이 4회에 안타를 하나 내주면서 퍼펙트게임 페이스를 잃긴 했지만 누가 더 효율적인 피칭을 하는지는 너무나도 뻔한 상황.

'문제는 이진용은 모두가 예상하는 만큼 하고, 최세정은 모두가 예상한 것 이상으로 잘한다는 거겠지.'

하지만 문제는 야구라는 스포츠는 투수가 더 낫다고 해서 무조건 이기는 게 아니라는 것이다.

'흐름은 분명 경기 시작 전과 전혀 다르다.'

오히려 극적인 쪽이 이길 확률이 높다.

그런 관점에서 본다면 누가 보더라도 예상한 만큼 잘하는 이진용보다는 그런 이진용을 상대로 말도 안 되는 역투를 하는 최세정이 승리할 가능성이 높았다.

'타이탄스는 무승부도 노리고 있다.'

여기에 타이탄스 입장에서는 굳이 승리만 노릴 필요도 없었다.

무승부.

12회까지 가서 무승부를 해도 타이탄스 입장에서는 오히려 남는 장사였으니까.

'어차피 내일은 월요일 휴식일, 여기에 다음 주까지만 뛰면 올스타 브레이크 시작이다.'

심지어 내일은 월요일 휴식일이며, 다음 주에는 주중 경기만 치르고 나면 올스타전과 함께 올스타 브레이크, 약 일주일에 이르는 휴식기가 시작되는 상황이었다.

'총력전, 필요하면 선발로 끌어다 쓰는 한이 있더라도 무승부를 노릴 것이다.'

총력전을 할 각오도, 여건도 충분하다는 의미.

반면 이진용은 달랐다.

'어쨌거나 3일 휴식 후 등판, 이런 상황에서 과연 이진용을 9회 이후에도 올릴 수 있을까?'

이진용에게는 평소와 다르게, 분명 짚고 넘어가야 할 불안 요소가 존재하고 있었다.

"선배님, 오늘 이진용이 골치 좀 아프겠는데요?"

여러모로 이진용에게 있어서 걸리적거리는 게 많은 경기.

"그게 야구이지."

그렇기에 오히려 황선우는 기대했다.

"모든 전설적인 선수들에게는 고난과 역경이 존재했으니까. 김진호, 그가 그토록 대단하지만 결국 월드시리즈 우승을 못 했던 것처럼."

이진용이 과연 이번에는 어떤 방법으로 자신의 앞길을 가로막는 것을 처리할 것인지.

"뭐, 그보다 중요한 건 이진용이 이번 6회를 완벽하게 무실점으로 막는 거지만."

물론 그보다 중요한 건 이진용이 올라오는 이번 6회였다.

"100이닝 무실점, 말도 안 되는 걸 직접 두 눈으로 보게 됐군."

"예."

"역사적인 순간이야."

6회 말, 한국프로야구 역사에 두 번 다시 오지 않을 역사의 순간이 시작됐으니까.

99이닝 무실점.

비현실적이기 그지없는 기록.

세상 그 어떤 투수도 감히 이룩할 수 없을 것 같은 기록.

-이진용 선수가 지금 마운드에 오릅니다. 현재까지 99이닝 무실점, 방어율 0의 투수입니다.

그런데 지금 그 기록을 이룩한 투수가 마운드에 서 있었다.

-이제 그가 100이닝 무실점 기록에 도전합니다.

더 놀라운 것을 이룩하기 위해.

이 사실 앞에서는 조금 전 최세정의 피칭에 기세등등했던 타이탄스 팬들도 기가 죽을 수밖에 없었다.

'100이닝 무실점이라니.'

'쟤마 진짜 괴물이네.'

'정말 방어율 0으로 시즌 마치려나?'

'저런 괴물이 3일 휴식으로 등판하면, 어떻게 하라는 거야?'

'아, 나도 호우 외치고 싶다. 그런데 여기서 호우 외치면······ 맞아 죽겠지?'

공포, 놀람, 경악 그리고 경외.

모두가 그런 심정을 담아 마운드 위의 투수를 바라봤다.

하지만 이진용을 상대해야 하는 타이탄스의 타자들은 바라만 보는 선에서 멈출 수 없었다.

그들은 이진용을 바라보며 생각해야 했다.

'어떻게 나올까?'

저 괴물 같은 이진용을 상대하기 위한 방법을.

그리고 그들은 생각했다.

'적어도 이번 이닝만큼은 조심스럽게 나오겠지.'

제아무리 이진용이라고 해도 이번 이닝만큼은 용의주도하게, 신중하게 피칭을 하리라고.

'절대 쉬운 공은 안 온다.'

스트라이크존의 경계선을 걸치는 집요하기 그지없는 피칭을 하리라고.

'그런 이진용을 괴롭힐 수 있을 만큼 괴롭혀야 해.'

타이탄스 타자들은 그 사실을 노릴 생각이었다.

'최대한 공을 보자.'

애초에 오늘 타이탄스 타자들은 이진용을 상대로 무언가 대단한 것을 꾀할 생각이 없었다.

꿈을 꾸는 것과 꿈에 취하는 것은 다르듯, 꿈을 꾸면서도 현실에는 현실에 맞게 대응해야 하기에.

이진용을 상대로 1점을 뽑아내고 싶지만, 현실에서는 그게 쉽지 않기에.

그렇다면 최소한 이진용을 괴롭히기라고 해야 할 터.

'어디 한 번 해보자!'

'세정이가 이렇게 해주는데 우리가 도와줘야지!'

그런 상황 속에서 주심의 플레이볼 외침과 함께 게임이 시작됐다.

그리고 이진용이 초구를 던졌다.

펑!

'어?'

던진 공은 스트라이크존 한가운데를 꿰뚫는 135짜리 포심 패스트볼.

'뭐, 뭐야?'

'하, 한가운데?'

그 사실에 타이탄스 타자들은 물론 경기를 보던 모든 이들이 그대로 굳어버렸다.

보는 이조차 긴장되는 상황.

그 어느 때보다 무실점이 중요한 상황.

'여, 여기서 들이박는다고?'

그런 상황에서 이진용은 오히려 여느 때보다 과감한 피칭을 시작했다.

그리고 그게 이진용이란 투수였다.

'과감하게 나올 리 없다고 생각하는 타자에게는 과감하게.'

언제나 그렇듯 허를 찌르는 투수.

'뭐, 치려면 쳐 봐.'

더 나아가 정면승부를 함에 있어서 조금의 주저함도 없는 저돌적이기 그지없는 투수.

-그래, 그거지. 99이닝 동안 이렇게 했는데, 100이닝이라고 뜸 들이면 미친 거지.

그 누구도 아닌 김신호, 그 위대한 투수에게 그렇게 던지라는 가르침을 받은 투수!

그런 투수 이진용의 피칭 앞에서 타이탄스 타자들의 6회는 순식간에 지나가 버렸다.

선두타자로 나온 8번 타자는 내야 뜬공으로.

그다음으로 나온 9번 타자는 내야 땅볼로.

"스윙, 스트라이크 아웃!"

그리고 이제 이진용을 세 번째 상대하게 된 1번 타자를 상대로는 삼구삼진으로!

6개의 공만으로 100이닝 무실점 기록을 완성했다.

'온다.'

'이제 온다.'

'이번에는 무조건 온다.'

물론 그 기록의 마침표는 그것이었다.

"호우!"

-호우!

이진용이 자신의 오른 주먹을, 100이닝 무실점 기록을 던진 그 손을 하늘 높이 들어 올리며 소리쳤다.

그 사실에 타이탄스 구장이 꿈틀했다.

'크!'

'이호우, 이 새끼도 살아 있네.'

이진용이 내지르는 그 외침이 타이탄스 팬들의 가슴을, 야구에 대한 열정으로 가득 찬 그것을 두드렸다.

'아, 호우하고 싶다.'

'나도 호우하고 싶다.'

이진용이 자신들에게 악몽을 주는 괴물이라는 것을 알고 있음에도 그와 같이 외치고 싶은 마음이 꿈틀거렸다.

그렇게 6회 말을 마친 이진용이 마운드를 내려왔다.

이루 말할 수 없는 아득한 기록을 세웠음에도 만족감이라 고는 어디에서도 찾을 수 없는 얼굴을 한 채.

[퀄리티 스타트에 성공했습니다. 랜덤 보너스가 지급됩니다.]
[랜덤 보너스로 플래티넘 룰렛 이용권이 지급됩니다.]

베이스볼 매니저의 축하 선물 앞에서도 기뻐하는 기색 없이 더그아웃에 돌아온 이진용은 곧바로 준비된 점퍼를 입었다.
뚝뚝.
더운 여름날에 여전히 제 몸을 땀으로 적셨다.

[플랫티넘 룰렛 이용권을 사용하셨습니다.]

그 상태 그대로 백금색의 룰렛을 바라봤다.

[구질 상승 비약(A랭크)을 획득하셨습니다.]

이윽고 룰렛이 멈추었을 때, 김진호가 등장했다.
-체인지업, 커브, 커터, 슬라이더.
김진호가 잽싸게 이진용에게 지금 그가 가진 B랭크 구질들 을 말해줬다.
이제 그 네 가지 구질 중 하나를 A랭크로 만들 때.
그 상황 속에서 이진용은 조금도 고민하지 않았다.

[슬라이더의 구질 랭크가 A랭크로 상승합니다.]

[에이스 효과에 의해 슬라이더의 구질 랭크가 마스터 랭크로
상승합니다.]

슬라이더!

이진용의 그 선택에 김진호가 입가에 진한 미소를 지었다.

-커브 대 슬라이더, 이번에 아주 제대로 불효를 저지를 생각
이구나. 응?

그 말에 이진용도 입가에 진한 미소를 지었다.

이진용.

처음 그가 놀라운 모습을 보였을 때 세상은 그 사실을 인정
하기보다는 의문을 제기했다.

실력이다, 아니다 운이다.

하지만 이진용이 100이닝 무실점이란 대기록을 달성했을
때 더 이상 그런 종류의 의문을 제기하는 사람은 없었다.

-이호우, 그가 최고다!

이진용이 보여주는 모든 것이 운이 아닌 실력이라는 것이

증명되었으니까.

하지만 여기서 이야기가 끝났다면 사람 사는 세상에 논쟁이란 단어는 나오지 않았을 터.

이제는 최고가 된 이진용에 대해서 세상은 새로운 의문을 품고, 질문을 던졌다.

-그런데 이호우 특기는 뭐라고 해야 함?

이진용은 최고다, 그렇다면 이진용을 최고로 만들어준 건 무엇일까?

-투심 아님? 완전 마구잖아?
-에이, 마구는 스플리터지. 이호우 스플리터는 알아도 못 쳐.
-포심이지. 이호우 포심은 아예 수준이 다르다니까?
-또라이라는 거? 그게 가장 큰 무기 아님? 옛말에 미친놈보다 무서운 건 없다잖아?
-지랄한다. 이진용 최고 무기는 호우지.
└ㅇㅇ 호우 인정.
└정답이네. 호우지.
└호우!

이에 대한 논쟁은 이진용이 업적을 새로 세울 때마다 줄어들기는커녕 더 증폭됐다.

그럴 수밖에 없었다.

"투심으로 맞혀 잡는 피칭을 하면 75구로 완봉승을 하고, 스플리터로 삼진을 잡는 피칭을 하면 한 경기에 탈삼진 18개를 잡고……"

"그 모든 기록의 근간에는 언제나 신출귀몰한 포심 패스트볼이 있지."

"그러다가 간간이 등장하는 체인지업은 귀신이고."

제아무리 대단한 분석가라고 해도 이진용이 가진 무기들 중에 무엇 하나가 압도적으로 우월하다는 근거 있는 설명을 할 수 없었으니까.

그런 그들에게 이진용은 새로운 논쟁거리를 보여줬다.

7회 초, 최세정이 여전히 퍼펙트 페이스를 유지한 채 내려온 마운드 위에서 그것을 꺼냈다.

펑!

"저, 저거!"

"슬라이더?"

슬라이더.

7회 말, 이진용이 슬라이더를 꺼냈다.

김진호는 말했다.

-야구 역사상 가장 많이 던진 공은 포심 패스트볼이고, 가

장 많이 던진 변화구는 슬라이더다.

변화구 중 최고는 슬라이더라고.

-이렇게 말하면 어느 멍청한 개뽀록 허접 땅딸보 투수는 주둥이를 삐쭉 내밀고 두 눈을 부릅뜨고 입에서 침 질질 흘리면서 반문하겠지. 대체 뭘 근거로 슬라이더가 최고라고 하시는 겁니까? 그럼 난 이렇게 대답하겠지.

그 이유는 간단했다.

-슬라이더가 안 좋은 이유를 세 가지만 대라고. 못 대면 넌 뒈진다고.

슬라이더란 구종에서 꼬집을 만한 단점이 없다는 것.

정확히 말하면 슬라이더를 대체할 수 있을 만한 다른 구종은 사실상 없었다.

대부분의 구종들은 상하로 움직이지만, 슬라이더는 좌우로 움직이기에.

-그러니까 진용아, 슬라이더를 주력으로 삼지 않더라도 슬라이더에 대한 연구는 무조건 해야 해.

때문에 김진호는 거듭 말했다.

-연습 피칭을 할 때 슬라이더도 던져 보면서 슬라이더에 대한 느낌을 충분히 익혀놔. 이미지 트레이닝도 잊지 말고. 슬라이더 잘 던지는 투수들 보면서 슬라이더를 어떻게 던져야 하는지도 공부하고.

슬라이더를 공부하라고.

-나중에 슬라이더 던져야 할 때 슬라이더 써먹는 방법을 몰

라서 으아앙, 왜 슬라이더는 안 가르쳐 줬어요, 김진호 시저시져! 이러지 말고.

그리고 당연히 이진용은 공부했다.

매일, 매일.

시간이 날 때마다 슬라이더를 잘 던지는 투수들, 랜디 존슨이나 김진호의 영상을 보면서 그들을 분석했고, 거듭 슬라이더 구질을 쥐어보며 그 감각을 손에 익숙하게 만들었다.

그런 그에게 마스터 랭크의 슬라이더를 쥐어주는 건 운전면허 학원에서 장외 주행을 1천 시간 정도 한 사람에게 끝내주는 스포츠카를 쥐어준 것과 같았다.

잘 탄다는 의미가 아니다.

퍼엉!

'젠장, 이 새끼 슬라이더만 대체 몇 개째야!'

미쳐 날뛴다는 의미이지.

폭주!

지금 이진용은 슬라이더로 폭주를 즐기고 있었다.

"볼!"

물론 폭주하는 만큼 대가도 있었다.

이제까지 이진용에게 거의 나오지 않았던 볼이 거듭 나오고 있었다.

펑!

"볼!"

그럼에도 불구하고 이진용은 슬라이더를 멈추지 않고 던졌다.

우타자를 상대로는 스트라이크존에서 점차 멀어지는, 좌타자를 상대로는 스트라이크존의 끄트머리에 걸치는 백도어 슬라이더를 미친 듯이 던지기 시작했다.

꼴깍!

그리고 그 사실에 타이탄스 팬들은 침을 삼켰다.

"점마, 저거!"

"와, 이거 완전히 그거네."

타이탄스 팬이라면 모를 수가 없었으니까.

"최동원 대 선동열 재림이잖아!"

1986년 8월 19일, 사직구장에서 일어났던 한국프로야구 역사상 가장 위대했던 경기!

폭포수와 같은 커브를 던지던 최동원과 칼과 같은 슬라이더를 던지던 선동열의 경기가 지금 이 순간, 이곳 사직구장에서 재림했다는 것을.

침이 넘어가지 않을 수 없는 일이었다.

그리고 야구팬이라면 전율하지 않을 수 없는 일이었다.

그게 이유였다.

"오늘 그냥 외치다 죽자!"

"씨발, 그래 전쟁이다! 다들 외쳐!"

이진용, 그가 7회 말 마지막 아웃카운트를 잡는 순간 이제까지 숨죽인 채 경기를 보던 엔젤스 팬들은 기어코 토해냈다.

"하나, 둘, 셋!"

호우!

엔젤스 팬들이 타이탄스 팬들을 자극하지 않기 위해 참았던 환호성을 내지르기 시작했다.

"호, 호우?"

"새끼들, 오냐 한 번 해보자 이거지?"

"호우는 니미, 진짜 소리가 뭔지 보여주자!"

그리고 그 환호성에 타이탄스 팬들도 기꺼이 소리쳤다.

마!

사직구장의 명물이 터져 나왔다.

그야말로 함성 대 함성의 대결이 시작됐다.

"미치겠네."

"으아……"

그 사실에 엔젤스와 타이탄스 선수 그리고 코치들의 안색은 새하얗게 변하기 시작했다.

'이거 지면 죽는다.'

'어떻게든 이겨야 해. 최소한 무승부는 거둬야 해.'

팬들이 죽기 살기로 악을 쓰는 게임, 이런 게임에서 졌을 경우 팬들이 가만히 있을 리 없었으니까.

그게 아니더라도 이런 경기, 팬들의 처절한 각오로 물든 경기에서 진다면 그것은 팬이 존재하기에 존재할 수 있는 프로에게는 결코 참을 수 없는 일이었다.

'나는 할 수 있다.'

최세정, 그 역시 사직구장을 가득 채우는 이 함성들 앞에서 질릴 수밖에 없었다.

'나는 할 수 있다.'

더욱이 최세정은 오늘 자신이 보여주는 것이 자신의 한계, 그 이상임을 알고 있었다.

정말 끝내주는 날이었지만, 한편으로는 이것이 언제 신기루처럼 사라져도 이상할 것이 없음도 알고 있었다.

'나는 할 수 있어.'

이 넘치는 응원과 격려 앞에서 어느 순간 부응하지 못하게 될지도 모른다는 사실, 그 앞에서 담담한 표정 위로 옅은 미소를 짓기에 최세정은 아직 어렸다.

그리고 그건 이진용 역시 마찬가지였다.

이진용 역시 이 상황에서 담담한 표정이나, 옅은 미소를 짓지 못했다.

"우와, 반응 끝내주네. 아, 어릴 적 생각난다! 아버지 따라서 사직 오면 막 삼겹살도 구워 먹고 소주도 병째로 마시고 양주도 마시고 그랬는데. 그때 아버지가 노래 부르라고 하면, 난 저기 외야에서 부산 갈매기 막 부르고, 그러면 아저씨들이 귀엽다고 용돈 줬었는데."

즐거움에 몸부림을 칠 듯한 표정 위로 만연하다 못해 입가가 찢어질 듯한 미소를 지었다.

"부산 갈매기~ 부우산 가아알매기~!"

그리고 그 미소 사이로 흥겨운 노래를 흥얼거렸다.

그 모습에 엔젤스 선수단은 다시 한번 깨달았다.

'진짜 또라이다.'

'와, 세상에 이런 또라이가 있을 줄이야?'

이진용, 그가 정말 위대한 또라이라는 것을.

오직 한 명, 김진호만이 이진용이 짓는 즐거움과 만연한 미소의 배경을 알고 있었다.

-야비한 새끼.

이진용, 그가 슬라이더를 고른 이유가 단순히 과거의 재림을 위함이 아님을, 오히려 이진용이 최세정을 단숨에 흔들기 위해 고른 자객임을 알고 있었으니까.

-그때 그냥 건너가는 식으로 말해준 건데, 용케 기억하다니.

그리고 그것을 가르쳐 준 건 그 누구도 아닌 본인이었으니까.

때문에 김진호는 확신했다.

-최세정은 8회에 흔들리고, 9회에 무너지겠군.

이진용이 휘저어놓은 판 위에서 최세정이 버틸 수 있는 시간은 이제 얼마 남지 않았음을.

그런 김진호의 말에 이진용이 방긋! 미소를 지었다.

그 미소에 김진호가 말했다.

-웃지 마, 정들어.

그 말을 하는 김진호의 입가에도 미소가 그어져 있었다.

7회 말 이진용의 슬라이더가 만들어낸 열기는 사직구장을 용광로로 만들었다.

"최세정 파이팅! 마, 네가 타이탄스의 에이스다!"

"무! 적! 호! 우!"

2만 명이 넘는 사람들이 내뿜는 열정과 환호와 기대가 녹아 마운드 위로 흘러들어 왔다.

그런 마운드 위로 올라간 최세정이 무언가 이상함을 느낀 건 그가 엔젤스의 4번 타자인 박준형을 상대로 3구째에 커브를 던지는 순간이었다.

"볼!"

'어?'

그것은 이상한 일이었다.

'왜 볼이지?'

조금 전 최세정이 던진 커브가 그린 궤적은 이제까지 주심이 스트라이크를 잡아주던 코스였으니까.

그 사실을 눈치챈 건 비단 최세정만이 아니었다.

'어? 저걸 이제 안 잡아주네?'

'판정이 갑자기 짜졌네?'

'이것 봐라?'

엔젤스 그리고 타이탄스, 모두가 그 사실을 파악하고는 눈빛을 빛내기 시작했다.

반면 김진호는 눈빛을 빛내는 대신 이럴 줄 알았다는 듯한 표정으로 말했다.

-주심에게 있어서 주무기로 커브를 던지는 투수와 슬라이더를 던지는 투수를 동시에 판정하는 것만큼 지랄 맞은 건 없지.

김진호, 그는 이런 일이 일어날 줄 알았으니까.

-그래서 둘이 붙으면 둘 중 하나지.

사실 오늘 주심은 최세정의 커브에 후한 판정을 줬다.

물론 노골적일 정도로 편파 판정은 아니었다.

원래 커브는 주심이 판정하기 쉽지 않은 공이다.

스트라이크존 낮은 곳에 떨어지는 공에다가 심지어 주심은 포수를 앞에 두고 그 공을 봐야 한다.

그리고 포수는 그런 주심의 처지를 이용한다.

공을 잡을 때 포수 글러브를 움직이는 프레이밍, 소위 미트질이란 걸 해서 주심의 판정을 혼란스럽게 만드는 것이다.

어쨌거나 7회 초까지 최세정의 커브는 후한 판정을 받았다.

그런 상황을 바꾼 건 다름 아니라 7회 말 이진용이 꺼낸 슬라이더였다.

-시너지 효과로 서로 득을 보거나 아니면 마이너스 효과로 서로 엿을 먹거나.

이진용이 7회 말에 이르러서 예리하다 못해 완벽함에 가까운 마스터 랭크의 슬라이더를 꺼낸 건 타자 입장에서 미칠 노릇이지만, 주심 입장에서도 미칠 일이었다.

7이닝 내내 슬라이더라고는 거의 보지 못한 주심 입장에서 7회 말부터 갑자기 스트라이크존 경계면을 넘나드는 예리한 슬라이더를 두고 정말 칼 같은 판정을 하기란 불가능하니까.

여기서 주심의 선택지는 두 가지.

에라 모르겠다, 그냥 후하게 다 잡아주거나.

에라 모르겠다, 그냥 짜게 안 잡아주거나.

-오늘은 마이너스 효과가 일어났고.

그리고 오늘 주심은 후자를 택했다.

정확히 말하면 선택을 강요당했다.

만약 거기서 이진용에게 유리한 판정을 줬다면 타이탄스 팬들이 가만히 있지 않았을 테니까.

그럼 그다음은 어떻게 될까?

사실 고민할 문제도 아니다.

이진용에게만 노골적으로 짠 판정을 할 수는 없다.

-그래, 제아무리 한국프로야구계가 이진용이가 마음에 안 들어도 노골적으로 너만 엿 먹일 순 없지.

그럼 남은 방법은 하나, 이제까지 최세정에게 후했던 판정을 짜게 바꾸는 수밖에.

그게 지금 8회 초에 올라온 최세정의 커브가 더 이상 좋은 판정을 받지 못한 이유였다.

물론 이 정도까지 자세한 배경을 아는 이는 지금 이 경기를 보는 이들 중에 극히 소수에 불과했다.

그리고 굳이 이런 세세한 배경 같은 걸 알 필요도 없었다.

'지 커브를 안 잡아주면 이야기는 끝이지.'

중요한 건 이제까지 잡아주던 커브를 더 이상 주심이 잡아주지 않는다는 것.

때문에 이제는 최세정 입장에서 커브를 던지는 것이 부담스러워졌다는 것.

그런 상황에서 최세정이 고를 수 있는 선택지는 하나였다.

'세정아, 어차피 오늘 네 최고 무기는 패스트볼이었다. 괜히 커브로 힘 빼지 말고 패스트볼로 가자.'

제구가 되는 150짜리 패스트볼로 밀어붙이는 것!

'예.'

그런 포수의 요구에 최세정은 힘차게 고개를 끄덕였다.

그 모습을 더그아웃에서 바라보던 김진호가 비릿한 미소를 씨익 지었다.

그리고 그 미소를 이진용도 똑같이 지었다.

심지어 그 둘은 마치 약속했다는 듯이 동시에 나지막이 말했다.

-신나게 악셀 밟으면 기름통은 더 빨리 바닥이 나는 법.

"신나게 악셀 밟으면 기름통은 더 빨리 바닥이 나는 법."

그 순간 이진용과 김진호가 서로를 바라봤다.

그리고는 김진호가 무언가 말하려는 순간 이진용이 그런 그를 향해 말했다.

"유치하게 찌찌뽕, 그런 건 안 하시겠죠?"

-찌…… 야! 내가 유치하게 그런 걸 왜 하냐?

그때였다.

따악!

경쾌한 소리가 그라운드를 가로질렀다.

"나왔다!"

"선두타자 안타다!"

박준현, 그가 오늘 엔젤스 타자들 중에 첫 안타를 신고하는 소리였다.

빠악!

둔탁한 소리와 함께 타자가 친 타구가 외야로 날아갔다.

그러나 그렇게 날아가는 공은 사직구장이 자랑하는 드높은 녹색의 벽을 넘기에는 부족했고, 펜스 근처까지 이동한 우익수가 그대로 높게 점프하며 그 공을 잡아냈다.

그렇게 공이 우익수의 글러브에 들어가고, 우익수가 펜스에 몸을 부딪치고 바닥에 착지하는 순간.

그 우익수가 공을 잡은 글러브를 높게 드는 순간.

그 순간 사직구장에 있던 타이탄스 팬들이 소리쳤다.

마!

그리고 마운드에 있던 최세정도 소리쳤다.

"마!"

최세정, 그가 8회 초 마지막 아웃카운트를 잡는 순간이었다.

하지만 그 사실에 엔젤스 더그아웃은 참담한 표정을 짓는 대신 오히려 눈빛을 빛냈다.

'보인다.'

이제까지 난공불락이었던 최세정을 무너뜨릴 수 있는 틈을 바라보는 눈빛이었다.

더불어 그것은 막연한 자신감이 아니었다.

'드디어 틈이 보여.'

8회 초, 최세정이 마지막 아웃카운트를 잡기 전 그라운드에는 엔젤스의 유니폼을 입은 선수가 두 명 있었다.

7회까지 최세정을 상대로 단 하나의 안타도 얻어내지 못한 엔젤스가 8회에만 두 개의 안타를 얻어낸 것이다.

'이제부터 최세정은 커브 쉽게 못 던져. 아니, 던져도 무시하면 돼.'

'9회 타순은 9번부터 시작. 상위타순 나오면 해볼 만하지.'

엔젤스가 자신감을 가지기에 충분한 근거였다.

그리고 그 사실은 타이탄스 역시 알고 있었다.

"세정이 상태는?"

"더 던질 수는 있습니다. 하지만 쉽진 않을 겁니다. 지금 세정이 투구수가 119구입니다. 아시다시피 세정이는 120구 이상 던져 본 적이 단 한 번도 없습니다."

"있어서도 안 되지."

지금 이대로 최세정을 계속 마운드에 올리는 것은 엔젤스에게 기회를 주는 것이라고.

물론 최세정이 9회에 마운드에 올라갈 수도 있었다.

"이진용을 상대로 8회 말에 3점 정도를 뽑아낼 가능성이 얼마나 될 것 같나?"

만약 8회 말에 타이탄스가 3득점 정도를 뽑아낸다면 최세정에게 오늘 경기의 완투를 맡길 수 있을 터.

그런 감독의 주문에 타이탄스의 타격코치는 안 된다는 대답은 하지 않았다.

"열심히 해보겠습니다."

열심히, 그리 말할 뿐.

당연한 말이지만 질문을 던진 타이탄스 감독 역시 그런 일이 일어날 것이라고는 생각하지 않았다.

때문에 타이탄스 감독은 준비했다.

"불펜은?"

"전부 대기 중입니다. 언제든 누구든 투입 가능합니다."

"일단 총력전을 준비하도록."

모든 불펜을 투자해서라도, 최소한 무승부라도 얻어내기 위한 준비를.

물론 말 그대로 준비였다.

'가장 베스트 시나리오는 8회 말에 이진용이 실점을 하고, 9회에 클로저를 투입하는 거다.'

마음 한구석에서는 8회 말에 이진용에게 점수를 얻고, 9회 초에 마무리투수가 올라와 깔끔하게 1 대 0 승리를 할 수 있지 않을까, 하는 기대감이 있었으니까.

하지만 그런 기대감은 오래 가지 않았다.

"스윙, 스트라이크 아웃!"

8회 말, 마운드에 올라온 이진용이 슬라이더 3구만으로 타자를 삼구삼진으로 잡는 순간 타이탄스 감독은 더 이상 기대감을 품지 않았다.

"오늘 끝까지 간다. 동훈이 대기시켜."

내야 뜬공.

[135포인트를 획득하셨습니다.]

그 공이 8회 말 마지막 아웃카운트가 되는 순간 3루 쪽 관중석에 소수 부족처럼 모여 있던 엔젤스 팬들은 숨을 크게 들이마신 후에 그 모든 것을 토해냈다.

호우!

그러자 곧바로 사직구장 전체를 가득 채우고 있던 타이탄스 팬들이 소리쳤다

마!

그 두 개의 이어진 함성 속에서 막상 자신이 환호를 내지를 틈을 찾지 못한 이진용은 실소를 머금은 채 고개를 절레절레 흔들었다.

그리고 김진호도 고개를 절레절레 흔들었다.

-진짜 살다 살다 이런 광경을 볼 줄이야. 아, 나 죽었지. 내가 뒈지니까 별 신기한 일이 다 생기네. 이러다가 갑자기 막 세상에 몬스터 나오고 초능력자들도 나와서 몬스터 잡는 거 아닌지 몰라.

투수가 아웃카운트를 잡는 순간 관중들이 함성을 내지르고, 그 함성에 상대 팀의 팬들이 함성으로 대응하는 건 메이저 리그의 야구 역사에서도 볼 수 없는 광경이었으니까.

-응?

그런 김진호의 눈에 마운드를 내려가다 멈춘 이진용의 모습이 보였다.

-진용아, 뭐해? 설마?

그 순간 김진호가 놀라며 소리쳤다.

-너 여기서 설마 바지 벗고 호우! 외치려고? 야, 인마 아무리 관심을 못 받는다고 해도 그런 식으로 관심받으면 외설죄로 잡혀가!

그 외침에 이진용이 개 풀 뜯어 먹는 소리를 하는 인간을 바라보는 듯한 표정을 지은 채, 글러브로 입을 가리면서 말했다.

"불펜 열렸어요."

그 말에 김진호가 이진용이 바라보는 곳을, 1루 쪽 더그아웃이 아니라 그 옆에 붙은 불펜을 바라봤다.

그러자 불펜의 문이 열리고, 그 속에서 우람한 덩치를 가진 턱수염의 사내가 모습을 드러냈다.

-쟤 이름이…….

"염동훈 선수요."

-그래, 염동훈. 셋업맨이었지?

드러낸 이의 정체는 타이탄스의 셋업맨 염동훈!

현재까지 2.00의 방어율을 유지하며 14개의 홀드를 기록하면서 수준급 불펜으로 활약 중인 투수였다.

그런 그가 마운드에 들어올 준비를 하고 있었다.

-0 대 0 상황에서 9회에 셋업맨을 올린다…… 이야, 타이탄스 아주 작정했네, 작정했어.

그 모습에 이진용이 미소를 지으며 나지막이 말했다.

"그래, 드루와라, 드루와. 어디 몇 명까지 들어오나 보자."

그렇게 9회가 시작됐다.

아무도 끝이라고 생각하지 않는 9회가.

9회 초, 더그아웃에서 최세정이 나오는 대신 불펜의 문이 열렸을 때 타이탄스 팬들은 기겁했다.

"뭐야? 최세정이를 왜 내려? 설마 안타 맞아서?"

"감독 새끼 미쳤냐. 고작 2안타 맞은 거 가지고 최세정이를 내리는 게 말이 돼?"

"마!"

8이닝 2피안타 무실점 피칭, 그야말로 에이스다운 피칭을 하는 최세정이 내려갔다는 사실에 대한 기겁이었다.

"그리고 왜 염동훈인데?"

그리고 그런 최세정을 대신해 올라온 것이 셋업맨 염동훈이라는 사실에 대한 기겁이기도 했다.

8이닝 무실점을 기록 중인 최고 상태의 에이스를 내리고, 9회에 셋업맨을 올리는 것이 일반적인 상황은 아니었으니까.

"아……."

그러나 그 선택이 완벽한 정답이라는 것을 그 누구도 아닌 엔젤스 선수들이 증명했다.

8회 말이 끝났을 때 보이는 틈에 미소를 짓던 엔젤스의 얼굴 표정이 딱딱하게 변했으니까.

"여기서 염동훈이를 올리네."

"아, 젠장 왜 염동훈이냐?"

염동훈.

그는 구속이 130대 중후반에 불과한 투수였다.

'여기서 언더핸드라니……'

'미치겠다.'

30대 중후반의 공을 던지는 언더핸더 투수.

'절대 못 쳐.'

'공이 눈에 보이면 다행이다, 다행.'

이제까지 우완 정통파 투수가 던지는 150대 패스트볼을 8이닝 내내 본 엔젤스 타자들에게 있어서는 그야말로 악몽과도 같은 투수였다.

그리고 그 악몽은 곧바로 현실이 됐다.

-쳤습니다!

-빗맞았네요.

-유격수! 유격수!

낮게, 마치 잠수함처럼 가라앉은 채 날아오는 염동훈의 공 앞에서 엔젤스의 9회 초는 그대로 잠수함처럼 가라앉아 버렸다.

그리고 동시에 사직구장의 분위기도 가라앉았다.

다들 알고 있었으니까.

"세정이는 내려갔는데 이호우도 9회만 던지고 내려갈까?"

"그럴 리가 있겠냐?"

"젠장, 결국 세정이가 미쳐도 이호우는 못 이기는구나."

"딴 투수들은 9회 되면 비실비실거리는데 이호우 새끼는 9회부터 야구하는 거 같아."

이진용, 그의 야구는 9회 말 2아웃부터 시작이라는 것을.

9회 말 마운드에 올라오는 이진용을 보며 모든 이들이 가장 먼저 떠올린 건 당연히 그거였다.

'슬라이더.'

'이번에도 슬라이더를 결정구로 삼겠지.'

7회 말 모두를 놀라게 했던, 동시에 과거의 추억을 떠올리게 했던 슬라이더!

이진용이 그 슬라이더를 9회 말에도 미친 듯이 꺼내리라고 모두가 생각했다.

그런 모든 이들의 생각에 이진용은 기꺼이 답했다.

'커, 커어?'

"브으?"

커브!

9회 말 이진용은 다른 구질도 아닌 커브를 이용해 타이탄스의 타자들을 춤추게 만들었다.

그건 아주 효과적이면서 악질적인 방법이었다.

마치 최동원 대 선동열 경기에서 선동열이 갑자기 커브를 던지는 것과 같았으니까.

당연히 당사자는 물론 그것을 보던 이들조차 충격을 받을 수밖에 없었다.

1이닝만으로는 결코 회복할 수 없을 정도로 강력한 충격을!

-새끼, 누구 닮았는지 아주 그냥 하는 짓이 양아치야, 양아치. 또라이 양아치!

그 충격 속에서 단숨에 두 명의 타자를 잡고 9회 말 2아웃이라는 스코어를 만든 이진용이 대답했다.

"제가 아무리 양아치라고 해봐야 스승님만 하겠습니까?"

-이럴 때만 스승 대접이지.

김진호가 쯧쯧 짧게 혀를 찼다.

그 혀 차는 소리에 이진용은 대답 대신 타석에 서는 타이탄스의 9번 타자, 장현수를 바라봤다.

굳은 표정으로, 석상과도 같은 모습으로 서 있는 것이 보였다.

'에라, 모르겠다. 제발 하나만 걸려라!'

마음속도 보였다.

심지어 그건 이진용과 김진호만이 아니라 이호찬에게도 보였다.

그게 이유였다.

'노리는 공은 없다. 그런 상황에서 커브가 오면 저도 모르게 배트가 움직이겠지. 그럼 굳이 존에 넣을 필요도 없지. 존을 벗어나는 놈으로, 홈플레이트에 덩크 한 번 해보자고. 오케이?'

이호찬이 이진용에게 스트라이크존에는 조금도 들어오지 않는 커브, 오히려 홈플레이트를 향해 추락하는 커브를 요구한 이유.

-양아치가 둘이네.

그 요구에 김진호는 미소를 지었고, 이진용은 고개를 끄덕였다.

당연히 이진용은 초구로 커브를 던졌다.

'커브다!'

여러모로 다른 구질과 다르게 던지는 순간 타자가 구종을 파악할 수 있는 커브였기에, 그렇기에 타자는 그 커브가 온다는 사실에 저도 모르게 반응했다.

그 커브를 치기 위해 움직였다.

'어? 어어? 어어어!'

물론 그 순간 타자의 머릿속에 그려진 커브의 궤적은 스트라이크존을 통과하는 궤적이었다.

홈플레이트 위로 덩크하듯 내리꽂히는 커브와는 전혀 다른 궤적!

후웅!

결국 그 커브 앞에서 타자의 배트가 시원하게 바람을 뿜어

댔다.

"스윙 스트라이크!"

초구 스트라이크.

그 사실에 타자의 머릿속은 하얗게 변했다.

'좆됐다.'

이진용을 상대로 초구 스트라이크를 주고 시작한다는 것은 링에서 복싱 챔피언을 상대로 무방비로 스트레이트 펀치 한 방을 턱주가리에 맞혀주고 시작하는 것과 같기에.

그렇기에 그 순간 타이탄스의 팬들조차도 9회 말의 기적을 기대하지 않았다.

"저딴 공에 배트를 휘두르고 지랄이고?"

"에이, 텄네, 텄어."

기대하지 않았기에 실망도 없었다.

이진용이 던진 2구째 스플리터에 타자가 헛스윙을 할 때도, 단숨에 2스트라이크에 몰린 타자가 결국 이진용이 던진 체인지업에 낚여 땅볼로 물러나는 순간에도 타이탄스 팬들은 실망하지 않았다.

대신 준비했다.

'오냐, 질러봐라.'

'눈에는 눈, 호우에는 마!'

이진용이 내지를 환호에 대응할 준비를.

'질러라, 질러.'

'그래, 질러라!'

'이거 은근히 재밌네.'

더 나아가 이제는 타이탄스 팬들도 그 과정을 나름 즐기고 있었다.

이제까지 단 한 번도 경험해 본 적 없었던 이 신비한 경험을.

그러나 그런 그들에게 이진용은 기회를 주지 않았다.

'왜, 안 질러?'

'뭐야? 이번에는 또 뭐야?'

'이호우가 호우 안 하면 직무유기 아니야?'

이진용은 환호성을 내지르지 않은 채 얌전하게 마운드에서 흐트러진 모자를 고쳐 썼다.

그 모습에 모두가 고개를 갸웃했고, 김진호는 눈살을 찌푸렸다.

-또라이 놈, 이번에는 또 뭘 하려고…….

그러나 김진호의 예상과도 다르게 이진용은 무언가를 하지 않았다.

그저 1루쪽 방향, 타이탄스의 불펜을 바라보면서, 실실 쪼개면서, 고개를 까닥이면서 마운드를 뒷걸음질로 내려올 뿐.

그뿐이었다.

이진용은 무언가 소리를 내지르지도 않았고 모두가 알 법한 제스처를 취하지도 않았다.

하지만 이 순간 이진용의 심중을 모르는 이는 없었다.

드루와, 드루와!

이진용이 타이탄스 타자들을 향해 그리 말했다는 사실을

모르는 이는 없었다.

"저, 점마 지금 도발하는 기가?"

"지금 불펜투수 보고 해보자고 시비 건 거지?"

9이닝을 던진 투수가 다음에 나올 투수를 상대로 도발을 하는 순간이었다.

0 대 0.

정규 이닝에서 승부를 내지 못한 엔젤스와 타이탄스 두 팀은 그대로 연장전에 돌입했다.

-10회에도 염동훈이 그대로 마운드를 지킵니다.

-두 타자 정도 상대할 듯싶군요.

연장전 돌입의 첫 시작을 알린 건 9회 초에 올라왔던 염동훈이었다. 그가 10회 초에도 이어서 올라왔다.

그렇게 올라온 염동훈은 선두타자를 유격수 앞 땅볼로 잡았으나, 곧바로 다음 타자를 상대로 볼넷을 내주었다.

-볼! 여기서 볼넷이 나옵니다.

-제구가 흔들리네요. 체력적인 부분보다는 심리적인 부분 같군요.

어느 때보다 부담감이 많은 경기도 경기였지만, 가장 큰 건 엔젤스 타자들의 각오였다.

오늘 어느 때보다 결사의 각오로 무장한 엔젤스 타선은 염동훈 앞에서 쉽사리 물러날 생각이 없었다.

그렇게 만들어진 1사 주자 1루, 그 상황에서 엔젤스가 승부수를 걸었다.

"대타!"

엔젤스가 좌타자 홍준석을 대타로 내보냈다.

"준석아, 파이팅!"

"가볍게 머리만 넘겨, 머리만!"

그에 대해 타이탄스도 곧바로 대응했다.

"투수 교체!"

타이탄스의 불펜이 열리며 오른손에 글러브를 낀 투수가 왼손으로 모자를 고쳐 쓰며 등장했다.

-여기서 타이탄스가 이병우 선수를 올립니다.

-다음 타자도 좌타자이니까 여기서 좌완 원포인트를 투입하는 건 당연한 수순이지요.

오늘 경기의 네 번째 투수가, 좌완 원포인트 투수인 이병우가 마운드에 올라오는 순간이었다.

-엔젤스의 봉준식 감독도 그걸 알고 있을 거예요. 그럼에도 홍준석을 내보낸 건 제대로 승부를 해보겠다는 거지요.

-대타에, 불펜투수 교체이지만 오히려 그 어느 때보다 제대로 된 정면승부인 셈이군요.

-그렇지요.

그리고 시작된 정면승부.

-공이 뜹니다!

그 승부의 승자는 이병우였다.

-2루수가 콜합니다. 잡습니다. 아웃! 이병우가 내야 플라이로 홍준석을 잡습니다!

이병우가 홍준석을 내야 뜬공으로 잡는 순간이었다.

하지만 언제나 그렇듯 기회 뒤에는 위기가 오는 법.

-볼넷! 엔젤스가 10회 초 2사 상황에서 주자 1, 2루 상황을 만듭니다!

홍준석을 내야 플라이로 잡은 이병우는 다음 타자를 상대로 볼넷을 허용하고 말았다.

2사 주자 1,2루 상황.

-투수를 교체하겠군요.

-다음 투수로 누가 나올까요?

-일단 이번 이닝을 무조건 막아야 하니 마무리투수인 김성록 선수를 올릴 가능성이 높을 듯합니다.

여기서 타이탄스는 다시 한번 승부수를 펼쳤다.

-어? 송영석 선수? 송영석 선수가 나옵니다!

-타이탄스가 아주 제대로 강수를 두는군요.

송영석.

타이탄스의 4선발 투수이자, 다음 주 화요일 등판이 예정되어 있던 그가 마운드에 오른 것이다.

그 사실에 모두가 놀랄 수밖에 없었다.

"다음 주 선발을 여기서 불펜으로 쓴다고?"

"송영석 요즘 공 좋았잖아? 그런데 왜 불펜으로 등장시키는 거야?"

"반대지. 공이 좋으니까 쓰는 거겠지."

"아니, 그래도 선발을 불펜으로 쓰는 건…… 에라 모르겠다."

하지만 그 의도를 파악하는 건 어렵지 않았다.

"마무리투수는 마무리에 쓰겠다, 이거군."

마무리투수는 12회에 투입하겠다는 것.

"타이탄스 작정을 했네, 작정을 했어. 무조건 12회까지 가겠다는 거잖아?"

타이탄스가 오늘 경기를 12회까지 보고 있다는 명명백백한 증거였다.

"어휴……."

그 각오에 엔젤스 더그아웃에 긴장감이 감돌았다.

'이 경기가 이렇게 꼬이나?'

'이렇게까지 해야 하나?'

이렇게까지 해서라도 무승부를 거두기 위해서 모든 것을 투입하겠다는 타이탄스의 각오는 어느 때보다 격렬했으며, 이제부터 엔젤스가 해야 하는 건 그 결의를 뚫고 점수를 내는 것이었기에.

'오늘 경기 쉽게 가나 싶었는데, 이번 시즌 가장 어려운 경기가 됐군.'

그래야 그 누구도 아닌 자신들의 에이스를 승리투수로 만들 수 있기에.

때문에 송영석이 마운드에 올라와 연습 피칭을 시작했을 때 엔젤스의 선수들은 이진용을 바라봤다.

대체 이 순간 이진용이 무엇을 할지.

그런 그들의 눈에 비친 이진용은 손가락을 움직이고 있었다. 자신의 오른손가락을 하나씩 접으면서 손가락을 풀고 있었다.

그 모습에 모두가 고개를 끄덕였다.

'그래, 진용이도 최후까지 버틸 생각이구나.'

'오냐, 우리도 죽어보자.'

손가락이 조금이라도 굳는 걸 막기 위한 이진용의 그 각오에 자신들의 각오를 다졌다.

물론 김진호는 알았다.

-너 뭐하냐?

이진용이 그런 이유로 손가락을 접는 게 아니라는 것을.

결정적으로 이진용의 새끼손가락은 접히지 않았다.

-설마 너 지금 마운드에 올라온 투수들 세는 거냐?

김진호의 그 질문에 이진용이 씨익 웃었다.

그 미소가 이렇게 말해주고 있었다.

나 4 대 1로 싸운 남자야! 후후!

-아, 진짜 이 또라이 새끼⋯⋯.

그 모습에 김진호가 어처구니가 없다는 식으로 이진용을 바라보며 말했다.

-인마, 난 6 대 1로 싸워봤어! 응? 메이저리그에서 6 대 1로 싸운 남자가 바로 나다!

그 말과 함께 김진호는 시작했다.

-때는 바야흐로 2001년 6월 19일 유난히 구름이 푸르던 날⋯⋯.

그와 동시에 경기도 다시 시작했다.

10회 초, 득점은 없었다.

마운드에 올라온 송영석은 처음 제구가 불안정한 모습을 보이며 볼넷으로 만루를 자처했지만, 곧바로 삼진을 잡아내며 이닝을 마무리했다.

10회 말도 득점은 없었다.

[철인 효과가 사라집니다.]

이제는 더 이상 철인 효과를 누릴 수 없게 됐지만, 이제는 체력적으로 조금도 부족함이 없는 이진용은 10회 말에 자신이 가진 모든 구종을 그대로 꺼냈다.

포심과 투심 그리고 스플리터와 커터, 슬라이더와 커브 마지막으로 체인지업까지!

그것은 선언이었다.

나에게는 이만큼 많은 무기가 있다!

동시에 노림수였다.

그러니까 날 상대하려는 모든 타자들은 이 모든 무기를 염두에 두어라!

마지막으로 시위였다.

나에게는 이런 공이 남아 있으니, 계속 나를 마운드 위에 세워주세요!

그런 이진용의 피칭에 타이탄스 타자들이 끼어들 여지는 없었다.

"스윙 스트라이크!"

"아웃!"

"아우우웃!"

삼자범퇴로 10회 말을 마무리한 이진용이 마운드 위에서 내려왔다.

그리고 11회가 시작됐다.

타이탄스 대 엔젤스의 주말 3연전 마지막 경기.

10회까지 현재 타이탄스가 투입한 투수는 4명, 반대로 엔젤스가 투입한 투수는 1명.

누가 보더라도 엔젤스가 덜 손해를 보는 상황.

그러나 막상 11회에 돌입했을 때 더 굳은 표정을 지은 쪽은 타이탄스가 아닌 엔젤스였다.

'진용이가 나온 경기는 무조건 이겨야 해.'

'이 게임 지면 안 된다. 어떻게든 이겨야 해.'

무승부만 거두어도 남는 장사라고 말할 수 있는 타이탄스와 달리 이진용이란 최고의 카드를 내세운 엔젤스 입장에서는 어떻게든 승리를 가져야 했으니까.

'11회에 승부를 봐야 해.'

'1점이다. 11회에 1점.'

문제는 그런 상황에서 엔젤스에게 있어 점수를 낼 수 있는 기회는 사실상 11회가 끝이라는 것.

'12회에는 무조건 김성록 올라오겠지.'

'김성록 이번 시즌 구위 장난 아니야. 12회는 사실상 없다고 봐야 해.'

현재 1.20의 방어율을 기록하며 16개의 세이브를 기록 중인 타이탄스의 김성록이 12회에 올라올 것이 자명한 상황에서, 그나마 점수를 뜯어낼 만한 상대는 송영석이었으니까.

여기에 봉준식 감독은 고민 한 가지를 더 머릿속에 두어야 했다.

'12회에도 이진용을 올려야 하나?'

12회 말, 과연 마운드에 이진용을 세워야 하는가?

11회에 이진용을 올리는 건 어렵지 않았다. 상황을 보면 됐다.

하지만 12회는 달랐다.

만약 12회 초에 엔젤스가 점수를 내지 못한다면, 12회 말에 이진용이 어떤 피칭을 하더라도 승리투수는 될 수 없으니까.

반대로 실점을 한다면 너무나도 많은 것을 잃을 상황.

'결론을 내려야 한다. 어떻게든 이번 이닝 안에.'

그렇게 고민 속에서 시작된 11회 초.

엔젤스의 득점은 없었다.

11회 초, 엔젤스의 타선은 무기력하지 않았다.

그들은 송영석을 상대로 끈질기게 달라붙었다.

배트를 짧게 쥔 채, 홈플레이트에 몸을 쑤셔 넣을 각오로 바짝 붙었으며 땅볼이 나오더라도 전력을 다해 1루로 질주했다.

"헉, 헉⋯⋯."

아웃이 되는 순간 탄식 대신 거친 숨소리를 토해낼 정도로 전력을 다했다.

그러나 결국 점수는 없었다.

-11회 초 2사 상황, 김성록이 마운드에 올라옵니다.

송영석이 세 타자를 상대로 2개의 아웃카운트를 잡는 순간 타이탄스는 마무리투수인 김성록을 마운드에 올렸으니까.

사실상 사형선고였다.

그렇게 11회 초가 끝났을 때 이진용은 당연히 글러브와 모자를 챙겼다.

"이진용."

그런 그를 봉준식 감독이 불렀다.

-드디어 올 것이 왔군.

그 순간 이진용은 긴장했다.

'11회를 끝으로 더 이상 등판은 없다고 말씀하시겠지?'

누가 보더라도 이진용에게 11회까지만 던지라고 말할 상황이었으니까.

물론 이진용은 12회에도 마운드에 오를 생각이었다.

'충분히 던질 수 있다.'

자신도 있었다.

'체력은 충분해.'

3일 휴식 후 등판이지만, 그 전에 7이닝만을 던지면서 체력 소모는 사실상 없었고 덕분에 오늘 경기는 만전 상태로 도입했다.

투구수 관리도 완벽했다.

10이닝 동안 이진용의 투구수는 106구에 불과했다.

'아직 무기도 많다.'

심지어 이진용은 심기일전과 리볼버는 거의 사용하지 않은 채 아껴둔 상황이었다.

하지만 그건 어디까지나 이진용이 생각이자 바람.

봉준식 감독 입장에서는 이진용을 12회에 올릴 이유는 올리지 말아야 할 이유보다 적었다.

-진용아, 내가 시키는 대로만 해.

즉, 이진용이 12회 등판을 하기 위해서는 봉준식 감독을 설득해야 한다는 의미.

-봉 감독이 너한테 11회까지라 그러면 넌 굳은 표정을 짓는 거야. 그리고는 이렇게 말하는 거지. 감독님, 감독님의 영광의 시대는 언제였죠? 국가대표였을 때였나요? 난 지금입니다. 캬! 진용아 오늘 경기 끝나고 슬램덩크나 전권 사다가 읽자.

물론 김진호가 말한 대로 할 생각은 없었다.

준비한 말은 하나.

'믿고 올려주십시오.'

이진용은 그 준비한 말만을 내뱉을 생각이었다.

"예, 감독님."

그런 그에게 봉준식 감독이 말했다.

"12회에도 네가 올라간다."

"예?"

그 말에 이진용이 놀란 표정을 지었다.

그러나 봉준식 감독은 더 이상 말을 이어가지 않은 채 이진용의 어깨를 두드렸다.

대화는 그것으로 끝이었다.

이진용은 더그아웃을 나와 마운드로 향했고, 봉준식 감독은 그런 이진용을 바라만 봤다.

'뭐지?'

마운드로 향하는 이진용의 얼굴에는 의문이 가득했다.

'11회까지가 아니라 12회에도 내가 올라간다고?'

조금도 예상치 못한 말.

-어렵게 생각할 거 없어.

그런 이진용의 의문을 풀어준 건 김진호였다.

-봉 감독이 널 믿는다는 것, 그 이상도 이하도 아니니까.

말을 하던 김진호가 씨익 웃으며 말했다.

-넌 그 믿음에 대답하면 되는 거고. 그뿐이야. 어렵게 생각할 건 하나도 없어.

김진호의 그 말 덕분이었다.

이진용이 마운드에 올라서는 순간 의문 가득한 표정 대신 미소를 지을 수 있었던 건.

그렇게 마운드에 올라온 이진용을 모두가 주목했다.

선수와 코치들과 관중들은 물론, 모든 카메라들이 이진용의 숨소리조차 찍어낼 기세로 그를 주목했다.

그때 이진용이 고개를 돌렸다.

카메라가 있는 곳.

자신을 비추는 그 카메라를 향해 이진용 제법 큰 목소리로 소리쳤다.

"호우! 호우! 호우!"

소리치면서 순차적으로 손가락을 펼쳤다. 손가락으로 하나, 둘, 셋을 표현했다.

그 모습에 김진호가 고개를 갸웃하며 물었다.

-지금 뭐한 거냐?

그 질문에 이진용이 글러브로 입을 가리며 대답했다.

"미리 해두는 겁니다."

-뭘?

"11회에 할 호우요."

-뭐?

이진용, 그가 어느 때보다 뜨겁게 불타오르고 있었다.

-오늘도 이호우 원맨쇼네.

그건 그 누구도 부정할 수 없는 말이었다.

-이호우 혼자서 투수 다섯 명 상대하네.

오늘 무대의 주인공은 오로지 이진용뿐이라고.

물론 주인공이라고 해서 이진용이 승리자라는 의미는 아니었다.

이야기에는 여러 종류가 있지 않은가?

그리고 지금 돌아가는 상황을 보면 이진용이 주연인 오늘 이야기가 해피엔딩을 맞이할 가능성은 그다지 높지 않아 보였다.

-김성록 구위 장난 아니던데, 엔젤스가 12회에도 점수 못 낼 듯.

└인정.

-그럼 12회에도 엔젤스 득점 못 하면 이진용 12회 말에 나옴?

└안 나올 듯. 뭐하러 나옴?

└미쳤다고 나옴?

└미쳤으니까 나오지 않을까?

└아, 그러네?

이진용의 해피엔딩을 위해서 필요한 1점이란 점수를 얻는 것이 어느 때보다 힘들어 보였으니까.

그리고 그 사실에 오히려 더더욱 많은 이들이 이진용의 경기에 관심을 가졌다.

-여기가 11이닝 무실점하고도 승리 못 하는 투수가 나오는 경기입니까?
-호우 보러 왔습니다!
-오잉? 이호우의 상태가? 빠빰! 이크라이로 진화했습니다!

남의 일이라면 희극보다는 비극이 더 재미있는 법이니까.

그렇게 모인 이들의 숫자는 경악할 수준이었다.

"지금 이 경기 시청률이 몇이야? 지금 다른 구장 경기 다 끝났으니까 야구팬들 전부 이 경기 보러 모일 것 같은데?"

"포털 생중계는 이미 동시접속자 40만 명 넘어갔어."

"40만 명? 국대 경기도 그 정도 안 나오잖아?"

"방송국 시청률 들어보니까 3퍼센트 넘었다는데?"

"케이블 야구 시청률이 3퍼센트라니…… 이 경기 잡은 방송사는 대박났네."

"더 놀라운 건 지금도 오르고 있다는 거지. 아마 12회 초에 엔젤스가 점수 못 내고, 만약 그런 상황에서 12회 말에 이진용 올라오면…… 진짜 한국시리즈보다 많이 나올지도 몰라."

"……진짜 대단한 놈이 나왔네."

그렇게 대한민국 모든 야구팬들이 이진용에 일거수일투족은 물론 그의 숨소리에도 집중했다.

당연히 그들은 볼 수 있었다.

-응? 지금 이진용 마운드에서 뭐한 거야?
-호우, 호우, 호우?
-그보다 손가락 저건 뭐지?
-원투쓰리?

이진용이 마운드에서 공을 던지기 전에 한 행동을.

-예고 호우 아니야? 삼자범퇴로 끝내겠다는 사전 예고?
 └에이, 설마…… 아무리 이호우가 또라이라고 해도 그건 아닐 듯.
 └너무 이진용을 정신병자싸이코 취급하네. 이진용이 좀 나사가 빠졌지만 그건 아닐 듯.
 └ㅇㅇ 이호우가 설마 그 정도로 정신이 나갔겠어?

물론 아직 그들은 그 행동의 의미를 알지 못했다.
아직은.
그렇게 11회 말이 시작됐다.

선발투수는 이닝이 거듭될수록 힘이 든다.
너무나도 당연한 사실.

그렇다면 과연 힘이 들기 시작한 투수들은 어떻게 될까?

일단 너무나 당연한 말이지만 구위가 줄어든다.

두 번째는 생각이 많아진다.

투수의 이닝이 길어질수록 투수가 던진 공도 많아지며, 반대로 타자들이 공을 보는 횟수도 늘어난다.

즉, 더 이상 타자의 허를 찌를 수 있는 새로운 공을 던질 수 없다는 의미.

그러니 생각이 많아지는 것이다.

무슨 공을 던져도 타자가 알고 있으니까.

혹여 포수가 공을 골라줘도 투수가 그 공에 대해 의심을 하며 고개를 절레절레 흔드는 일도 잦아진다.

그러면 자연스레 경기 시간도 늘어지고, 길어진다.

투수가 고개를 젓는 횟수가 늘어나면 자연스레 투구 시간 길어지고, 그게 너무 길어지면 결국 참다못한 포수가 타임을 외치고 마운드로 올라가 투수와 이야기를 나누는 상황까지 오니까.

여기까지 오면 사실상 그 투수는 끝이다. 더 이상 공을 던질 능력도, 자격도 없다.

그렇기에 김신호는 말했다.

-던지기 힘들면 마운드를 내려가. 그게 아니면 던져. 투수는 공을 던져야 투수지, 포수 사인에 고개 흔들면서 마운드에서 포수랑 노가리 까는 걸 그 누구도 투수라고 하지 않으니까.

절대 그러지 말라고.

-뭐든 좋아. 맞아도 좋아. 그래, 차라리 맞아. 맞다 보면 감독이 알아서 내려주겠지. 안 그래?

맞아도 좋으니 일단 던지라고.

그 말을 이진용은 그대로 수용했다.

이제는 130대 초중반까지 떨어진 구속.

펑!

"스트라이크!"

그럼에도 불구하고 이진용은 망설임 없이 타자의 스트라이크존 안에 공을 집어넣었다.

아니, 망설일 이유가 없었다.

'느려져도 130.'

110대의 공을 던지던 이진용에게 있어 130대 공은 충분히 위력적인 공이었으니까.

아니, 오히려 구속이 느려진 이진용의 공은 타이탄스 타자들의 트라우마를 불러일으켰다.

'오히려 구속 느려지니까 그때 생각나네.'

'젠장, 그때도 저 정도 공에 당했지. 아니, 저거보다 더 느린 공에 당했었지.'

이진용을 상대로 10타자 연속 삼진을 당했을 때, 그때 이진용의 공이 지금과 같았으니까.

그리고 이진용이 던지는 스타일 역시 지금과 같았다.

분명 리그 평균보다 느린 공을 던지는 주제에, 걸리면 펜스 너머로 날아갈 공을 던지는 주제에 보란 듯이 스트라이크존에 집어넣었다.

"스윙 스트라이크 아웃!"

"스트라이크 아웃!"

"스윙 스트라이크으으으으으! 아우우우웃!"

그렇게 이진용이 세 타자를 연속 삼진으로 자신의 11회 말을 완벽하게 마무리했다.

그리고 곧바로 자신의 불끈 쥔 오른손을 머리 위로 번쩍 들었다.

세레모니가 아니었다.

이진용이 머리 위로 든 불끈 쥔 주먹에서 손가락을 하나씩 펴며 말하기 시작했으니까.

"호우! 호우! 호우!"

그제야 모두는 알 수 있었다.

-알아냈다.
　└뭘?
-선호우야.
　└뭔 소리야? 선호우라니? 이호우지.
　└아니, ㄱ게 아니라 미리 호우한다고.
　└뭐?

이진용 그가 내지른 호우의 의미가 무엇인지.

-그럼 11회 시작 전에 호우 세 번 외친 게 예고 호우였다는 거야?

└그런 듯.

└미친 또라이 새끼!

-잠깐, 그러면 지금 마운드에서 호우 세 번 외친 건 뭐야? 11회 호우
는 미리 했잖아?

└12회에 할 호우 미리 한 거 아닐까?

└맙소사.

그렇게 이진용이 자신의 의지를 분명하게 보인 채 마운드를
내려갔다.

11회 말이 끝났을 때 경기장의 분위기는 고요해졌다.

일단 이진용이 마운드에 남긴 것이 너무 강렬했다.

11회 말이 끝나는 순간, 그 순간의 세레모니가 아니라 12회
말에도 올라와 아웃을 잡겠다는 의지를 표현하는 투수를 과
연 누가 예상하고, 상상할 수 있었을까?

그뿐만이 아니었다.

'정신 집중.'

'이번 이닝에 모든 걸 불태운다.'

'무조건 낸다.'

'무조건 막는다.'

이제는 마지막 수비만 남긴 타이탄스와 마지막 공격을 남긴 엔젤스는 자신들의 모든 것을 한 번에 폭발시키려는 듯 숨소리를 내뱉을 힘조차 아끼기 시작했다.

그건 팬들도 마찬가지였다.

'아, 내일 목소리가 나오려나?'

'목말라 죽겠네.'

'맥주 없나? 오! 한 캔 남았다!'

거듭된 환호성 속에서 메말라버린 목을 저마다 가지고 있는 음료로 축였고, 힘 빠진 배에 음식을 채우며 마지막 이닝에 모든 것을 터뜨릴 준비를 했다.

그야말로 폭풍전야의 고요함.

그 고요함 속에서 김진호는 말했다.

-12회에 점수 나오는 거 쉽지 않을 거야.

저주와도 같은 말이었다.

-아니, 안 나올 거다. 만약 나보고 내 모든 재산과 오른팔을 걸라면 무득점에 걸겠어.

하지만 그건 결코 김진호가 이진용을 놀리거나, 그를 낙담시키기 위해서 하는 말이 아니었다.

-김성록이라는 녀석, 진용이 너랑 비슷한 놈이야. 위기 상황에서 불타오르는 타입. 무엇보다 타점이 높아. 투구폼 보면 자기 머리 위에서 공을 던지고 있어. 상식적으로 우완 정통파를 상대한 후에 우완 언더핸더를 상대한 상황에서 이런 투수가 나오는데 타이밍을 찾으면, 걘 너랑 같이 손잡고 메이저 준비

해야지.

그 누구보다 뛰어난 안목으로 냉정하게 현실을 바라보기에 할 수 있는 말.

-무엇보다 엔젤스 타자들이 부담을 느끼고 있다. 단 1점, 그 1점을 위해 목숨이라도 걸겠다는 사실에 대한 부담. 문제는 이런 종류의 부담감이 엔젤스 타자들에게 이번이 처음이라는 거지.

말을 하던 김진호는 쓴웃음을 머금었다.

-성장통이야. 오늘 경험은 만약 엔젤스가 한국시리즈에 올라간다면, 지금과 비슷하게 1점이 절대적으로 필요한 무대가 생긴다면 아주 큰 경험이자 자산이 될 거다.

말을 하던 김진호가 벤치에 앉은 이진용을 내려다보며 말을 이어갔다.

-달리 말하면 아플 거다. 성장통이란 게 그렇잖아? 내일을 위해선 필요하지만 그래도 오늘은 아프지.

그 말에 이진용은 대답하지 않았다.

두 눈을 감은 채 기다렸다.

자신의 차례가 오기를.

아……!

그리고 얼마 후 그의 차례가 왔음을 알리는 긴 탄식이 들려왔다.

12회 초, 엔젤스가 득점에 실패했다.

야구는 다양한 포지션이 존재하고, 많은 기록이 존재하며, 그만큼 다양한 타이틀이 걸려 있는 스포츠이며, 때문에 한 경기에 정말 무수히 많은 이야기가 나오고는 한다.

　그러나 결국 본질은 하나다.

　이기는 것.

　그 외에는 솔직히 그 무엇을 하든 큰 의미는 없다.

　한 경기에서 투수가 20개의 삼진을 잡아도 이기지 못하면 의미가 없고, 한 경기에서 한 타자가 한 투수를 상대로 한 이닝에 만루 홈런을 두 번 때려도 이기지 못하면 의미가 없다.

　승리, 그 두 글자보다 가치 있는 건 없다.

　'쯧.'

　그 사실을 지금 이진용은 어느 때보다 분명하게 느끼고 있었다.

　'빌어먹을 날이군.'

　12회 말, 이제는 그 무슨 짓을 저지르더라도 승리를 거둘 수 없는 상황에서 마운드에 오르는 이진용은 지금 그 어느 때보다 깊은 분노를 느끼고 있었으니까.

　모든 것에 대한 분노였나.

　'아주 빌어먹을 날이야.'

　점수를 내지 못한 타자들에 대한 분노, 자신이 무언가를 할 수 있지 않았을까? 하는 사실에 대한 분노 그리고 오늘 자신에게 이런 기분을 느끼게 해주는 타이탄스에 대한 분노.

이렇게 분노를 품은 채 결국 12회 말을 끝으로는 마운드를 떠나야 한다는 사실에 대한 분노!

'생각보다 훨씬 더 짜증나네.'

더불어 지금 이진용이 느끼는 그 분노는 그가 예상한 것보다 훨씬 더 거대했고, 더 뜨거웠다.

-난 솔직히 네 기분을 모르겠다.

그런 이진용의 분노를 김진호는 결코 가늠할 수 없었다.

-나는 이런 경우를 경험한 적이 없거든.

메이저리그에는 이런 식의 무승부는 없으니까.

-알지?

자연재해가 아닌 이상 메이저리그는 승부가 날 때까지 게임을 하니까.

그것이 15회가 됐건, 20회가 됐건, 투수가 없어 타자가 투수가 되는 한이 있더라도 끝까지 하니까.

-메이저리그에 무승부는 없는 거.

그 사실에 사람들은 놀라며, 한편으로는 너무 하다는 생각도 했다. 선수들을 극한까지 내모는 일이라고 비난하는 이들도 있었다.

그러나 이진용은 분명히 말할 수 있었다.

"행복한 세상이군요."

그보다 행복하고 멋진 건 없을 거라고.

-그래, 솔직히 연장 15회쯤 가서 중견수가 마운드에서 글러브 끼고 피칭할 때면 이게 무슨 지랄이냐, 그렇게 생각했는데

지금 와서 보니까 행복한 거였어. 내가 만약 진용이 네 처지였다면 아마 속이 터져서 병원에 실려 갔을 거다.

"후우."

그 말에 이진용은 대답 대신 하늘을 바라보며 숨을 길게 내뱉었다.

멀리서 본다면 이진용이 자신의 처지 그리고 오늘 상황에 대해 한숨을 내쉬는 듯 보이는 장면.

실제로 그 장면을 보던 모든 이들이 생각했다.

'한숨이 절로 나오겠지.'

'엔젤스 빠따 새끼들 줄빠따로 패고 싶겠지.'

'설마 이진용이가 가엾게 보일 줄이야.'

'우리 호우 어빠 울지 마요.'

이진용이 참으로 가엾다는 생각을.

그러나 이진용이 내쉰 숨은 그런 숨이 아니었다.

부글부글!

앞서 말한 그 분노로 끓어오르는 속을 어떻게든 식히기 위해 내뱉은 숨이었다.

마치 폭주할 준비를 마친 증기기관차가 증기를 뿜어대는 것과 같은 숨이었다.

물론 그런 숨을 내뱉는다고 이진용의 분노가 진정될 리는 없었다.

'다 뒈졌어.'

이진용, 그의 분노를 잠재우기 위해서는 명상 따위가 아니라 제물이 필요했으니까.

"마법의 1이닝."

그렇게 이진용이 제물 사냥을 시작했다.

"리볼버."

아주 강력한 무기를 든 채.

12회 초 마지막 아웃카운트가 잡히는 순간 타이탄스 더그 아웃에는 오늘 그 어느 때보다 거대한 환호성으로 가득 차 있었다.

"됐다! 됐어!"

"오케이, 최소 무승부다!"

경기 시작 전 이미 패배했던 거나 다름없었던 경기, 그런 경기에서 무승부를 얻었는데 환호하지 않을 이유는 어디에도 없었다.

더 나아가 자신감도 생겼다.

'최소한 지지 않는다!'

'우리는 이호우한테 지지 않는다!'

이진용.

이번 시즌 등장한 이 괴물로부터 게임을 얻어내진 못했지만 지켜냈다는 사실이 만들어준 자신감이었다.

'이제야 좀 편하네.'

'어휴, 이제 숨이 쉬어진다, 숨이 쉬어져.'

그리고 그 사실이 타이탄스 선수단을 1회부터 11회까지 옭아매던 부담감과 긴장감을 완화시켜 줬다.

'무승부만 해도 어디야.'

물론 그렇다고 해서 승리에 대한 열망마저 완화된 건 아니었다.

'그래도 이기는 게 좋겠지.'

'한 번 해볼까?'

'여기서 홈런 하나 나오면 진짜 시즌 아웃당해도 여한이 없을 것 같다.'

오히려 적당히 긴장이 풀리면서, 부담감이 줄어들면서 그러면서 오히려 타이탄스 타자들의 상태는 베스트 상태에 도입했다.

"함 해보입시더!"

"해보입시더!"

12회 말, 타이탄스 타자들은 전혀 다른 모습으로 타석에 서게 된 이유였다.

'아웃되어도 상관없으니까.'

'그러니까 후회 없이 하나만 제대로 노려보자.'

더 이상 타이탄스 타자들은 이진용으로부터 안타만을 뽑아내기 위한 모습이 아니었다.

홈플레이트에 바짝 붙지도 않았고, 배트를 짧게 쥐지도 않았으며, 초조한 기색을 드러내지도 않았다.

그저 배터 박스 끝에 두 다리를 굳건하게 내린 채 숨을 고르며 자신의 타격을 준비했다.

'그러니까 후회 없이 하나만 제대로 노려보자.'

후회 없는 타석을 준비했다.

그 사실을 파악한 엔젤스 코칭스태프들은 긴장했다.

'위험하다.'

코치들이 모를 리 없었으니까.

적당한 긴장감 그리고 적당한 릴렉스야말로 기량을 완벽하게 끄집어낼 수 있는 가장 확실한 방법이란 것을.

'조금만 잘못해도, 실투가 하나라도 나오면 무조건 맞는다.'

지금 타이탄스 타자들은 그 적당한 긴장감을 몸에 두른 상황이었다.

'타이탄스 타자들 중 누구한테 걸려도 넘어간다.'

더욱이 타이탄스 타선은 리그를 대표하는 강타선이었다.

누구든 충분히 홈런을 때려도 이상할 게 없는 강력한 타선!

반면 마운드 위의 이진용은 뭐라고 해도 11이닝 동안 공을 던진 상황이었다.

만약 실투가 나온다면 오늘 패배 이상의 패배를 얻을지도 모른다는 의미.

거기까지 생각이 미쳤을 때 코치들은 봉준식 감독을 바라봤다.

'정말 이진용으로 갈 겁니까?'

'그냥 내리는 게 좋지 않을까요?'

아무리 생각해도 메리트 없는 이진용의 12회 등판에 대한 의구심을 품은 눈빛으로.

그 눈빛에 봉준식 감독은 대답하지 않았다.

그가 해야 할 건 하나였으니까.

'내가 할 수 있는 건 저 위대한 투수를 믿는 것뿐이다. 그 이상 내가 할 수 있는 건 없다.'

이진용을 믿는 것.

그런 봉준식 감독의 믿음에 이진용은 대답했다.

펑!

스트라이크존 바깥쪽 낮은 코스, 아슬아슬한 그 코스를 정확하게 찌르는 140짜리 패스트볼로.

"어? 뭐야?"

"여기서 140이 왜 나와?"

그렇게 이진용의 12회 말 피칭이, 오늘 경기 최후의 피칭이 시작됐다.

횡단보도를 건너고 있는데 갑자기 자동차 한 대가 끼익! 소리를 내면서 멈추면 어떻게 될까?

'헉!'

당연히 놀란다.

그것도 그냥 놀라는 정도가 아니라 심장이 덜컥거린다.

그렇게 한 번 놀란 심장은 횡단보도를 건넌 후에도 쉽사리 진정되지 않는다.

'깜짝이야.'

하물며 그게 사고가 아니라 자동차 운전자가 의도한 것이라면?

'대체 이거 뭐야? 어떻게 돌아가는 거야?'

지금 이진용의 초구를 받아본 타이탄스의 타자가 느끼는 심정이 바로 그 심정이었다.

"리볼버."

이진용은 그런 타자를 향해 다시 한번 총구의 방아쇠를 당겼다.

펑!

타자의 스트라이크존 바깥쪽 낮은 코스를 공략했다.

그렇게 이진용이 2구째를 던졌을 때, 그때는 모두가 알 수 있었다.

'화났다.'

'이호우 화났네.'

'이호우 열 받았네.'

지금 이진용이 화풀이를 하고 있다는 것을.

실제로도 그랬다.

'나는 기분이 더러운데 너희들은 웃어?'

이미 화가 머리끝까지 난 이진용에게 오히려 무승부에 만족하고 여유를 가진 채 타석에 선 타이탄스 타자들은 결코 용납할 수 있는 존재가 아니었다.

물론 이진용의 분노는 그저 무작정 토해지는 분노가 아니었다.

'끝내주는군.'

적어도 이호찬이 보기엔 그랬다.

'11이닝 내내 홈플레이트에 달라붙던 타자들이 홈플레이트에서 멀어졌다. 이런 상황에서 바깥쪽 아슬아슬하게 걸치는 패스트볼은…… 잘 쳐봐야 단타다.'

분명 타이탄스 타자들은 지금 여유를 가지고 있고, 그런 그들은 어느 때보다 위험한 상태였다.

그러나 반대로 절박함도 줄어든 그들은 홈플레이트에서 멀어진 곳에 자리를 잡고 있었다.

더 나아가 여유를 가진 타자는 절대 치기 어려운 코스의 공에 손을 대지 않는다.

여유가 있으니까.

여유가 있는데 타율이 안 나오는 스트라이크존 바깥쪽 낮은 코스 공 따위를 치는 타자는 없다.

'초구 스트라이크를 잡을 수 있는 가장 완벽한 수를 놓고 있어.'

이진용이 노리는 건 바로 그런 부분이었다.

그리고 그게 이진용이 가장 잘하는 것이기도 했다.

이제까지 강자일 때보다 약자일 때가 많았던 이진용은 언제나 자신을 상대로 여유를 가진 타자를 상대했으니까.

당연히 그 수가 통하지 않을 리 없었다.

"스트라이크!"

노볼 투스트라이크.

단숨에 타자를 벼랑 끝으로 밀어붙인 이진용은 곧바로 3구째를 던졌다.

스트라이크존 한가운데를 파고드는 스플리터!

후웅!

놀란 심장을 진정시키지 못한 타자와 배트를 춤추게 만들기에 가장 완벽한 공이었다.

"스윙 스트라이크 아웃!"

그렇게 이진용이 선두타자를 삼구삼진으로 돌려세웠다.

"후우."

물론 호우는 없었다.

이미 11회 말 마운드 위에서 내질렀으니까.

'안 지르네?'

'진짜 예고 호우 한 거였어?'

당연히 타이탄스 팬들의 외침도 없었다.

그러자 11이닝 내내 소란스럽다 못해 아수라장이었던 사직구장에 고요가 깔리기 시작했다.

꿀꺽!

심지어 타이탄스 팬들은 타자들이 등장할 때 내지르는 응원가를 부르는 것조차 잊어버린 채 그저 침만 삼켰다.

그 상태로 지켜만 봤다.

'앞서 빠른 공과 스플리터에 당한 타자를 봤는데 머릿속이 멀쩡할 리 없지. 그런 상황에서 치기 좋은 몸쪽 체인지업이

면…… 머리가 아니라 몸이 반응한다.'

이진용이 두 번째 타자를 상대로 초구 체인지업을 던져서 단숨에 유격수 앞 땅볼을 만드는 장면을.

초구로 타자를 아웃시키는 장면을.

"아웃!"

그 무렵의 사직구장은 극장과 같았다.

소란은 허락되지 않은 채 관람만 허락되는 극장.

더불어 상영되는 영화는 유혈이 낭자한 호러 무비.

'어, 왜 갑자기 추워지지?'

'으으, 소름이 갑자기 왜 돋고 그래?'

심지어 이제는 밤을 지나 늦은 밤으로 향하며 한낮의 열기마저 가라앉은 사직구장 안, 그 안에서 관객들은 오한을 느끼기 시작했다.

하지만 이진용은 이 무자비한 학살을 끝낼 생각이 없었다.

-상처뿐인 전쟁이라면 상대방에 더 깊은 상처를 줘야지.

김진호의 조언 그대로 이진용은 지금 왼쪽 타석에 선 마지막 타자를 상대로 자신이 보여줄 가장 무자비한 폭력을 보여줄 속셈이었다.

"리볼버."

남아 있는 리볼버 탄창 전부를 비울 속셈이었다.

"심기일전."

그 탄환 전부를 타자의 치명적인 곳만을 정확하게 노리고 쏠 속셈이었다.

펑!

그렇게 던진 초구는 타자의 스트라이크존 바깥쪽 높은 코스를 노리고 들어갔다.

홈플레이트에서 적당한 거리를 둔 타자라면 결코 섣불리 건드릴 수 없는 공.

앞서서 초구에 아웃된 타자를 본 타자라면 더더욱 건드릴 수 없는 공.

"스트라이크!"

그 공으로 초구 스트라이크를 얻어내는 순간 이진용은 이미 다음 방아쇠를 준비했다.

"리볼버."

그리고 조준했다.

"심기일전."

타자의 몸쪽 그리고 낮은 코스.

조금 전 던진 초구에서 가장 먼 곳에 있는 코스를 향해 다시 한번 전력으로 공을 던졌다.

펑!

그 공에 타자는 이번에도 쉽사리 배트를 휘두를 수 없었다.

"스트라이크!"

"어? 어? 이게 스트야?"

그렇게 타자는 배트 한 번 휘두르지 못한 채 앞서 자신의 동료가 그랬던 것처럼 벼랑 끝에 몰렸다.

'젠장, 미치겠네.'

혹시 모를 기대감.

'이러다 끝난다. 뭐든 쳐야 해. 존에 들어오는 건 걷어내더라도 쳐야 해.'

오늘 이진용을 무너뜨릴 수도 있다는 기대감이 삽시간에 절망감으로 변하는 순간.

그 순간 이진용은 더더욱 무자비해졌다.

"리볼버."

마지막 남은 탄환을 장전했고, 곧바로 조준했다.

"심기일전."

그 후에 더했다.

"라이징 패스트볼."

바깥쪽 높은 공에 멈칫하고, 몸쪽 낮은 공에 당한 타자에게, 이제는 패닉 상태에 빠진 채 존에 분명하게 들어오는 공이라면 어떻게든 걷어내려는 타자에게 가라앉지 않는 패스트볼을 스트라이크존 가운데로 던졌다.

후웅!

그렇게 타자로부터 마지막 아웃카운트를 얻어냈다.

"스윙, 스트라이크. 아우우우웃!"

12이닝 무실섬!

그러나 승리도, 패배도 이룩하지 못하는 그저 무실점한 투수가 되는 순간이었다.

'끝났다.'

그 순간 이진용은 당연히 환호하지 않았다.

그리고 사직구장의 그 누구도 환호하지 않았다.

승자도 패자도 없는 경기에서 해야 하는 건 환호가 아니라 자신들이 입은 상처를 돌아보는 것이었으니까.

-진용아, 수고했다.

그렇기에 김진호가 옅은 미소를 지은 채 이진용에게 다가왔다.

-오늘 영광은 없다.

상처투성이가 된 그에게 말했다.

-하지만 오늘의 이 경험이 앞으로 네게 있어 큰 자산이 될 것이다.

그 말에 이진용이 김진호를 바라보며 옅은 미소를 지었다.

그때였다.

[한 경기 최다 탈삼진 기록을 경신하셨습니다.]

-응?

'어?'

베이스볼 매니저의 알림이 알려줬다.

이진용, 그가 정규이닝이 아닌 연장전을 포함한 한 경기 최다 탈삼진 기록인 18개 탈삼진 기록을 19개로 경신했다는 사실을.

그리고 당연히 신기록 경신에 대해 베이스볼 매니저는 대가를 주었다.

[다이아몬드 룰렛 이용권이 지급됩니다.]

-이런 씨발!

"우와, 씨발."

그렇게 길었던 경기가 끝났다.

그리고 한국프로야구의 길었던 전반기도 끝이 났다.

6화 ◆
장난 아닌데요

언제나 그렇듯 일요일이 끝나고 월요일이 시작되면 대한민국 사람들은 병에 시달린다.

머리가 아프고, 어깨가 무겁고, 피곤하고, 기분이 우울해지고, 신경질적으로 변하는 월요병이란 병에.

오늘도 마찬가지였다.

7월 10일 월요일, 출근하는 모든 이들의 얼굴에는 월요병에 시달리는 흔적이 역력했다.

그중 유독 그 증상이 심각한 이들이 있었다.

'피곤해 죽겠다. 그냥 대충 보고 껐어야 했는데……'

'어휴, 어제 경기에 너무 집중했어.'

'어제 몇 잔을 마신 거지? 경기 보는 내내 마셨으니까……'

어젯밤 부산 사직구장에서 치러진 엔젤스 대 타이탄스의

경기, 몇 년 만 지나도 사람들 입에서 전설로 회자될 그 경기의 목격자들이었다.

'진짜 숨죽이고 경기 본 거 한국시리즈 이후 처음인 거 같네.'

'그래도 대단했지.'

'이호우, 역시 괴물이야.'

그런 그들이 느끼는 후유증은 무척 컸다.

클 수밖에 없었다.

일단 12이닝까지 간 경기였다.

경기 시간이 4시간을 훌쩍 넘길 정도로 긴 경기였으며 이닝과 이닝 사이에 쉴 틈도 없었다.

자신이 잠시 자리를 비우는 사이, 딴 일을 하는 사이 어떤 일이 벌어질지 모르는 상황에서 무언가를 한다는 건 불가능했으니까.

물론 후유증이 가장 큰 이유는 다름 아니라 그 경기의 결말 때문이었다.

'결과가 나왔으면 더 좋았을 텐데……'

'그런 경기가 무승부라니, 말도 안 돼. 무조건 끝장을 봤어야 했어.'

'무승부가 이렇게 짜증 날 줄이야.'

무승부.

그토록 긴 승부 속에서도 승자와 패자가 나오지 않았다는 것.

당연히 환호하는 자도 없었고 울분과 함께 패배의 분노를 토해내는 자도 나오지 않았다는 것.

그 사실이 그 경기의 목격자들을 보다 피곤하게 만들었다.

심지어 하루가 지난 지금 이 순간에도 그 경기를 가지고 이야기하는 자들이 있었다.

-그래도 엔젤스가 이겼다고 봐야 하지 않나? 이호우 혼자서 타이탄스 투수 다섯을 상대했잖아?

└뭔 개소리임? 이호우 내놓고 무승부 했으면 진 거지!

온라인은 어제 경기의 승자와 패자를 어떻게든 가리기 위한 논쟁이 여전히 끝나질 않았다.

그리고 끝날 수도 없었다.

승자와 패자가 없는 경기에서 승자와 패자를 가를 수 있을 리가 만무하지 않은가?

-아무렴. 냉정하게 보면 타이탄스가 이호우에게 개처발린 거지. 한 경기 최다 탈삼진인 19탈삼진 당한 건 덤이고.

└네, 다음 선발이 12이닝 무실점할 동안 1점도 못 낸 물빠따팀 팬들!

-누가 보더라도 이호우 승!

└뭐라고? 1점도 못 낸 물빠따팀 팬이 하는 말이라 잘 안 들리는데?

때문에 그 경기를 본 이들은 경기가 끝난 후에 그 논쟁의 바다에서 허우적거리며, 손가락에 핏대를 세우며 논쟁을 하는 중이었다.

더욱이 논쟁은 거기서 끝이 아니었다.

[이진용 12이닝 피칭, 이대로 괜찮은가?]
[무엇을 위한 12회 등판인가?]
[이진용이 위험하다!]
[새로운 대한민국의 에이스를 이렇게 혹사해도 되는가?]
[과거 혹사 사례들을 통해 알아본 혹사의 미래!]

선발투수의 12이닝 피칭, 누가 보더라도 혹사라고 볼 수밖에 없는 그것에 대해 언론은 엔젤스의 코칭스태프를 그리고 봉준식 감독을 난타하기 시작했다.

엔젤스 입장에서는 그 어떤 식으로도 대응할 수 없는, 당연히 감수해야 하는 난타였다.

[봉준식 감독, 패배는 내 책임. 선수는 최선을 다했을 뿐.]

선수의 희생에도 승리조차 거두지 못했다면 그에 대한 모든 책임은 감독에게 있는 것이니까.

그렇게 쏟아지는 기사에는 당연히 많은 야구팬들이 달라붙어 서로의 이야기를 주장하며 새로운 논쟁을 만들었다.

-이호우 죽겠다 엔젤스 이놈들아!
-이호우 어깨 부서지는 소리가 여기까지 들린다 이놈들아!

결코 끝나지 않을 것 같은 소란.

그런 소란이 잠잠해진 건 7월 15일, 올스타전이 열린 날이었다.

올스타전.

팬에게나 선수에게 여러모로 기념비적인 날이었다.

팬들은 자신들이 뽑고, 인정한 스타플레이어들의 경기를 볼 수 있는 날이었으며, 선수들에게 있어서는 후반기를 앞두고 일주일 남짓한 휴식을 취할 수 있는 기회였다.

물론 올스타전에 참가하게 된 선수들은 달랐다.

그들은 다른 선수들처럼 휴식을 취하지 못했다. 제아무리 이벤트전이라고 해도 준비하고, 이동하고, 경기를 치르는 데에는 시간이 필요하니까.

하지만 올스타전에 참가한 선수 중 그 어떤 선수도 휴식을 덜 치른다는 이유로 불만을 표현하지는 않았다.

영광!

그리고 자부심!

돈으로도 감히 얻을 수 없는 그것들을 누릴 수 있는 기회를 그저 하루 더 휴식을 취할 수 없다는 이유로 거절하고 싶어 하는 이는 없었다.

혹여 거절하고 싶은 마음이 절실하더라도 정말로 그것을 거절하는 이는 없었다.

팬들을 위한 축제의 무대에 서지 않겠다는 건, 프로가 될 자격이 없는 것이기에.

그렇기에 올스타전에 참가한 선수들은 팬서비스를 위해 모든 것을 할 만반의 준비가 되어 있었다.

'귀찮아도 오늘만큼은 힘 좀 써야지.'

'귀찮아 죽겠지만, 여기서 안 해주면 구단 차원에서 페널티를 받을 테니 해줘야지.'

평소에 사인을 해주는 것에 인색하다 못해 사인해 달라는 팬으로부터 도망치거나, 무시하거나 심지어는 팬들에게 꺼지라는 소리까지 하던 선수조차 오늘만큼은 정말 열심히 사인을 해줄 각오가 되어 있었다.

'응?'

'어?'

하지만 그 각오는 사인회가 시작되는 순간, 사인을 받기 위해 그라운드로 팬들이 들어오는 순간, 그 팬들이 안내 요원의 안내 없이도 너무나도 완벽할 정도로 질서정연하게 줄을 서는 순간 산산조각이 났다.

줄이 한 줄인 탓이었다.

"이런 광경은 또 처음이네."

"전부 이호우 앞에 섰네?"

"다른 선수들은 저러려고 올스타 됐나, 자괴감 들고 괴로울 것 같군."

대부분의 팬들이 이진용의 사인을 받기 위해 그의 앞에 길게 한 줄을 만들고 있었다.

물론 그건 당연한 일이었다.

100이닝 넘게 공을 던지면서 방어율 제로를 기록 중인 미스터 제로!

노히트노런과 퍼펙트게임을 동시에 달성한 투수!

정규이닝 최다 탈삼진 기록과 연장전을 포함한 한 경기 최다 탈삼진 기록 보유자!

12이닝 완투의 전설!

그만한 선수의 사인이라면 받을 가치가 충분했으니까.

"그런데 이진용 사인받기가 힘드나?"

"받기 힘들긴, 엔젤스 선수 중에서 이진용보다 사인받기 쉬운 선수도 없을걸?"

그렇다고 해서 이진용이 사인에 인색한 선수라는 건 아니었다.

아니, 오히려 이진용은 다른 선수들보다 좀 과했다.

당장 인터넷에 이진용과 사인, 두 단어를 검색만 해도 얼마나 과한지 알 수 있었다.

이진용이 오른팔이 아프다고 하면서 왼팔로 사인해 준 이야기, 이진용이 사람 너무 많다고 양손으로 동시에 사인을 2개씩 해주는 이야기, 잠실구장 근처에서 호우! 외치니까 이진용이 달려와서 사인을 해주고 사라졌다는 이야기까지.

사인을 이미 받은 팬에게까지 사인을 한 장 더 해준다고 해서 연쇄사인마라는 별명까지 붙을 정도이니 더 이상 무슨 설

명이 필요할까?

"문제는 타 팀 팬이 받기는 쉽지 않다는 거지. 봐봐, 줄 선 사람들 중에 엔젤스 유니폼 입은 선수는 거의 없잖아?"

그러나 그건 어디까지나 엔젤스 팬들의 이야기.

다른 팀 팬들 입장에서 이진용은 그 어떤 선수보다 사인받기가 힘든 선수였다.

"그러네? 그런데 왜 저래? 이진용이 팬을 가리나?"

안 해줘서 그런 게 아니었다.

"그게 아니지. 생각해 봐. 다른 팀 팬이 이진용한테 사인받는다는 건, 이진용이 자기 팀 상대로 등판하는 경기라는 건데. 너 같으면 받겠냐?"

"미쳤냐? 이진용이 나오는 길에 쌍욕을 해도 속이 풀리지 않을 텐데?"

"그래, 그래서 안 받는 거야. 빡치니까."

자기가 응원하는 팀이 이진용에게 호우 소리를 스물일곱 번 정도 듣고 난 상황에서 이진용에게 가서 사인을 요청할 정도로 자기 팀에 대한 애정이 미약하다면 애초에 사인을 받으러 야구장에 올 일이 없을 터.

그러나 올스타전이면 달랐다.

데블스 유니폼을 입은 팬조차 웃으면서 이진용에게 사인을 받아도 이상할 게 없는 날.

물론 여기까지였다면 오늘 자리에 참석한 다른 선수들의 기분은 꽁한 수준에서 그쳤을 것이다.

그러려니 했을 것이다.

문제는 이진용이라는 것.

"호우 해주세요, 호우!"

"이호우는 호우를 해라!"

이진용의 사인을 받기 위해 줄을 선 팬들은 너무나도 당연하게 호우를 요구했다.

"호우!"

"호우!"

개중 일부는 본인들이 호우를 외쳤고, 그렇게 시작된 호우는 마치 늑대의 하울링처럼 사방으로 번졌으며, 호우 소리가 나올 때마다 몇 명 없는 팬들에게 사인을 해주는 선수들의 얼굴은 굳어졌다.

'에이, 진짜.'

'씨발 진짜.'

'에라이 젠장!'

당연히 이진용의 표정도 굳을 수밖에 없었다.

'아, 미치겠다.'

아무리 얼굴에 철판을 깐 그라도 이런 상황에서조차 호우를 외칠 정도는 아니었으니까.

'진짜 미치겠다.'

심지어 이진용에게는 이것 말고도 이미 자신을 곤란하게 하는 스피커 한 대가 있었다.

-호우! 호우! 호우! 으하하!

'아, 이러다가 진짜 정신 나가겠다.'

김진호라는 이름의 스피커가.

간만에 이진용을 놀려먹을 수 있게 된 김진호는 당연히 이 상황을 그냥 넘어가지 않았다.

-호우로 흥한 자 호우로 좆된다!

쉴 새 없이 이진용을 놀렸다.

'에이, 진짜……'

물론 이번 일은 사소한 해프닝에 불과했다.

불쾌함을 느낄지언정 하루 정도 지나면 그 불쾌함조차 추억이 될 만한 해프닝.

-진용아, 이 분위기에서 그거 꺼내면 벤치클리어링 일어날 것 같지 않냐?

진짜 사고는 아직 일어나지도 않았으니까.

프로스포츠에서 올스타전은 어디까지나 즐기는 무대다.

때문에 올스타전에 참가한 선수들은 나름 열심히 하지만 모든 것을 불태울 정도로 최선을 다하진 않는다.

구속이 140이 나오는 선수가 어떻게든 140짜리 공을 던지기 위해 이를 악물거나, 연봉으로 수억 원을 받는 선수가 어떻게든 살아남기 위해 부상을 감수하고 2루를 향해 몸을 날리거나 그러는 일은 없다.

대신 선수들은 경기 분위기를 위해 몇 가지 재미난 것을 준비한다.

"선배 가발 쓰시게요?"

"응. 어? 너도 가발 준비했냐?"

"작년에 선배님 하는 거 보고 좋을 것 같아서 준비했죠."

"야! 그럼 나랑 겹치잖아!"

가발 같은 건 기본 중의 기본.

"그러니까 거기서 몸쪽으로 공 하나 던져. 그러면 내가 곧바로 마운드로 달려갈 테니까. 넌 마운드에서 그대로 있고."

"예."

"그리고 내가 마운드에 올라가면 곧바로 나 따라서 말춤을 추는 거다."

"예, 알겠습니다."

재미난 퍼포먼스를 기획하고 준비하는 선수들도 있었다.

물론 이번 2017시즌 올스타전에 참가한 선수들이 준비하고 있는 퍼포먼스 중 가장 많은 건 그거였다.

"너도 호우 할 거냐?"

이진용, 그가 일으킨 호우 신드롬을 따라 하는 것.

"에이, 그래도 자존심이 있지 똑같이는 못 하죠."

"그래?"

"그래서 전 오우로 준비했습니다."

"오우?"

"예. 선배님은요?"

"난 와우."

특히 투수들은 오늘 마운드 위에서 자신의 어깨 대신 성대를 혹사시킬 작정이었다.

"그냥 다들 심플하게 호우로 가자. 본인도 있겠다, 여기서 허락받으면 되잖아? 응?"

그런 상황에서 당연히 모두는 궁금해했다.

"그런데 이진용 어디 갔어? 조금 전까지 여기 있었던 것 같은데?"

"막 나가던데 화장실 간 모양입니다."

"그래? 그보다 이진용은 뭐 준비했냐? 그냥 넘어갈 것 같지는 않은데?"

올스타전이 아닌 정식 경기에서도 또라이 짓을 하던 또라이가 이제는 마음껏 또라이 짓을 해도 용서받을 올스타전을 위해 무엇을 준비했을지.

"어마어마한 걸 준비했겠지."

"방송국 직원 애들은 벌벌 떨더라. 이거 공중파 중계인데 방송사고 나오면 끝장이라고."

"사고가 나겠어?"

"모르지. 하지만 내 예상으로는 방송사고급 충격을 줄 만한 걸 준비했을 것 같은데?"

"응?"

그때 누군가 이진용의 라커 앞에 너부러진 유니폼과 장비 중에 무언가를 발견했다.

그것을 발견한 누군가가 말했다.

"이진용이 글러브 검은색 꼈었나?"

"평소에 갈색 쓰지 않았나?"

"갈색 맞아."

"그럼 이 검은 놈은 뭐야?"

이진용이 그동안 쓴 적 없었던 검은색 글러브를.

그러자 다른 누군가가 또 발견했다.

"이 글러브 좌완용인데요?"

"좌완용?"

"이진용이 좌완용을 쓴다고?"

그 글러브가 다른 무엇도 아닌 좌완투수용 글러브라는 사실을.

그 말에 몇몇 선수들이 말했다.

"설마 마운드에서 왼손으로 공 던지는 퍼포먼스를 준비해온 거야?"

"에이, 설마. 고작 그 정도 퍼포먼스를 준비했겠어? 진짜 왼손으로 던지면 모를까, 이진용 같은 또라…… 아니, 선수가 그런 퍼포먼스에 만족할 리가 없잖아?"

이진용이 왼손을 이용한 퍼포먼스를 준비해온 것 같다고.

"그럼 설마 진짜 왼손으로 던진다고?"

"못 던질 건 없잖아?"

"아니지. 아무리 올스타전이라고 해도 어느 정도 수준은 되어야지. 70~80킬로미터짜리 아리랑볼이 나오는 건 퍼포먼스라고 해도 그렇잖아?"

"얘 머릿속은 알 수가 없네."

"다들 너무 가신 것 같은데, 그냥 왼손으로 공 던질 것 같은 퍼
포먼스만 준비해 왔을 수도 있죠. 이진용이 정신이상자도 아니
고 정말 왼손으로만 공 던지면 그때는 정신병원에 신고해야죠."

그때였다.

"경기 시작까지 30분 남았습니다. 준비 마무리해 주시고, 무
언가 요구하실 거 있으면 직원에게 빨리 말씀해 주세요!"

관계자 한 명이 선수들에게 경기 시작을 알렸고, 그 사실에
선수들이 하나둘 라커룸을 나오기 시작했다.

그렇게 라커룸이 이제는 선수 한 명 없이 한적해졌을 때, 이
진용이 등장했다.

-대단한 놈.

김진호와 함께.

-살다 살다 똥구멍으로 뱀을 낳는 인간은 처음 봤다, 처음.

"누가 들으면 오해할 소리를 하시네, 그냥 쾌변을 봤다고 표
현하면 안 됩니까?"

-아니야, 내가 보기에 그건 진짜 뱀이었어. 이제 확실해졌
다. 넌 인간이 아니야.

"진짜 이제는 똥 싸는 걸 가지고 사람을 괴물 취급하네."

그렇게 등장한 이진용이 말과 함께 자신의 라커룸에 놓인
유니폼을 걸치고 모자를 썼다.

그리고 마지막으로 검은 글러브를 챙겼다.

그 모습에 김진호가 재차 말했다.

-역시 아무리 생각해도 넌 인간이 아닌 것 같아.

그러나 이번에 이진용은 눈살을 찌푸리는 대신 미소를 지었다.

올스타전의 선발 출전 엔트리는 팬 투표를 통해 뽑은 선수들만으로 채워진다.

팬들을 위한 무대에서 팬들이 뽑은 선수를 가장 먼저 선보이는 것이 기본이었으니까.

때문에 팬 투표가 아니라 감독 추천으로 올스타전에 출전한 이진용의 이름은 선발 엔트리에 없었다.

그러나 이진용의 부재 속에서 시작된 올스타전은 도리어 그 어느 때보다 이진용의 존재감을 두드러지게 했다.

"오우!"

-양준석 선수! 오늘 자신의 삼진 세레모니를 아주 제대로 보여주는군요!

선발로 출전한 투수들이 마치 경쟁하듯, 아웃을 잡을 때마다 이진용과 같은 환호성을 내지른 덕분이었다.

-하지만 역시 이진용 선수만큼은 아닌 듯합니다.

-동감이에요. 이진용 선수의 호우에는 뭔가 특별한 무언가가 있죠.

심지어 타자들도 가만히 있지 않았다.

-쳤습니다! 안타!

안타를 친 타자들 역시 베이스를 밟는 순간 곧바로 주먹을 머리 위로 번쩍 들며 소리쳤다.

"호우!"

아웃이 되든, 안타가 나오든 그라운드에서 쉴 새 없이 환호성이 나왔고 대구구장을 채운 팬들은 기꺼이 선수들의 그 환호성에 환호성으로 호응했다.

호우!

순식간이었다.

앞서 치러진 몇 가지 행사 때문에 어수선해진 올스타전의 분위기가 뜨겁게 달아오른 건.

그리고 그 뜨겁게 달아오른 분위기에 폭탄이 떨어졌다.

-이진용 선수가 마운드에 올라옵니다.

3회 말.

이진용, 그가 서군의 두 번째 투수로 마운드에 올라왔다.

-응?
-어?

평소와는 분명하게 다른 모습을 한 채.

야구를 가장 잘 볼 수 있는 방법은 무엇일까?

이 질문에 몇몇 이들은 야구장에 직접 가서 보는 것이라고 대답하지만, 실상은 다르다.

솔직히 말하면 야구장에서 야구를 제대로 보는 것은 사실상 불가능에 가깝다.

일단 제아무리 그라운드와 가까운 자리라고 해도 그 자리에서 투수가 던진 공의 구질이 무슨 공인지 구분하는 건 불가능하다.

만약 그게 가능하다면 그 사람은 하던 일을 때려치우고 프로야구선수로 직업을 바꾸는 게 좋을 것이다.

그 외에도 야구장에는 야구 관람을 방해하는 요소들이 곳곳에 넘쳐난다.

앰프에서 나오는 선수들의 응원가부터 시작해서, 여름에 접어들면 더위 때문에 미치고, 파울볼이라도 날아오면 호루라기

소리에 정신머리가 없을 정도다.

당연한 말이지만 중계도 없다.

혹여 스마트폰을 들어서 이어폰을 꽂고 중계를 듣더라도, 시차를 두고 이루어지는 중계에 오히려 혼란을 느끼는 경우도 있다.

좀 더 들어가면 애초에 야구를 세밀하게 보려고 야구장을 찾아오는 이 자체가 없다.

야구장을 찾아오는 건 야구장이 내뿜는 열기, 그 뜨거움에 취하기 위함이니까.

그게 이유였다.

"호우다, 호우!"

대구구장을 가득 채운 팬들 중에서 이진용의 특이사항을 눈치챈 이들이 소수에 불과한 이유.

"뭐야? 이호우 등장이 왜 이렇게 얌전해?"

"아무것도 안 해?"

"응? 또라이 짓 안 하네?"

대구구장을 채운 관중들은 그저 이진용이 평범하게 등장한다는 사실에 의문을 제기할 뿐이었다.

물론 선수들은 달랐다.

"뭐야 저거?"

선수들은 모를 수가 없었다.

"이진용, 오른손에 글러브 꼈잖아? 왼손으로 던질 속셈인가?"

"에이, 퍼포먼스겠지. 설마 진짜 왼손으로 던지겠어?"

"던지는 건 애도 할 수 있지. 문제는 왼손으로 어떤 공을 던지느냐, 그거지."

이진용이 오른손에 글러브를 낀 채, 우완투수 이진용이 아니라 좌완투수 이진용이 되어 마운드에 올라왔다는 사실을.

"분명한 건 지금 타석에 있는 최정훈 기분이 좆같다는 거겠지."

"하필이면 또 최정훈이네."

"이거 사고 터지는 거 아니야?"

그리고 그런 이진용을 가장 먼저 상대하게 된 선두타자 최정훈이 그런 이진용의 모습에 지금 타석에서 빠득빠득 이를 갈고 있으리란 사실을.

'이 개새끼가……'

그런 그들의 예상대로 지금 타석에 선 최정훈은 마운드에 오르는 이진용을 살기 어린 눈빛으로 노려보고 있었다.

'어디서 감히 첫판부터 장난질이야?'

아무리 올스타전이라고 해도 정도가 있다.

더욱이 최정훈, 그는 데블스의 1번 타자다. 엔젤스 투수에게는 가위바위보도 져서는 안 되는 데블스의 타자.

'그래, 던져봐.'

그렇기에 이진용이 마운드에 올라와 흐트러진 마운드를 제 발로 다지는 모습을 본 최정훈은 자신의 목표를 분명하게 정했다.

그는 일단 이진용이 공을 던지게 놔둘 생각이었다.

왼손으로 던지든, 발로 던지든 개의치 않을 생각이었다.

딴!

그렇게 던진 이진용의 공이 프로 수준에 어울리지 못한 공이라면, 그 순간 최정훈은 배트를 집어던지고 마운드로 뛰어갈 생각이었다.

'장난질이면 넌 뒈질 테니까.'

올스타전에서 벤치클리어링을 일으킬 속셈이었다.

이진용, 놈의 얼굴에 주먹 하나를 꽂아 넣을 생각이었다.

그런 최정훈의 마음을 아는지 모르는지 이진용은 여전히 오른손에 글러브를 낀 채 포수와 사인을 나누었다.

도리도리, 끄덕끄덕.

그렇게 사인을 마친 후에 투구를 위한 준비에 나섰다.

몸은 1루를 향한 채, 고개만 타석을 향한 채, 좌완투수의 모습이 된 채 마운드 위에 꼿꼿하게 섰다.

"웅? 왼손으로 진짜 던지려는 건가?"

그 모습에 경기장의 분위기도 달라지기 시작했다.

"저거 그냥 장난 아니었어?"

웃음기 맴돌던 분위기에 긴장감이 끼어들기 시작했다.

"잠깐만, 왼손으로 던지면 도중에 바꿀 수 있나?"

"내가 알기로는 손을 바꾸려면 일단 한 타자는 상대해야 하는 걸로 알고 있는데?"

이진용이, 오른손 하나로 한국프로야구의 모든 기록을 새로이 쓴 그가 지금 마운드에서 왼손으로 공을 던지려는 것을 알게 됐다.

'장난이겠지?'

'장난일 거야.'

'그냥 장난치는 거겠지.'

물론 그때까지도 경기를 보는 모든 이들은 이진용이 퍼포먼스 중이라고 생각했다.

그런 모두의 관심 속에서 이진용이 드디어 피칭을 시작했다.

시작된 이진용의 투구폼은 그의 평소 투구폼과 달랐다.

회오리처럼 몸을 꼬는 대신 자신의 오른 다리를 가슴 언저리까지 힘차게 들어 올리는 하이 키킹 동작을 취한 후 공을 던졌다.

펑!

그렇게 이진용의 왼손을 떠난 공이 그대로 스트라이크존 한가운데에 자리 잡은 포수의 미트에 꽂혔다.

그러나 그 순간 그 누구도 이진용이 던진 공을 바라보지 않았다.

그곳과는 정반대에 위치한 것을, 전광판을 바라봤다.

그리고 그곳에 뜬 숫자를 바라봤다.

121킬로미터.

그 숫자에 최정훈은 저도 모르게 말했다.

"자, 장난 아니네?"

[스킬 스위칭(F)을 습득하셨습니다.]

다이아몬드 룰렛.

그 휘황찬란한 룰렛이 멈췄을 때 가장 기뻐한 건 다름 아니라 김진호였다.

-똥이다, 똥!

그리고 그럴 만했다.

"이게 무슨 스킬인 줄 알고 똥이라고 그래요?"

-야, 내가 야구 원데이 투데이 했냐? 딱 보면 견적 나오지.

스킬 [스위칭].

이 스킬의 효과는 스위칭이라는 표현 그대로였다.

[스위칭]

-스킬 랭크 : F랭크

-스킬 효과 : 습득한 모든 능력 및 스킬이 왼손에 적용된다.

-현재 적용률은 65퍼센트입니다.

이진용이 우완투수로 쌓은 모든 것들, 체력 증가, 구속 증가, 구종 랭크업, 스킬들을 왼손으로도 쓸 수 있게 해주는 스킬이었다.

여기까지만 보면 대단하다. 이진용의 오른손이 부리는 마법은 무수히 많으니까.

그러나 큰 문제가 있었다.

-손에 아무리 끝내주는 총이 있어도 쏠 줄 모르면 똥인 거야.

김진호의 말대로 이진용은 왼손으로 공을 던져본 경험이 없다는 것.

더 나아가 스위칭 스킬 어디에도 이진용이 왼손을 자유자재로 쓸 수 있게 해준다, 같은 효과는 없었다.

즉, 이진용의 왼손은 대단해졌지만 막상 이진용 본인이 그걸 다룰 능력이 안 됐다.

"젠장."

결국 이진용은 부정하던 현실을, 이 스킬이 지금 자신에게 하등 도움이 되지 않는다는 사실을 받아들였다.

-이런 일이 일어날 것 같은 조짐을 느꼈지. 하지만 또라이는 내 말을 듣지 않았어.

그리고 당연히 김진호는 열심히 그를 놀려댔다.

"에이, 진짜!"

그런 그를 향해 결국 이진용이 근처에 있던 휴지 상자를 왼손으로 든 후에 김진호를 향해 던졌다.

그 모습에 김진호가 웃으며 말했다.

-아이고, 무서워라~!

낭연한 말이지만 그렇게 던진 휴지 상자는 그대로 김진호를 뚫고 벽으로 날아가 부딪쳤다.

그 순간이었다.

'어?'

무언가 이상한 조짐을 느낀 이진용이 곧바로 자신의 방 한

구석에 놓인 가방을 뒤지기 시작했다.

그러고는 야구공을 꺼냈다.

-야, 잠깐! 진용아 진정해!

그 모습에 김진호가 표정을 바꾸며 소리쳤다.

-여기서 그거 던지면 일 커진다! 아홉 시 뉴스에 이진용 정신이상증세로 호텔 방에서 난리 피우다 경찰서 가다! 같은 기사 뜨는 수가 있어! 그리고 너 그대로 경찰 끌려가면 백 퍼센트 마약 검사 받아! 원래 사고 친 또라이가 가장 먼저 받는 게 마약 검사라고!

놀림인지 경고인지 도발인지 알 수 없는 김진호의 외침에 이진용은 대답 대신 왼손으로 공을 만지작거린 후에, 그 후에 곧바로 짐을 챙기기 시작했다.

-아, 갑자기 불안하네.

그 모습에 김진호가 표정을 굳히며 나지막이 혼잣말을 내뱉었다.

-에이, 설마 아니겠지. 아닐 거야. 진용이 놈이 왼손을 곧잘 쓰긴 했지만…….

그리고 너무나도 당연하게도 김진호의 불안감은 곧바로 현실이 됐다.

"뭐야? 121킬로미터? 전광판 고장 난 거 아니야?"

"아니야, 육안으로 봐도 그 정도 구속은 나올 만했어."

이진용, 그가 던진 공이 121킬로미터라는 구속을 찍었을 때 모두가 그 사실에 놀랐다.

놀랄 수밖에 없었다.

"좌완으로 121킬로미터라니…… 장난으로 나올 수 있는 구속은 아니잖아?"

양손투수의 존재는 메이저리그 역사에서도 희귀하기 그지 없는 존재였으니까.

메이저리그에서조차 양손투수가 양손타자를 상대할 때를 위해 규정을 만든 것이 최근이었다.

물론 정말 중요한 것은 따로 있었다.

-121킬로미터라…….

이진용의 왼손 구속이, 가장 빠른 포심 패스트볼의 구속이 121킬로미터에 불과하다는 것.

그리고 이것이 양손투수가 없는 결정적인 이유이기도 했다.

양손으로 공을 던질 줄 아는 투수는 있다.

그러나 문제는 양손 중에 더 나은 공을 던지는 손이 있다는 점이다.

그럼 상식적으로 더 빠른 공을 던질 수 있는 손에 집중하는 게 맞다.

오른손으로 140짜리 공을 던지는 투수가 고작 120짜리 공을 던지는 왼손을 쓰기 위해 노력하는 건 노력 낭비다.

이진용만 해도 그렇다.

이제는 140대 초중반의 구속을 내는 오른손에 비하면 120대 후반의 공을 던지는 왼손은 부질없어 보인다.

만약 120대 후반의 공으로 프로에서 살아남은 선수가 있냐고 물어본다면 모두가 대답할 수 있는 선수는 한 명뿐일 것이다.

"그 정도면 충분하죠."

이진용, 그가 120대의 공으로 프로의 세계에서 살아남았다고 말할 것이다.

그게 이진용의 121킬로미터짜리 포심 패스트볼을 본 이들이 긴장하는 이유였다.

이진용은 120짜리 공으로 독립구단의 트라이아웃을 통과했고, 2군 선수들을 잡았고 결국 1군에 올라왔다.

-그래서 컨트롤은?

"좀 더 조절해야겠지만, 익숙해지면 코너워크 정도는 얼마든지 할 수 있겠어요."

-상하 공략은?

"안 되면 되게 하라, 그게 김진호 선수 지론 아닙니까? 어떻게든 되게 해야죠."

심지어 지금 이진용의 왼손 사정은 그가 오른손으로 120대 공을 던질 때와 비교가 안 될 정도로 좋았다.

그때는 컨트롤 마스터 같은 스킬도 없었고, 넘치는 체력도 없었으며, 마스터 랭크의 구질도 없었다.

때문에 이진용은 자신했다.

'이 왼손으로 완봉을 할 수는 없겠지. 하지만 한 경기에서 아웃카운트 대여섯 개 정도는 잡을 수 있다.'

이 왼손이 이진용의 오른손이 짊어져야 할 부담감을 충분히 나눠 가져가 줄 수 있으리라고.

'아니, 어쩌면 강력한 무기가 될지도 모르겠는데?'

더 나아가 오른손의 부담을 넘어 오른손과 전혀 다른 강력한 무기가 될지도 모르겠다고.

'어쨌거나 연습이 더 필요하지만.'

물론 지금 당장 가능한 건 아니었다.

야구란 그렇게 단순한 것이 아니니까.

150짜리 공을 던진다고 해서 끝나는 것도 아니고, 공을 완벽하게 컨트롤한다고 끝나는 것도 아니다.

결국은 타자를 잡는 방법을 알아야 한다.

흔히 말하는 것처럼 맞아가면서 배워야 한다.

'올스타전은 절호의 무대지.'

그런 의미에서 올스타전은 최고의 무대였다.

프로 레벨, 그것도 한국프로야구를 대표하는 타자들을 상대로 왼손으로 공을 던지는 경험을 쌓으면서, 동시에 방어율 걱정이나 실점 걱정은 조금도 하지 않는 기회가 다시 올 리 없기에.

-그보다 공 던질 때 릴리스 포인트를 좀 더 높게 가져가. 키킹 동작할 때도 발을 그냥 높이만 들면 안 돼. 힘을 움직인다는 느낌으로, 몸을 던지는 느낌으로.

더 나아가 그런 이진용의 옆에는 그 누구도 아닌 메이저리그 최고의 투수가 실시간으로 코칭을 해주고 있었다.

-그리고 배에 제대로 힘줘! 구렁이 낳을 때의 그 힘을 제대로 주란 말이야! 정말 바지에 똥 지릴 기세로 힘줘! 지리면 어때! 난 괜찮으니까 그냥 지려! 싸버려!

그런 김진호의 조언 속에서 이진용이 2구째를 던졌다.

펑!

그렇게 던진 투심 패스트볼이 뱀과 같은 휘어지며 좌타자인 최정훈의 몸쪽으로 휘어져 들어갔다.

그 사실에 최정훈은 저도 모르게 움찔했고, 주심은 아슬아슬하게 스트라이크존의 경계면에 들어오는 그 공에 소리쳤다.

"스트라이크!"

그 사실에 이진용이 미소를 지었다.

반면 이진용이 마주한 자들의 얼굴에는 더 이상 미소가 지어지지 않았다.

즐거움이 가득했던 올스타전 무대에 전운이 감돌기 시작했다.

3회 말 2사.

주자 2, 3루.

-쳤습니다!

그 상황에서 타자가 친 타구가 제비처럼 날렵하게 2루수와 1루수 사이를 향해 날아갔다.

2루수가 그 공을 잡기 위해 몸을 던졌다.

-타구가 빠졌습니다!

하지만 타구는 너무나도 날렵했고, 2루수의 글러브를 가뿐하게 무시하며 외야로 날아갔다.

-3루 주자 홈 세이프!

그 사이 타구가 나오는 순간 곧바로 질주를 시작한 3루 주자가 홈을 밟았다.

-2루 주자 달립니다! 3루를 밟고 홈으로 달립니다.

2루에 있던 주자 역시 3루를 밟는 순간 질주를 멈추지 않은 채 홈을 향해 쇄도했다.

우익수도 공을 잡아 홈을 향해 송구했다.

레이저빔처럼 날아오는 우익수의 송구에 경기를 보던 이들이 두 눈에 힘을 줬다.

'송구 죽인다.'

'주자 발이 더 빠를 것 같은데?'

'설마 보살 나오나?'

분명 주자의 홈 세이프가 더 가능성이 높아 보였으나, 우익수의 송구는 혹시나 하는 기대감을 품게 할 정도로 대단했다.

"어!"

그때 누군가가 그런 우익수의 공을 도중에 가로챘다.

마운드 근처에 있던 자그마한 체격의 투수, 그 투수가 우익수가 송구한 공을 도중에 커트한 후에 곧바로 그 공을 1루수에게 던졌다.

"런다운이다!"

그 사실에 1루를 밟고 2루로 갈까 말까 고민하던 타자주자가 놀란 눈으로 2루를 향해 달렸고, 1루수와 2루수 그리고 유격수들이 타자주자를 가운데 둔 채 서로 공을 주고받으며 결국 타자주자를 잡아냈다.

-여기서 런다운에 걸립니다.

-이진용 선수 영리하네요. 도중에 송구를 커트한 후에 3회 말 마지막 아웃카운트를 잡아내네요.

그렇게 3회 말 마지막 아웃카운트를 잡아낸 이진용이 턱 끝에 맺힌 땀을 어깨로 훔쳤다.

그런 이진용의 시선은 전광판을 향하고 있었다.

2실점.

100이닝 넘게 무실점으로 달려오던 이진용이 드디어 실점이란 것을 하는 순간이었다.

놀랄 만한 일.

그러나 경기를 보던 이들 중에서 이진용이 실점을 했다는 사실에 대해 놀라는 이는 없었다.

올스타전이라서 그런 게 아니었다.

-대단합니다. 이진용 선수, 결국 왼손만으로 3회 말을 마치고 마운드를 내려갑니다.

왼손만으로 1이닝을 소화했다는 것.

그것도 팀과 리그를 대표하는 타자들을 상대로 어쨌거나 3개의 아웃카운트를 잡아냈다는 것.

경기를 보는 이들은 그 사실에 놀랄 뿐이었다.

더욱이 야구를 볼 줄 아는 이들은 분명하게 봤다.

-이호우 좌완 피칭 첫 타자 상대할 때보다 훨씬 더 좋아진 거 같은데?

└ㅇㅇ 구속도 계속 올라서 마지막에는 128찍었음. 130도 충분히 나올 듯?

이진용의 좌완이 타자를 거칠수록, 타자와 승부를 거듭할수록 놀라울 정도로 빠르게 진화한다는 것을.

-안 던지던 손으로 130까지 나오는 거면 포텐셜 자체는 오른손보다 왼손이 더 큰 거 아니야?

└이호우가 좌완 파이어볼러라고?

└좌완 파이어볼러까지는 모르겠지만, 오른손보다 왼손이 더 빠른 공 던질 것 같은데?

당연히 그 사실을 김진호가 모를 리 없었다.

-진용아, 너 왜 왼손으로 야구 안 했냐? 아무리 봐도 너 오른손보다 왼손이 더 나은 거 같은데? 왼손으로 했으면 베이스볼 매니저 없이도 130대 공은 던졌을 거 같은데?

솔직히 말해서 김진호 역시 이진용이 왼손으로 이렇게 빠르게 구속 증가를 보일 줄은 몰랐다.

심지어 현재 이진용의 스위칭 스킬은 F랭크다.

스킬 랭크가 오른다면 구속을 비롯해 모든 스펙이 더 오를 것이 분명한 상황.

여기에 만약 이진용 본인이 왼손으로 공을 던지는 것마저 익숙해진다면?

오른손보다 더 빠른 공을 던질 수도 있다는 이야기.

그 질문에 이진용은 자신이 처음 야구를 했을 때를 어렴풋한 기억을 떠올리며 말했다.

"그야 아버지가 최동원 선수처럼 훌륭한 우완투수가 되라고 하셔서 오른손으로 던졌죠."

처음 야구를 할 때부터 왼손으로 던지겠다는 생각은 그 누구도, 이진용 본인도 하지 않았던 때의 기억.

"거기다가 제 롤모델은 김진호 선수였고요."

그 말과 함께 이진용이 김진호를 책망하는 듯한 눈빛으로 바라봤다.

그 눈빛에 김진호가 어처구니없다는 듯한 표정을 지었다.

-그래서 네가 좌완투수가 못 된 게 내 탓이다? 오냐, 그래서 내가 뭘 어떻게 해주면 될까?

"보상은 그렇고, 애프터서비스 정도는 해주셔야죠."

그 말에 김진호가 비릿한 미소를 머금으며 말했다.

-오냐, 내가 널 랜디 존슨으로 만들어주마.

그 말끝으로 김진호가 나지막이 말했다.

-지금 투구폼이 익숙해졌으면, 키킹 동작 후에 발을 내디딜 때 좀 더 먼 곳에 발을 내리 꽂아봐. 릴리스 포인트를 더 높게 공이 네 머리 위에서 발사된다는 느낌으로 던져봐. 투구가 아니라 투창을 하는 느낌으로. 팀 린스컴을 떠올려 봐.

이진용이 대답 대신 고개를 끄덕였다.

그렇게 고개를 끄덕이며 더그아웃에 들어가는 이진용을 보며 이제는 모두가 깨달았다.

"장난 아니네."

이진용이 왼손으로 공을 던지는 건 장난이 아니라는 사실을.

"그보다 왜 호우 안 해?"

그리고 이진용이 오늘 호우를 단 한 번도 안 했다는 사실을 여러모로 기억에 남을 올스타전이 되어가고 있었다.

메이저리그에 대해 이야기를 할 때 흔히 나오는 말이 있다.

"메이저리그 애들 피지컬? 괴물 같지."

메이저리그 선수들은 타고난 육체적 능력, 피지컬이 상식의 수준을 벗어난다고.

틀린 말은 아니다.

메이저리그 선수들은 괴물이 맞다.

마치 신이 똑같은 인간을 만들되, 전혀 다른 물질로 만든 것과 같은 육체적 능력을 가진 선수들이 수두룩하다.

"그래서 메이저리거들이 무서운 건 그들이 가진 피지컬이 아니야."

그렇기에 김진호는 말한다.

"무슨 말이냐고? 말 그대로야. 여긴 그냥 다 괴물이야. 다 괴물이라서 어느 누구도 힘자랑 같은 거 안 해. 아니, 못 해. 마크 맥과이어? 세미 소사? 배리 본즈? 장담하는데 마이너리그에 걔네들보다 힘센 애들이 열은 넘을 거야."

메이저리그가 대단한 건 그들이 가진 피지컬 때문이 아니라고.

"그럼에도 불구하고 그 누구도 배리 본즈 같은 타격은 못 하지. 그보다 피지컬이 나은 선수는 많겠지만 그가 가진 기술력은 도저히 따라올 수가 없으니까. 그게 메이저리그가 정말 무서운 부분이야."

메이저리그가 정말 무서운 건 그들이 가진 피지컬이 아니라 그들이 가진 피지컬을 100퍼센트, 더 나아가 120퍼센트 이상 발휘할 수 있게 해주는 기술이라고.

"장난 아니야. 기술 자체가 달라. 한국에서 야구하다가 메이저리그에서 야구하면 286컴퓨터 쓰다가 최신 컴퓨터 쓰는 기분이라니까. 더 무서운 건 기술 자체만 뛰어난 게 아니라는 거야. 그 기술을 습득하는 습득력, 적응력 그리고 응용력까지."

그리고 그 기술을 완벽하게 소화해 내는 재능이라고.

"생각해 봐. 처음 만나는 투수가 그립 잡는 법 알려주는 것만으로 다음 시즌에 그 공으로 사이영상 후보에 오르고, 평생동안 1할 치던 놈이 팀 옮기고 코치가 바뀐 이유만으로 3할을 치고 30홈런을 치는 애들이 심심치 않게 나오는 게 말이 된다고 생각해?"

그중 정말 뛰어난 재능을 가진 이들은 상식을 초월하는 결과물을 만들고는 한다.

당연히 여기까지 이야기가 나오면 모두가 질문한다.

그럼 김진호, 당신이 아는 선수 중에 기술적인 재능이 가진 뛰어난 선수는 누구입니까?

"아, 그 질문 어렵네."

그 질문에 김진호는 쉽사리 대답하지 못한다.

"다른 건 몰라도 그런 건 내가 속속 아는 게 아니라서 말이야. 하드웨어는 그냥 겉으로만 봐도 대충 견적이 나오지만 소프트웨어는 그게 아니잖아? 그리고 제각각 달라. 습득력이 좋은 놈이 있고, 응용력이 좋은 놈이 있고, 적응력이 좋은 놈이 있고…… 좋아. 그럼 그냥 나라고 하자. 내가 최고라고 인터뷰에 써줘."

하지만 만약 지금 이 순간 그 질문을 다시 한다면 김진호는 망설임 없이 대답할 것이다.

-역시 넌 인간이 아니야.

동양의 작은 나라, 그곳의 마운드 위에 있는 쪼그마한 어느 투수가 자신이 본 선수 중 가장 뛰어난 재능의 소유자라고.

"이번에는 또 무슨 이유에서 그러는 겁니까?"

그런 김진호의 의중을 알 리 없는 이진용은 글러브로 입을 가린 채 퉁명스럽게 반문했다.

그 반문에 김진호는 피식 웃었다.

그리고 재차 말했다.

-그냥 인간 같지 않아서 그래.

그 말에 결국 이진용은 김진호와 이야기를 나누는 걸 포기했다.

"예예, 제 똥 굵죠. 인간답지 않게 굵죠."

-그것도 인간 같지 않은 이유 중 하나지.

그 말과 함께 김진호가 고개를 돌려 전광판을 바라봤다.

그러자 그의 입가에 그어졌던 미소가 달구어진 아스팔트 위로 내린 눈처럼 사라졌다.

그렇게 전광판을 보면서 김진호는 떠올렸다.

4회 말, 이진용이 마운드에 올라와서 보여줬던 것들. 그가 세 타자를 상대하면서 첫 타자를 상대로 볼넷을 내주었지만 그다음 타자를 상대로는 뜬공을 얻어내고, 그다음 타자를 상대로는 삼진을 잡아내는 것을.

그리고 이진용이 조금 전 133킬로미터짜리 패스트볼을 던졌다는 것까지.

-아, 어쩌다 이런 인간 같지도 않은 놈을 만났는지…….

그 대목에서 김진호는 다시 한번 입을 열었다.

김진호, 그는 정말 무수히 많은 천재를 봤다.

심지어 본인도 천재 중의 천재였다.

육체적으로나 정신적으로나 그리고 기술적으로나.

고작 그중 하나만 뛰어났다면 메이저리그의 지배자가 되는 건 불가능했을 것이다.

그러나 이진용은 그런 김진호조차 아득하게 만들 정도였다.

이진용, 그는 지금 좌완에 거의 완벽하게 적응한 상태였다.

-어휴.

김진호조차 혀를 내두를 적응력이었다.

솔직히 말해서 스위칭 스킬을 얻은 후 이진용이 처음 좌완 피칭을 했을 때 김진호는 그가 좌완 피칭에 적응하는 데 최소한 보름 이상의 훈련이 필요하다고 생각했다.

그러나 이진용은 고작 며칠 동안의 연습, 그리고 오늘 하루의 실전 속에서 적응을 마친 상황이었다.

더 나아가 이진용은 적응을 하면서 새로운 기술을 습득하고, 습득한 기술을 응용하고 있었다.

이제는 130킬로미터를 가뿐히 넘는 구속이 그 증거였다.

이진용이 지금 자신이 가진 능력을 100퍼센트, 그 이상을 끄집어내고 있다는 증거.

-진짜 좌완투수일 줄이야. 그것도 강속구를 던질 줄 아는 좌완투수일 줄이야.

그 과정 속에서 이진용은 증명하고 있었다.

자신이 좌완 파이어볼러의 자질을 가지고 있다는 사실을.

이진용의 왼손은 오른손과 다르게 보다 빠른 공을 던지는 방법을 알고 있었다.

오른손이 억지로 속도를 내기 위해 튜닝을 한 자동차라면, 왼손은 이미 마력 자체가 남다른 머슬카 같은 느낌.

하물며 김진호가 놀라는데, 그런 이진용을 상대하는 선수들의 놀람은 상상 이상이었다.

'저 새끼, 대체 정체가 뭐야?'

처음 이진용이 왼손으로 공을 던졌을 때, 구속이 나왔을 때 분명 모두가 놀랐다.

대단하다고 생각했다.

하지만 반대로 이진용이 왼손을 선보이는 것은 올스타전 같은 무대밖에 없다고 생각했다.

'장난 아니었어?'

분명 놀랍지만, 이미 무실점의 피칭을 보여주는 오른손보다 나을 건 없었으니까.

140대 공을 던지는 완벽한 오른손을 놔두고 굳이 왼손으로 던질 필요는 없었으니까.

즉, 이진용의 왼손은 프로 레벨의 타자들에게 어려울 게 없었다.

실제로 3회 말 타자들은 이진용을 상대로 무려 2점이라는 점수를 뽑아냈다.

이진용의 오른손을 상대로 100이닝 넘게 뽑아내지 못한 점수를 고작 1이닝 만에 뽑아낸 것이다.

실전이라면 이진용이 바보가 아닌 이상 왼손을 쓰지 않을 걸 자명한 사실.

그러나 공을 던지는 횟수가 늘어날수록 이진용의 왼손은 점차 변화하기 시작했다.

투구폼이 더 다이나믹하게 바뀌기 시작했고, 구속이 점차 늘어나기 시작했으며, 구위도 늘어나기 시작했다.

어느 순간부터 배트에 닿는 이진용의 공이 무거워지기 시작했다.

'미치겠네.'

이제는 정말 위협적인 공이 되어가고 있었다.

거기까지 생각이 미쳤을 때 낯낯 타자들은 신시하게 상상하기 시작했다.

'오른손으로 던질 때와 왼손으로 던질 때 타점이 전혀 달라. 오른손으로 던질 때는 몸을 꼰 후에 나오는 쓰리쿼터. 하지만 왼손으로 던지면 머리 위에서 내리꽂히는 오버핸드 타입이다.'

'투구폼도 다르지만, 타이밍도 달라. 오른손으로 던질 때는 몸을 꼰 후에 채찍처럼 들어오지만, 왼손은 그냥 투창처럼 꽂힌다.'

'체감 구속은…… 왼손이 더 빠르다. 오른손으로 던질 때보다 두세 발자국은 더 앞에서 던지고 있어.'

오른손으로 던지는 이진용과 왼손으로 던지는 이진용을 한 경기에서 상대했을 때를.

그때를 상상하는 이들의 등골은 싸늘하게 식었다.

아니, 싸늘하게 식는 수준이 아니었다.

아직까지 이진용의 오른손조차 공략하지 못한 상황에서 왼손이 등장한다?

그건 사실상 선포였다.

'끝이다.'

'끝났다.'

이제는 감히 도전조차도 용납하지 않겠다는 이진용의 선포!

그때 이진용이 공을 던졌다.

던진 구질은 스플리터.

펑!

4회 말 마지막 아웃카운트를 삼진으로 잡는 공이었다.

파방! 파바방!

"드디어 올스타전도 끝이구나!"

밤하늘을 수놓은 화려한 불꽃놀이를 끝으로 올스타전이 끝났다.

"1회부터 9회까지 호우만 외친 거 같아."

"올스타전이 아니라 호우스타전 같았지."

올스타전에 참가한 팬들이 불꽃놀이를 뒤로한 새로운 추억을 되새김질하며 경기장을 떠났다.

선수들 역시 마찬가지였다.

"수고했어."

"수고하셨습니다."

"다들 푹 쉬고 다음 주에 보자고!"

잠시 동안 치열한 승부를 잊은 채 함께 어우러졌던 선수들이 인사를 나누고 있었다.

그렇게 인사가 끝날 무렵.

그 무렵에 선수들은 이제 다시 전쟁을 치를 준비를 시작했다.

'이제부터 후반기 시작이다.'

'7월 그리고 8월에 승부를 봐야 해.'

'아직 포스트시즌 진출은 충분히 가능해. 할 수 있어.'

준비를 시작한 선수들의 표정은 나름 비장했다.

그리고 비장해야 했다.

후반기가 시작되는 순간 더 이상 휴식을 취할 기회 같은 건 없으니까.

승자가 되거나 패자가 되거나, 둘 중 하나가 될 때까지 미친 듯이 달리는 일뿐.

그런 비장함을 품은 선수들의 머릿속으로는 마치 약속이라도 한 듯이 한 선수의 얼굴이 떠올랐다.

'어휴, 토 나와.'

'아, 현기증 나.'

이진용.

오늘 왼손으로 던지는 그의 모습에 팬들은 놀라움과 신기함을 느꼈지만, 선수들이 느낀 것은 암담함과 참담함 같은 감정뿐이었다.

'엔젤스랑 몇 경기 남았었지?'

'제발 이진용만 피했으면 좋겠다.'

'이진용만 나오지 마라.'

오른손만으로도 골치 아픈 이진용이 이제는 왼손까지 쓴다는 사실 앞에서 그런 이진용을 상대로 승리에 대한 자신감은 불씨조차 사그라질 지경이었으니까.

그렇게 야구장을 떠나는 선수들의 입에서 저마다의 한숨이 뿜어졌다.

그건 기자들 역시 마찬가지였다.

"올스타전이 아니라 이진용 쇼가 되어버렸군."

"어쩔 수 없잖아? 왼손으로 던질 줄 누가 알았겠어?"

"왼손으로 던지는 게 중요한 게 아니라 왼손으로 그런 공을 던진다는 게 중요한 거지."

"구속 제법 나왔지?"

"더 나올지도 몰라."

여러 이야깃거리가 나오리라 예상했던 올스타전이 오로지 한 선수를 위한 무대가 되어버렸으니까.

"만약 이진용이 왼손으로 140대 공을 던질 수만 있다면…… 이제 막을 수 있는 방법이 없겠군."

"왼손으로 서너 개만 던져도 타자들 입장에서는 멘탈이 날아가 버릴 테니까."

"특히 좌타자들이 미치는 거지."

더욱이 왼손마저 쓰게 된 이진용을 공략할 수 있는 방법은 아무리 생각해도 없었다.

"이진용이 무너져야 이야기가 되는데 말이야."

"그 정도가 아니지. 이진용이 잘하길 바라는 건 엔젤스 팬하고 관계자들밖에 없어. 다들 이진용이 무너지는 걸 원해."

하물며 작금의 프로야구리그에서 이진용의 존재감은 영웅이라기보다는 괴물에 가까웠다.

압도적인 존재감으로 자신을 제외한 모든 선수들을 짓누르는 괴물!

당연한 말이지만 그런 이진용의 활약을 바라는 이들보단 몰락을 바라는 이가 많았다.

대부분의 팬들도 그의 몰락을 바랐고, 야구계 관계자들의 경우에는 하루빨리 이진용이 사라지기를 소원할 정도였다.

그리고 솔직히 기대감도 있었다.

"타이탄스전에서 기가 죽나 싶었는데……."

전반기의 마지막 이진용은 분명한 한계를 보였으니까.

타이탄스전, 그 경기에서 이진용은 너무나도 치명적일 수밖에 없는 무승부를 감수해야 했다.

그렇기에 그 경기를 본 모두가 생각했다.

"기가 죽기는커녕 오히려 더 말도 안 되는 괴물이 되어서 나타날 줄이야."

이진용이 그 경기에서 짙은 피로감을 느낄 것이며, 더 나아가 엔젤스 구단은 다시금 이진용을 그렇게 기용할 수 없을 거라고.

실제로 그 경기 이후 쏟아지는 비난은 이루 말할 수 없었다.

그 비난 때문에라도 엔젤스가 이진용을 그런 식으로 기용할 수 없으리라 생각될 정도.

"이제는 어깨 이야기도 못 꺼내겠네."

그러나 그 비난에 이진용은 정말 말도 안 되는 방법으로 대답했다.

"그러네. 양쪽 어깨로 던지는데 어깨 부서진다는 기사도 못 쓰겠네."

오른쪽 어깨가 문제면 왼쪽으로 던지면 되지!

"그래도 결국 타이탄스 같은 방법밖에 없어. 전력을 다해서 무승부로 이끌고 가는 것밖에."

결국 이런 상황에서 이진용을 상대할 수 있는 유일한 방법은 타이탄스의 방법밖에 없었다.

무승부로 끌고 가는 것.

"그게 말처럼 쉽나?"

물론 웃기지도 않는 방법이었다.

"그 경기도 그나마 최세정이 퍼펙트 페이스를 유지해서 그렇지, 최세정이 7이닝 1실점을 했어도 그냥 이진용의 무난한 완봉승으로 끝날 경기였어."

"이진용 상대로는 7이닝 1실점만 해도 필승조 못 써. 최소한 완봉 정도는 기본적으로 해줘야 견적이 나온다는 건데, 그런 투수가 지금 리그에 얼마나 있어?"

각 팀의 에이스 투수들조차 7이닝 1실점을 해주면 박수가 나오는 상황에서 다른 누구도 아닌 이진용을 상대로 최소 8이닝 무실점을 해줄 투수가 과연 얼마나 있을까?

있다면 오직 한 명.

"그런 투수는 유현뿐이겠지."

"그러고 보니 유현이 있었네."

메이저리그에서 리턴하고 등장하자마자 노히트노런으로 자신의 존재감을 알린 호크스의 유현뿐.

"유현이면 가능하지. 저번에 공 보니까 역시 유현이더라."

그리고 그렇게 분위기를 만들었다.

모두가 유현이 이진용을 무너뜨리는 것을 기대하도록, 그 누구도 아닌 기자들이 그런 분위기를 만들었다.

"그래서 유현하고 이진용 언제 붙지?"

"다음 주 화요일."

"뭐?"

그 매치가 바로 코앞에 있었다.

어둠이 짙게 깔린 대구 구장 주차장.

이제는 차량 몇 대만이 듬성듬성 채우고 있는 그곳에 유난히 존재감이 강렬한 자동차 한 대가 있었다.

G바겐.

이진용이 구은서로부터 받은 차였다.

당연한 말이지만 그 안에는 이진용이 있었다. 차 안을 환하게 한 채 툭툭! 큼지막한 태블릿PC를 두드리면서.

그런 이진용의 표정은 그 어느 때보다 진지했다.

올스타전이 끝나고 지을 법한 미소, 추억을 되새김질하는 미소나 여유로움 같은 건 조금도 보이지 않았다.

오히려 이진용의 표정 곳곳에는 살기마저 어리고 있었다.

-진용아 본 거 또 보면 안 지겹냐?

"지겹죠."

-그런데 저번 주 내내 본 걸 또 봐야겠어?

그런 이진용의 살기 어린 표정을 짓게 만드는 건 다름 아니라 다음 주에 치러질 원정 주중 3연전의 상대, 호크스의 스카우팅 리포트였다.

"어쩌겠어요? 어느 때보다 중요한 경기인데."

말을 뱉는 이진용의 목소리에는 분한 기색이 역력했다.

호크스에 대해 무슨 억하심정이 있거나 그런 건 전혀 아니었다.

"타이탄스전 같은 일이 또 일어나면 안 되잖아요?"

이진용을 분하게 만드는 건 다름 아니라 타이탄스전이었다.

12이닝 무실점, 이진용 본인에게도 그동안 치렀던 경기 중 가장 처절했던 역투를 펼쳤던 경기.

그러나 그 역투의 대가로 이진용은 무승부라는 이 세상에서 가장 찜찜하고, 처참한 것을 얻어야 했다.

"갑자기 또 빡치네."

분노하는 것이 당연한 일.

그리고 그때의 분함을 다시는 느끼지 않기 위해 절치부심하는 것 역시 당연한 일이었다.

그게 지금 이진용이 수도 없이 보고, 또 봤던 호크스의 스카우팅 리포트를 다시 보는 이유였다.

툭!

그런 이진용의 눈에 유현의 스카우팅 리포트가 들어왔다.

유현의 스카우팅 리포트를 보는 이진용의 눈빛이 가라앉았다.

-진용아, 자신 없지?

그런 이진용에게 김진호가 질문했고, 이진용은 조금의 망설임도 없이 대답했다.

"당연히 없죠."

대답과 함께 이진용이 태블릿PC를 껐다.

그렇게 이진용의 올스타전이 끝났다.

그리고 한국프로야구의 후반기가 시작됐다.

To Be Continued

소드마스터 힐러님

침략자 퓨전 판타지 장편소설

모두에게 무시당하던 낮은 전투력.
힐러라고 부르기도 민망한 힐량.

모두에게 무시만 받던 나날이었다.

어제까지의 나는 최약의 헌터였다.

하지만 오늘, 검을 뽑은 순간!
나는 더 이상 나약한 힐러 따위가 아니다.

⟨소드마스터 힐러님⟩

**나는 여전히 힐러다.
그리고 최강의 검성이다.**